Hanna Hagen

Die Anstalt der verlorenen Mädchen

Hanna Hagen

Die Anstalt der verlorenen Mädchen

Thriller

Kapitel 1
Charlie

Ich beobachtete die am Fenster vorbeirauschenden, nebeligen Felder und streichelte gedankenverloren meinen Bauch. Was hätte ich alles dafür gegeben, das Radio anmachen zu dürfen, aber meine Mutter wollte während der Fahrt nicht gestört werden. Andere mochten sich in Gegenwart ihrer Eltern vielleicht sicher und geborgen fühlen ... doch ich fühlte mich bei meinen immer nur unwohl.

Ich sah meine Mutter an. Ihr Blick war starr geradeaus gerichtet, ihre Finger umklammerten das Lenkrad, als wäre es ein Rettungsring. Sie trug ihre blonden Haare zu einem Dutt gedreht, aber eine Strähne war herausgerutscht und umspielte nun ihren Unterkiefer.

»Hat Papa noch was gesagt?«, fragte ich leise, ohne den Blick von ihr abzuwenden.

»Nein.«

Meine Hand lag immer noch auf meinem Bauch.

»Warum wollte er sich nicht verabschieden?«

»Charlotte, du weißt doch, dass er in der Kanzlei viel zu tun hat.«

Ich sah wieder aus dem Fenster. Hoffentlich würde es noch lange dauern, bis wir ankämen.

»Ich hätte ihn trotzdem gerne noch mal gesehen ...«, murmelte ich mehr zu mir selbst als zu meiner Mutter. Ich befand mich in der vierzehnten Schwangerschaftswoche und man konnte noch nichts sehen – aber ich spürte es seit dem Moment, als ich vor zwei Monaten von der

Schwangerschaft erfahren hatte. Natürlich noch keine Bewegungen, aber als ein Gefühl, das sich am ehesten als Liebe beschreiben ließ.

Ja, ich war sechzehn und schwanger und damit beschämte ich offenbar nicht nur meine Eltern, sondern gleich unsere ganze Verwandtschaft. Meine Mutter hatte sofort meiner Tante davon berichtet, die daraufhin vorschlug, ich solle die nächsten Monate doch einfach im „Haus König" verbringen. Sie hatte davon in irgendeiner Zeitung gelesen, auch wenn ich mir beim besten Willen nicht vorstellen konnte, was für eine Zeitung das gewesen sein sollte.

Im Haus König wurden schwangere Mädchen unter-gebracht – oder besser gesagt versteckt –, um in Ruhe und unter Ausschluss der Öffentlichkeit ihre Babys aus-zutragen. Und damit meine Familie nicht ihren guten Ruf verlor, war nun auch ich auf dem Weg dorthin. Hätte ich diesem Kompromiss nicht zugestimmt, hätte ich mein Baby abtreiben lassen müssen. Abtreiben … wie leicht sich das anhörte. Dabei trug ich doch Leben in mir – Leben, für das ich verantwortlich war. Ich hatte noch nie so viel Verantwortung getragen und fühlte mich ab-wechselnd stolz und überfordert.

Mein Handy signalisierte eine eingehende Nachricht und ich zog es aus meiner Jackentasche. Eine Freundin hatte mir eine Nachricht geschrieben. Sie fragte, ob ich am Abend auch zu der Party eines Klassenkameraden kommen würde. Frustriert drückte ich die Nachricht weg und steckte mein Handy zurück. Ich hatte keinem von meiner Schwangerschaft erzählen dürfen – es hätte sich sofort herumgesprochen. Instinktiv strich ich erneut über meinen Bauch. Wann wohl die Ersten bemerkt hätten, was los war? Aus Angst, dass irgendjemand etwas ahnen könnte, trug ich, seit ich den positiven Schwangerschaftstest in den Händen gehalten hatte, nur noch weite Kleidung. Von Morgenübelkeit wurde ich zum Glück weitestgehend verschont – ich hatte mich nur an zwei Tagen übergeben müssen und da hatten mir meine Eltern eine Entschuldigung geschrieben und mich zu Hause bleiben lassen. Seitdem ging es mir verhältnismäßig gut, ich war nur etwas schneller als sonst außer Atem und legte mich meist nach der Schule noch mal schlafen. Meine Freunde hatten jedenfalls keine Ahnung, luden mich weiterhin zu Partys ein, boten mir Alkohol an. Ich hatte mir in den letzten acht Wochen jedes Mal eine andere Ausrede einfallen lassen müssen - mittlerweile waren es so viele geworden, dass ich zumindest darüber froh sein konnte: Ich würde jetzt nicht mehr lügen müssen.

Wir bogen in einen schmalen Weg, der sich immer tiefer in den dichten Wald schlängelte. Hier irgendwo mussten die Häuser sein, zumindest hatte ich auf dem Flyer gesehen, dass sie von Wald umgeben waren. Der Boden war vom Laub der nun kahlen Bäume übersäht. Schließlich erreichten wir eine etwa drei Meter hohe Backsteinmauer mit einem offenstehenden Eisentor. Sie sah genauso alt wie massiv aus und schien endlos nach links und rechts weiterzugehen. Meine Mutter wurde langsamer und lenkte das Auto durch das Tor – auf der anderen Seite der Mauer stand ein Mann mit verschränkten Armen gegen einen Wagen gelehnt, dessen Farbe man nur als dreckig bezeichnen konnte. Der Kerl war groß und hager, seine Stirn hoch, dahinter sprießten dunkle Haare. Seine Wangen stachen wie bei einem Skelett spitz hervor und seine Mundwinkel zeigten nach unten. Das änderte sich auch nicht als er sich von dem Wagen abstieß und auf uns zuging. Meine Mutter parkte am Wegrand und stellte den Motor ab.

»Das muss Herr König sein. Ich bin gleich wieder da.« Sie schnallte sich ab und stieg aus dem Auto. Dann stapfte sie auf den Mann zu.

Obwohl ich ihr Gesicht nicht sehen konnte, wusste ich, dass sie ihn mit diesem künstlichen Lächeln ansah, das sie immer aufsetzte, wenn ihr eigentlich nicht danach war. Doch der Mann blieb ernst. Ich konnte nicht verstehen, was sie redeten und wandte meinen Blick ab. Erneut griff ich in meine Jackentasche, zog Handy und Kopfhörer heraus, verband beides und steckte mir die Stöpsel in die Ohren. Ich startete Bruno Mars und drehte die Lautstärke voll auf. Doch die Musik war zu fröhlich, passte nicht zu meiner Stimmung und so wählte ich stattdessen einen Song von The xx. Deren trübe Melancholie passte besser. Ich wollte meiner Freundin antworten, hatte aber keinen Empfang. Seufzend schloss ich die Augen. Es sollte mich eigentlich nicht wundern, ärgerte mich aber trotzdem. Ich hatte schon meinen Laptop zu Hause gelassen, weil es im Haus König kein WLAN gab – da wäre es zumindest gut gewesen, mein Handy nutzen zu können.

Ich war müde. Die Musik lullte mich ein und obwohl ich in der letzten Nacht neun Stunden geschlafen hatte, dämmerte ich schon wieder weg.

Das Auto gab leicht nach, als sich meine Mutter wieder hinters Lenkrad setzte und ich öffnete meine Augen. Sie sagte etwas, aber durch die laute Musik sah ich nur, dass ihre Lippen Worte formten. Ich machte mir nicht die Mühe, die Kopfhörer aus den Ohren zu nehmen. Ich wollte gar nicht hören, was sie sagte.

Herr König stapfte an unserem Auto vorbei zum Tor und ich drehte mich um, um ihm zuzusehen, wie er das große Tor zuschob. Danach ging er zurück zu seinem Auto und stieg ein – alles ohne mich eines Blickes zu würdigen. Doch das war mir egal; mein Blick hing an den Gitterstäben des Tors, die mich von der Freiheit trennten. Das nächste Mal würde ich in einem halben Jahr durch dieses Tor gehen, wenn mein Baby geboren war. Diese Vorstellung war befremdlich.

Herr König fuhr nun voraus und meine Mutter folgte ihm. Hinter der Mauer sah der Wald genauso aus wie davor. Soweit das Auge reichte nur Bäume und Sträucher.

Wir fuhren etwa zehn Minuten, doch es kam mir länger vor. Bei dem Gedanken, was mich wohl gleich erwarten würde, spürte ich ein Kribbeln im Bauch.

Ein Haus voller schwangerer Mädchen. Ein Zimmer, das nicht mein eigenes war. Es lagen voraussichtlich sechsundzwanzig Wochen vor mir und ich wusste nicht, wie sie aussehen würden. Nicht nur, dass ich in einer neuen Umgebung wohnen würde – ich wusste ja auch nicht, wie eine Schwangerschaft überhaupt verlief. Natürlich hatte ich das ein oder andere Buch gelesen, aber das Gefühl, gut vorbereitet zu sein, hatte ich trotzdem nicht, zumal daraus auch klar hervorging, dass jede

Schwangerschaft anders war.

Der Baumwuchs wurde dünner und machte einer Lichtung Platz, auf der drei Häuser standen. Sie waren aus dem gleichen roten Backstein wie die Mauer und sahen alt und heruntergekommen aus. Nebeneinander wirkten sie fast wie eine Festung. Herr König und meine Mutter parkten auf dem Vorplatz. Ich starrte auf die Häuser, die nun also vorübergehend mein zu Hause sein würden. Sie sahen nicht einladend aus. Es hätte eigentlich nur noch gefehlt, dass die Fenster, die mich wie schwarze Augen anstarrten, vergittert waren. Der Komplex wirkte wie eine Psychiatrie … eine Anstalt für kranke Menschen.

Meine Mutter stieg aus, ich schaltete die Musik aus und wurde für einen Moment regelrecht erschlagen von der Stille. Dann schnallte ich mich ab, öffnete die Tür und trat nach draußen. Unter meinen Füßen knirschte Kies. Sonst war es still. Ich hörte weder die anderen Mädchen, die hier wohl wohnten, noch Geräusche aus dem Wald. Nein, das war definitiv kein fröhlicher Ort.

Meine Eltern hatten mir einzureden versucht, dass es wie eine große Klassenfahrt werden würde, aber sie hatten sich geirrt. Die Häuser und der umliegende Wald sahen aus, als würden unglückliche Mädchen hier ihre ungewollten Kinder zur Welt bringen und den Ort dann genauso oder noch unglücklicher wieder verlassen. Keine Kissenschlachten, keine Streiche unter Freunden, kein Lachen, keine Freude.

»Charlotte!«

Ich riss meinen Blick von den Häusern los.

»Das ist der Leiter der Einrichtung«, sagte meine Mutter

und deutete zu dem Mann, der nun vor mir stand. »Herr König, das ist meine Tochter Charlotte.«

»Charlie«, korrigierte ich und sah ihm in die Augen.

Er wirkte unfreundlich. Wie ein Lehrer, der keinen Spaß verstand. Am liebsten hätte ich mich wieder ins Auto gesetzt, um vor ihm zu fliehen. Er hatte einen Blick, bei dem sich mir die Nackenhaare aufstellten.

»Hallo Charlotte.« Er ignorierte meine Verbesserung.

Der Name passte zu sehr in das perfekte und unrealistische Leben, das sich meine Eltern für mich vorstellten.

»Kommen Sie dann zurecht?«, fragte meine Mutter Herrn König und warf einen Blick zum Auto.

Ich starrte sie an.

»Du willst doch nicht jetzt schon gehen?!«

»Ich habe noch einen Termin. Die Fahrt hat länger gedauert als gedacht.«

Ich wusste, dass es sich bei dem Termin um ihre Maniküre handelte – also kein Grund, mich hier so schnell allein zu lassen. Aber ich kannte sie und wusste, dass nichts, nicht einmal ihre Tochter, die für ein halbes Jahr eingesperrt sein würde, es wert war, zu spät zur Maniküre zu kommen. Nicht, dass die Damen im Salon noch fragten, wo sie denn gewesen wäre und sie sich eine Lüge einfallen lassen müsste. Aber sollte ich ihr nicht zu Gute halten, dass sie mich zumindest hergefahren hatte? Mein Vater hatte sich nicht einmal dafür einen halben Tag freinehmen können. Also sagte ich nichts.

»Natürlich. Wir kommen zurecht«, sagte Herr König, der es scheinbar gewohnt war, dass die Eltern so schnell wie möglich wieder verschwanden. »Wenn Sie gleich das Tor einfach hinter sich zuziehen würden. Ich schließe es nachher ab.«

Meine Mutter nickte, öffnete den Kofferraum und holte meine Koffer heraus. Der Blick, den sie mir zuwarf war eiskalt.

»Okay. Im Notfall hast du ja unsere Nummern. Aber es wird schon alles gut gehen.« Sie zögerte, trat dann aber auf mich zu und umarmte mich. Ihre Umarmungen waren noch nie sonderlich herzlich gewesen, aber nun kam es mir vor, als würde ich einen Stein umarmen. Schnell ließ sie von mir ab und reichte Herrn König die Hand. »Auf Wiedersehen. Sie können sich jederzeit bei uns melden. Am besten nicht vor siebzehn Uhr, im Notfall aber jederzeit.«

Herr König nickte, ohne etwas zu sagen. Dann setzte sie sich ins Auto, wendete und fuhr zurück in die Zivilisation. Sehnsüchtig sah ich ihr nach und wünschte mir, ich könnte mitfahren. Doch sie war mich losgeworden – wie ein Insekt, das man totschlug und wegschnippte.

Kapitel 2
Marie

Marie stand am Waldrand im Schutz der Bäume, in der Hand eine Spiegelreflexkamera. Sie betrachtete das Mädchen auf dem Hof, das nicht viel älter als sie selbst war. Die Schwangerschaft sah man ihr noch nicht an, aber Marie war sicher, dass auch sie ein Kind unter dem Herzen trug – warum sollte sie sonst ins Haus König ziehen? Die Mutter wirkte steif. Sie umarmte ihre Tochter umständlich und fühlte sich sichtlich unwohl. Das Mädchen hatte wirklich kein Glück.

Marie konnte das Unbehagen der beiden spüren wie Edward aus *Twilight* Gedanken lesen konnte. Nun ja, vielleicht nicht ganz so übernatürlich. In der Schule hatten sie dafür den Begriff *Hochsensibel* gelernt – jemand, der die Gefühle anderer stärker wahrnahm als der Durchschnittsmensch. Erst da hatte Marie verstanden, warum sie sich schlecht fühlte, wenn es anderen nicht gut ging und warum sie Schmerzen intensiver spürte als andere Menschen. Sie hatte das als Schwäche betrachtet, bis der Vater ihres ungeborenen Kindes es als Superkraft betitelt hatte. Beim Gedanken an ihn lächelte Marie, ließ ihre Kamera an dem breiten Band um ihren Hals hängen und streichelte über ihren kugelrunden Bauch. Sie selbst war schon in der einunddreißigsten Schwangerschaftswoche. Im Gegensatz zu der Neuen sah man Marie die Schwangerschaft schon lange an.

»Wollen wir uns die Neue heute mal genauer ansehen?«, fragte sie ihr ungeborenes Baby. Es würde ein Mädchen werden und sie wollte es Aria nennen – nach einem Charakter aus ihrer Lieblingsserie *Pretty Little Liars*. Noch hatte sie niemandem davon erzählt, aus Angst ihre Eltern würden sich darüber lustig machen, aber Marie mochte den Namen.

Sie hob die Kamera und schoss ein Bild von der Neuen. Nun stand sie allein mit Herrn König vor den Häusern und sah dem Auto ihrer Mutter nach. Sie sah verloren aus. Beim Abschied von ihren Eltern hatte Marie auch so ausgesehen, aber zumindest hatten die sich herzlich von ihr verabschiedet und Marie hatte sich eine Träne verdrücken müssen. Das kam ihr nun so lange her vor. Das Mädchen und seine Mutter hatten nicht so ausgesehen, als würden sie sich in den nächsten Monaten vermissen. Marie überlegte, wann sie Lucas das letzte Mal gesehen hatte. Ein halbes Jahr war das bestimmt schon her. Sie legte die Hände auf ihren Bauch und drückte ihn sanft. Ob ihre Tochter Lucas' Gesichtszüge haben würde? Seine Zehen? Würde sie seine Augenfarbe haben oder Maries? Marie grinste und verdrängte die Sehnsucht nach ihrem Freund.

Die Neue ging mit Herrn König in das linke der drei Häuser – sie würden also in einem Schlafhaus wohnen. Vielleicht hatte Marie sogar Glück und das Mädchen bekam das freie Zimmer auf ihrem Gang. Auszuschließen war es nicht.

14

Kapitel 3
Charlie

Meine Koffer waren schwer und ließen sich nur umständlich auf dem Kies ziehen, aber Herr König machte keine Anstalten, mir zu helfen. Er ging ins Haus und hätte ich meinen Koffer nicht schnell nach vorne gehievt, wäre die Tür vor meiner Nase zugeschlagen. Mit einem Fuß hielt ich sie auf und schob mich mit dem zweiten Koffer in das Innere des Hauses. Krachend schlug die Tür hinter mir zu.

»Das ist dein Schlafhaus«, erklärte Herr König. »Hier schlafen die vierzehn- bis sechzehnjährigen Mädchen. Die Siebzehn- und Achtzehnjährigen schlafen im rechten Schlafhaus. Das mittlere Haus ist das Haupthaus. Dort schläft niemand.«

Ich sah mich im Flur um. Die Fliesen zu unseren Füßen waren schwarz und hatten den ein oder anderen Sprung. Sonst gab es hier lediglich eine Treppe, die einen neuen Anstrich vertragen hätte und einen Fahrstuhl. Gänsehaut breitete sich auf meinen Armen aus. Hier drin schien es kälter zu sein als draußen.

»Du wirst dir mit vier Mädchen das Badezimmer teilen.«

»Na klasse …«, murmelte ich. Zu Hause musste ich mir das Badezimmer mit niemandem teilen – ich hatte mein eigenes.

Herr König ging an der Treppe vorbei zum kleinen Fahrstuhl. Ich folgte ihm, wobei ich mit meinen Koffern gegen Wand und Treppe rumpelte. Der Fahrstuhl war klein; so klein, dass ich fürchtete, wir würden mit meinen

Koffern gar nicht zu zweit reinpassen. Doch das sah Herr König anders. Während ich mich so eng wie möglich gegen die Fahrstuhlwand drückte, stand er unangenehm nah vor mir. Der Geruch von kaltem Zigarettenrauch stieg mir in die Nase.

»Schmeiß deine dreckige Kleidung in den Wäscheschacht im Badezimmer«, durchbrach er die Stille.

Ich hob meine Augenbrauen.

»Wird die mit der Wäsche der anderen Mädchen gewaschen?«

Er nickte.

»Wenn alles trocken ist, sucht sich jeder seine Kleidung raus.«

Ich presste die Lippen aufeinander. Nicht gerade das, was ich mir erhofft hatte. Wahrscheinlich würde ich nach meinem Aufenthalt in dieser Anstalt erst mal neue Kleidung brauchen.

Der Fahrstuhl ruckelte, die Türen öffneten sich und wir traten auf den Flur. Ich sah die Treppe hinunter – wir befanden uns offenbar im zweiten Stock. Vom Treppenhaus gingen zwei Gänge ab. Herr König ging in den rechten Gang und ich folgte ihm vorbei an drei Türen, ehe er anhielt und die letzte Tür auf dem Gang öffnete.

»Das ist dein Zimmer. Ich will, dass es bei deiner Abreise genauso gepflegt aussieht wie jetzt.«

Ich ging an ihm vorbei, stellte meine Koffer ab und sah mich in meinem neuen Reich um. Das Zimmer war etwa fünfzehn Quadratmeter groß. An der rechten Wand stand ein schmales Bett mit vergilbter Bettwäsche, unter dem Fenster ein kleiner Schreibtisch und gegenüber dem Bett ein Kleiderschrank im Design der 60er Jahre. Die Türen des Schranks hingen schief in den Angeln. An der Wand daneben glaubte ich Stockflecken ausmachen zu können. Von einem gepflegten Zustand konnte hier nicht die Rede sein. Das Zimmer war nicht ansatzweise vergleichbar mit dem, was ich gewohnt war, denn mein Zimmer zu Hause war fünfundzwanzig Quadratmeter groß, hatte ein riesiges Bett und einen breiten Schreibtisch. Meine Kleiderschränke nahmen eine komplette Wandseite ein und von meiner Couch aus konnte ich auf den Fernseher sehen. An den Wänden hingen Bilder von meinen Lieblingsfotografen: Peter Lindbergh, Richard Avedon und Helmut Newton.

Das ist schon okay, redete ich mir ein. Ich würde hier irgendwie zurechtkommen, es war ja nicht für immer. Hauptsache meinem Baby ging es gut.

»Im Schlafhaus der älteren Mädchen hast du nichts zu suchen«, fuhr er fort. »Aber im Haupthaus gibt es Räume, die für dich interessant sein könnten. Neben dem Speisesaal gibt es eine Bibliothek, ein Fitnessstudio, einen Klassenraum und ein Tanzstudio. Da steht das Kursangebot drin.« Er deutete auf die Prospekte, die auf dem Nachttisch lagen. »Keiner der Kurse ist Pflicht, ab der dreißigsten Woche solltest du jedoch zumindest am Geburtsvorbereitungskurs teilnehmen.« Er warf einen Blick auf meinen Bauch. »Aber das wird ja noch etwas dauern.«

Ich schlang die Arme um meinen Bauch, um ihn vor seinem Blick zu schützen.

»Das war's. Sieh dich selbst um. Morgen um zehn hast

du einen Termin bei einer unserer Gynäkologinnen im Krankenhaus. Sei pünktlich« Mit diesen Worten kehrte er mir den Rücken zu und verließ das Zimmer. Kurz bevor er die Tür schloss, hielt er inne und kramte in seiner Hosentasche. »Bevor ich es vergesse … Wir sehen es nicht gerne, wenn die Zimmer abgeschlossen werden«, er reichte mir einen Schlüssel, »aber den kriegt trotzdem jedes Mädchen.« Dann nickte er mir zu und verschwand aus meinem Sichtfeld.

Ich drehte den Schlüssel in meiner Hand. Es war mir egal, was die Menschen hier gern sahen und was nicht. Ich schloss meine Zimmertür und nutzte den Schlüssel direkt. Danach lehnte ich mich gegen die Tür und schloss die Augen.

Ich war angekommen.

Ich war in meinem Zimmer.

Ich hatte den Leiter kennengelernt.

Zumindest hinter diese Punkte konnte ich ein Häkchen setzen. Dann atmete ich tief durch, öffnete die Augen und trat ans Fenster. Unter mir erstreckte sich der Wald bis ins Unendliche. Ich war Motorengeräusche, das Bimmeln einer Straßenbahn und Stimmengewirr gewohnt. Doch nun umgab mich Stille. Ob ich wollte oder nicht, das hier würde in den nächsten Monaten mein Zuhause sein. Noch konnte ich mir das schwer vorstellen, aber vielleicht würde es sich ja irgendwann ändern. Ich zog aus dem vordersten Fach meines Koffers ein Foto, auf dem ich neben meinen zwei besten Freundinnen in die Kamera grinste und klebte es mit dem Klebestreifen, der noch an dem Bild hing an mein Fenster. Zumindest etwas, das mich an mein altes Leben erinnerte. Ich ließ mich aufs Bett fallen und legte einen Arm über meine Augen. Was machte ich mir da eigentlich vor?! Ich fühlte mich unwohl und bezweifelte, dass sich das ändern würde. Ich wollte nur nach Hause und dort mein Baby auf die Welt bringen. Egal, wer davon wusste.

Ich brauchte einen Moment, ehe ich mich zum Aufstehen aufraffen konnte. Die Müdigkeit hatte mich schon wieder fest im Griff. Einmal auf dem Bett kam ich nur schwer wieder hoch. Aber in ein paar Stunden würde es dunkel werden und dann lohnte sich ein Rundgang durch das Haus König nicht mehr.

Ohne meine Koffer auszupacken verließ ich das Zimmer. Im Flur herrschte Stille. Keines der Mädchen war zu sehen. Entweder waren sie alle in ihren Zimmern und gaben keinen Laut von sich oder sie waren draußen.

Ich verzichtete darauf, mir die anderen Gänge anzu-sehen und ging nach unten. Die Treppe knarrte unter meinen Füßen und ich fürchtete bei jedem Schritt, dass die Stufen unter meinem Gewicht gleich nachgeben würden. Als ich vors Haus trat, kamen zwei Mädchen auf mich zu. Sie sprachen nicht miteinander, sahen mich nur ernst an und schlüpften ins Schlafhaus. Ich hingegen ging über den Kies auf das Hauptbaus zu. Wenn ich Herrn König richtig verstanden hatte, spielte sich hier das eigentliche Leben in der Einrichtung ab. Zögerlich öffnete ich eine der beiden Flügeltüren. Der Flur ähnelte dem in meinem Schlafhaus, doch hier waren tatsächlich Mädchen unterwegs. Manche allein, andere in kleinen Gruppen. Aber Freude hatte ganz offensichtlich niemand. Von wegen, wie auf einer Klassenfahrt. Rechts von mir öffneten sich zwei hohe Flügeltüren und eine Gruppe Mädchen verließ den Saal dahinter. Ich schlüpfte durch die Türen, ehe sie wieder zufielen. Das musste der Speisesaal sein. Vier lange Tische erstreckten sich quer durch den Saal, vermutlich würde hier am Abend ein Buffet aufgebaut. An den Tischen saßen einige Mädchen und unterhielten sich oder spielten Karten. Dabei verzog keine von ihnen auch nur eine Miene – jede starrte griesgrämig vor sich hin.

Ein mulmiges Gefühl machte sich in mir breit. Sie wirkten alle wie Schauspielerinnen. Wie Puppen, die man einsetzte, um den Eindruck zu erwecken, hier würden Menschen leben. Hastig verließ ich den Speisesaal wieder.

Ich stieg eine Treppe hoch, um mich im ersten Stock umzusehen. Fahles Licht fiel durch die Fenster im Treppenhaus, als ich in den rechten Flur bog. Von ihm gingen nur zwei Türen ab – die erste führte zu besagtem Fitnessstudio, das einfach nur ein Raum mit ein paar veralteten Geräten war: ein Laufband, ein Crosstrainer, ein paar Geräte, dessen Funktionen ich nicht kannte, kleine Hanteln und zwei Ergometer. Welches schwangere Mädchen sollte sich hier denn abstrampeln? Ich hatte zwar gelesen, dass Bewegung in der Schwangerschaft gut für Mutter und Kind sei, aber *solche* Bewegung? Ich konnte mir beim besten Willen nicht vorstellen, dass auch nur eines der Mädchen, das einen größeren Bauch hatte als ich, auf dem Laufband lief.

Ich wandte mich der anderen Tür zu, öffnete sie und betrat die Bibliothek. Der Raum war nicht groß, aber jeder freie Zentimeter wurde von Büchern eingenommen. Die Regale reichten bis zu den hohen Decken und es gab sogar eine Galerie, zu der man über eine schwarze Wendeltreppe kam. Unter der Galerie stand ein Tresen, der so sehr mit Büchern und Papieren beladen war, dass er jeden Moment zusammenzubrechen drohte. Eine Frau mit einem Stapel Bücher in den Händen kam dahinter hervor. Ihr Alter war schwer einzuschätzen. Sie hatte lange weiße Haare und ihr Gesicht war von Falten durchfurcht. Aber sie war groß und schlank und als sie lächelte, wirkte sie nicht älter als fünfzig.

»Hallo.« Sie stellte den Stapel Bücher auf den Tresen und kam zu mir. »Kann ich dir helfen?«

Ich sah mich in der Bibliothek um. Zwar standen im hinteren Teil Tische mit Stühlen darum, aber niemand nutzte sie. Abgesehen von der Bibliothekarin und mir war die Bibliothek menschenleer.

»Ich wollte mich nur umsehen«, sagte ich und hoffte, mir damit ein Gespräch über Bücher ersparen zu können. Ich las nicht gern, hatte ich noch nie. Oft reagierten die Leute schockiert, wenn ich das zugab, als wäre es eine Krankheit. In der Gesellschaft, in der ich mich bewegte, gehörte es dazu, Klassiker wie *Stolz und Vorurteil, Krieg und Frieden* und *Die Schachnovelle* zu kennen und am besten zu lieben.

»Du bist neu hier, oder?«

Ich nickte.

»Ich bin Lena, die Bibliothekarin. Wenn du irgendein Buch suchst – ich finde es für dich.«

Sie lächelte mich an.

»Ich denke nicht, dass ich hier etwas Passendes finde«, wich ich aus.

»Macht doch nichts. Sieh dich einfach um und wenn dir etwas gefällt, komm zu mir und wir leihen es dir aus. Und du kannst hier auch einfach so Zeit verbringen, ohne zu lesen.«

Ich verzog das Gesicht zu etwas, das ein Lächeln sein sollte.

»Okay.«

Sie nickte und wendete sich wieder dem Bücherstapel zu. Ohne ihr Angebot wahrzunehmen, zögerte ich kurz, drehte mich dann aber entschlossen um und verließ die Bibliothek. Lena war zwar netter als der Anstaltsleiter, aber trotzdem kein Mensch, mit dem ich Zeit verbringen wollte. Ihre Freundlichkeit wirkte aufgesetzt und künstlich.

Ich ging an der Treppe vorbei und in den nächsten Flur. Dort führte eine Tür zum Tanzstudio. Das Laminat war matt und eine Wand war komplett verspiegelt. Sie war ganz staubig und jemand hatte traurige Smileys hineingemalt. In der Mitte des Raums saßen Mädchen, die mich mit großen Augen anstarrten. Ich murmelte eine Entschuldigung und schloss die Tür gleich wieder, um hinter die nächste zu sehen. Der Raum dahinter war leer – ein Klassenzimmer mit Gruppentischen. An der Wand gegenüber der Tür war eine Tafel angebracht, daneben ging ein weiterer Raum ab. Aber da ich davon ausging, dass es sich um eine Abstellkammer handelte, schenkte ich dem keine Aufmerksamkeit. Stattdessen ließ ich mich auf einem der Stühle nieder und fuhr mir mit der Hand über das Gesicht. Ich fühlte mich so einsam wie nie zuvor. Vielleicht verstärkte die Schwangerschaft mein Bedürfnis nach Sicherheit und Geborgenheit; dieser Ort vermittelte jedenfalls weder das eine noch das andere.

Die meisten werdenden Mütter verbrachten die Schwangerschaft zwischen Familienmitgliedern, Freunden und mit dem Vater des Kindes. Sie waren in ihrer gewohnten Umgebung, konnten sich geborgen fühlen und durften sich bemuttern lassen, bevor sie selbst Mutter wurden. Ich hingegen saß in dieser Anstalt fest. Zum ersten Mal kam in mir die Sorge auf, dass mein Baby etwas von meiner Angst und Unsicherheit spüren könnte. Schließlich würde es mich irgendwann hören, wenn ich mit ihm sprach, und die Nährstoffe, die es zum Wachsen brauchte, bekam es auch von mir. Bekam es da auch meine Gefühle über die Nabelschnur? Empfand es gerade Verzweiflung, weil ich sie empfand? Ich vergrub mein Gesicht in den Händen. Die Vorstellung war schrecklich, aber so sehr ich mir wünschte, zufriedener und glücklicher zu sein, ich konnte meine Gefühle nicht ändern und das machte mich noch trauriger.

Irgendwann straffte ich meine Schultern und atmete tief durch. In einer Stunde würde es Abendessen geben und davor wollte ich mich noch einmal hinlegen. Als ich den Klassenraum verließ, lief ich geradewegs in ein anderes Mädchen.

Kapitel 4
Charlie

Ich schien sie ebenso erschreckt zu haben, wie sie mich, denn sie sprang einen Schritt zurück. Dann breitete sich ein Grinsen auf ihrem Gesicht aus. Sie sah jung aus. Ihre braunen Haare waren zu zwei Zöpfen geflochten und glänzten im Schein der Deckenbeleuchtung. Hätte sie nicht einen solch gewaltigen Bauch gehabt, hätte sie ausgesehen wie das typische Mädchen von nebenan.

»Oh, hallo.«

»Hallo«, sagte ich und wollte mich an ihr vorbeidrängen, aber sie ließ mich nicht durch.

»Du bist neu hier, oder? Ich habe gesehen, wie du angekommen bist.« Sie schien gar nicht zu merken, dass ich kein Gespräch mit ihr führen wollte. »Ich bin Marie und du?«

Ich seufzte.

»Charlie.«

Alles in mir sträubte sich gegen ihr Lächeln und ihre offensichtliche Bemühung, mich in ein Gespräch zu verwickeln.

»Freut mich, Charlie. Wie hast du …«

»Sorry, aber ich muss dringend weiter«, unterbrach ich Marie und drängte mich an ihr vorbei. Zielstrebig ging ich den Flur entlang und warf einen Blick über meine Schulter. Ein Schatten der Enttäuschung glitt über ihr Gesicht. Sofort wandte ich mich wieder nach vorn, ging die Treppe hinunter und versuchte das schlechte Gewissen zu verdrängen. Das Mädchen hatte nett sein wollen und ich war unhöflich gewesen, aber ich hatte gerade keine Kraft für eine oberflächliche Unterhaltung und eine oberflächliche Freundschaft. Und etwas anderes würde es nicht werden, so nett das Mädchen auch zu sein schien. Ich hatte schon einmal versucht, eine tiefe Bindung zu jemandem aufzubauen und das Ergebnis war mein Aufenthalt in dieser Anstalt.

Ich musste mich an dem Geländer festhalten, weil ich so schnell die Treppe hinunterlief, dass ich fast gestürzt wäre. Unten angekommen, atmete ich erst einmal durch und sah mich um. Versteckt unter der Treppe befand sich eine Tür. Sie schien nach draußen zu führen, denn durch den Spalt, den sie offen stand, drang kalte Luft in das Haupthaus.

Ich schob sie ganz auf und trat nach draußen. Hier befand sich also die Kapelle, von der im Flyer die Rede gewesen war. Anders als die Wohnhäuser in meinem Rücken war die Kapelle aus hellem Stein gebaut, auf dem der Schmutz sichtbar war. Die Eingangstür lief oben rund zu, auf dem Dach thronte ein schmales Kreuz, einige Dachziegel fehlten. Vor der Kapelle saßen zwei Mädchen auf einer Steinbank und obwohl sie sich so nah waren, dass sie zusammen dort sein mussten, redeten sie nicht miteinander, sondern starrten zu Boden.

Ich ging an ihnen vorbei. Neben der Kapelle scharten sich Tauben um einen hellen Fleck auf dem Boden. Erst als ich nähertrat, erkannte ich, dass sie nicht nach Körnern, sondern nach Erbrochenem pickten. Ich verzog das Gesicht. Mindestens eine meiner Mitbewohnerinnen hatte also mit Übelkeit zu kämpfen. Ich öffnete die Tür zur Kapelle.

Innen sah sie genauso heruntergekommen aus wie außen. Es hingen weder Bilder des Kreuzwegs an den Wänden noch standen Marienstatuen in der Kapelle. Selbst in den beiden Buntglasfenstern war kein Bild zu erkennen.

Ich schritt durch den Gang zwischen den Bänken nach vorn. Meine Schritte hallten auf dem Steinboden wider. Auch in dieser Kapelle fühlte ich mich – wie immer in Kirchen – klein und unbedeutend. Doch normalerweise fühlte ich mich proportional zur Größe der Kirche kleiner. Hier war es etwas anderes. Diese Kapelle war sehr klein und trotzdem stellten sich meine Nackenhaare auf und mir wurde noch kälter als ohnehin schon. Ich hatte nicht das Gefühl, mich hier näher bei Gott zu befinden. Auch konnte ich mir nicht vorstellen, dass hier irgendjemand Trost oder gar Liebe finden konnte.

Ich blieb stehen und sah zu Jesus am Kreuz hoch. Er sah mich mit anklagenden Augen an.

Kapitel 5
Gilbert

Gilberts Rückenschmerzen hatten sich schon beim Aufstehen vom Steißbein bis hoch in den Nacken gezogen. Und auf der Fahrt durch den Wald fragte er sich wieder einmal, warum er nicht irgendeinen Beruf gewählt hatte, der ihm die Möglichkeit gab, sich ein Auto mit Sitzheizung zu leisten. Ein Job, bei dem er sich nicht körperlich betätigen musste, würde es doch auch tun. Stattdessen war er Reinigungskraft im Haus König – ein harter Job, bei dem er sich ständig bücken und Dinge verschieben oder anheben musste.

Er parkte seinen Wagen auf dem Hof und stieg aus. Langsam rieb er sich über den Nacken, um zumindest dort den Schmerz zu vertreiben. Wenn es so weiter ging, würde er auch noch Kopfschmerzen bekommen und darauf konnte er definitiv verzichten. Aber zumindest waren die Mädchen hier nicht so laut wie die in der Schule, in der er manchmal putzte. Wenn er früh kam, konnte er die Schüler auf dem Schulhof noch Fangen spielen hören – hier wurde nie Fangen gespielt.

Er schleppte sich auf das Haupthaus zu. Es herrschte Stille. Nicht einmal aus dem Wald waren Vögel zu hören. Es wurde zurzeit zwar immer kälter, aber so kalt, dass sich die Tiere verkrochen, konnte es eigentlich noch nicht sein.

Doch dieses Phänomen hatte er beim Haus König schon oft beobachtet. Hier war alles still, als wären die Lebensgeister aus Mensch und Tier gewichen.

Gleich nachdem Gilbert das Haupthaus betrat, schlug

ein heftiger Windstoß die Tür zurück ins Schloss. Er kramte seinen Schlüsselbund mit den rund zwanzig Schlüsseln hervor und suchte den richtigen, dann öffnete er die Abstellkammer gegenüber dem Speisesaal. Es war schon spät. Wahrscheinlich aßen die Mädchen bereits zu Abend – jedenfalls war niemand zu sehen, worüber Gilbert froh war. Er erledigte seine Arbeit lieber ungesehen. Mit der gebückten Haltung, den wenigen Haaren auf dem Kopf und der krummen Nase, die ihm vor Jahren durch einen Bruch beschert worden war, sah er nicht gerade ansehnlich aus und die Kinder hatten ihn schon oft deswegen gehänselt. Irgendwann, dachte er, irgendwann würde er genug davon haben und es ihnen heimzahlen. Denn irgendwann würde auch bei ihm das Fass überlaufen.

Kapitel 6
Marie

Marie saß auf dem Bett und blickte hinab auf ihren Bauch. Sie hatte den Pullover hochgezogen, damit sie die Haut streicheln konnte, denn manchmal konnte sie dabei ihr Baby spüren. Dann drückte es mit einem Fuß oder einer Hand gegen ihren Bauch. Mittlerweile konnte sie es sogar sehen, was sie irgendwie verrückt fand. Als wäre ein Alien in ihrem Inneren. Sanft drückte sie auf ein paar Stellen an ihrem Bauch. Ihr Baby schlief wohl. Marie hatte es lange nicht mehr gespürt und wurde schnell unruhig. Solange es sich in ihr bewegte, wusste sie, dass es ihm gut ging.

»Wach auf, Kleines«, flüsterte sie und drückte auf ihren Bauchnabel, der sich längst nach außen wölbte. Und da spürte sie es. Marie lehnte sich mit dem Rücken gegen die Wand und genoss das Gefühl. Das Baby regte sich, drückte gegen die Bauchdecke. Marie sah auf die Stelle und lächelte noch breiter.

»Hallo Maus. Hast du gut geschlafen?« Sie streichelte ihren Bauch. »In ein paar Wochen ist Schluss mit der Ruhe. Da kannst du dich schon mal dran gewöhnen.«

Als könnte das Baby ihre Worte verstehen, drückte es gegen Maries Hand.

»Aber keine Sorge. Hier draußen wird es auch ganz schön. Wenn wir erst mal zu Hause sind. Bei Lucas. Und meine Eltern sind auch ganz lieb.« Sie lächelte. »Deine Großeltern. Sie müssen sich nur an dich gewöhnen.«

Marie schloss ihre Augen und streichelte die Stelle, an der sie einen Fuß oder eine Hand spüren konnte. Aber trotzdem hatte sie das Gefühl zu weit von ihrem Baby entfernt zu sein. Sie freute sich schon auf den Moment, in dem sie es endlich ansehen und in die Arme schließen konnte. Sie träumte gerne von einer Zukunft zu dritt. Lucas, Aria und sie. In Maries Vorstellung hatten Lucas und sie die Schule beendet, sie war Fotografin und Lucas studierte irgendetwas, womit sich viel Geld machen ließ, war aber gleichzeitig viel zu Hause und verbrachte gerne Zeit mit Aria. Sie würden so glücklich sein und damit allen zeigen, dass sie auch jung gute Eltern sein konnten. Diese Vorstellung gab Marie stets Kraft und ließ sie leichter atmen – da konnten Herr König und ihre Eltern sagen was sie wollten … Sie würden ihr das Baby nicht wegnehmen.

Kapitel 7
Charlie

Es war offensichtlich, dass die anderen merkten, dass ich die Neue war. Sie starrten mich an, folgten mir mit ihren Blicken durch den Speisesaal und tuschelten. *Wie in der Schule,* dachte ich. Nur dass ich in der Schule Freunde hatte, die mit mir so etwas bewältigen würden.

Am Buffett gab es Lasagne – einmal mit Fleisch und einmal ohne. Dazu Salat und Pudding in kleinen Schüsseln. Ich stellte mich hinter ein Mädchen, das sich gerade daran bediente und tat es ihr gleich. Anschließend sah ich mich mit meinem Tablett in den Händen um. Es waren schon viele Plätze besetzt. Unsicher stand ich da und überlegte, ob es irgendeine Ordnung geben konnte. Vielleicht ein Tisch für die Hochschwangeren und ein Tisch für die Mädchen im zweiten Trimester? Möglicherweise war es ja auch wie in der Schule und an einem Tisch saßen die Coolen und an einem anderen die Loser? Ungeachtet dessen steuerte ich kurzentschlossen auf den Tisch mit den meisten freien Plätzen zu und setzte mich an den äußersten Rand, nicht weit vom Buffett entfernt.

Ich zog den Salat an mich heran und begann zu essen. Dabei ließ ich meinen Blick durch den Saal schweifen und betrachtete die anderen. An meinen Tisch, ein paar Plätze weiter, setzte sich gerade das Mädchen, das ich auf dem Flur getroffen hatte – Marie. Sie lächelte auf ihr Tablett hinab und wirkte von all den Mädchen hier bei weitem noch am lebendigsten. Doch das war kein Kunststück – vor allem, wenn man ihre Begleitung betrachtete. Das

31

Mädchen hatte schwarze, stumpfe Haare, die Augen dick mit schwarzem Kajal umrandet, war gepierct und trug schwarze Kleidung. Sie war der Inbegriff der Bezeichnung Gothicgirl. Unter ihrem riesigen Pullover fiel ihr Bauch nur bei ganz genauem Hinsehen auf.

Marie hatte meinen Blick bemerkt und lächelte mich an – als hätte es unseren heutigen Zusammenstoß nie gegeben und als hätte ich sie nicht einfach stehen lassen. Sie hob ihre Hand zum Gruß, ließ sie aber gleich wieder sinken und sah mich abwartend an. Ohne meine Mundwinkel auch nur ein Stück nach oben zu bewegen wandte ich mich von ihr ab.

Da bemerkte ich das Mädchen, das vor meinem Tisch stand und auf mich herabsah. Ich lehnte mich zurück, um ihr ins Gesicht sehen zu können. Sie war dünn und so blass, dass ihre Haut beinahe schon transparent war. An den Innenseiten ihrer Arme sah man die Adern durchschimmern und ihr Babybauch wirkte an ihrem dürren Körper wie ein Fremdkörper.

»Hallo«, sagte sie und lächelte leicht.

Ich sah ihr in die blassgrünen Augen.

»Hallo.«

»Du bist neu hier, oder?« Sie schien ihren ganzen Mut zusammengenommen zu haben, um an meinen Tisch zu kommen. Unsicher sah sie auf das Tablett vor mir.

»Ja, aber das heißt nicht, dass sich jeder Freak zu mir setzen kann.«

Die Wangen des Mädchens färbten sich rot und sie starrte mich einen Moment lang bloß an. Dann fand sie ihre Sprache wieder.

»Oh, okay. Entschuldige.« Sie drehte sich um und floh aus dem Speisesaal.

Ich sah ihr nach, bis sich die Flügeltüren hinter ihr schlossen, dann blickte ich auf mein Essen. Mir war der Appetit vergangen.

Nach dem Abendessen hatte ich nichts anderes zu tun als in mein Zimmer zu gehen und auf meinem Bett darauf zu warten, dass es Frühstück gab. Zu Hause hätte ich mir jetzt eine Serie angesehen oder mit einer meiner Freundinnen gechattet. Vielleicht wäre ich auch auf die Party gegangen, von der meine Freundin schrieb … *und früh gegangen, weil mir eine Party mittlerweile die letzte Kraft geraubt hätte,* dachte ich verbittert. Ich griff nach meinem Handy, das auf dem Nachttisch lag, und checkte meine Nachrichten. Aber nichts. *Toll.* Ich hatte ja keinen Empfang und das würde sich wahrscheinlich auf dem gesamten Grundstück nicht ändern. Frustriert legte ich das Handy in die Schublade meines Nachttischs und stand auf. Ich hatte nicht daran gedacht, Dekoration mitzunehmen – jetzt hätte ich für eine Lichterkette, Kerzen, Decken und Kissen alles gegeben. *Ach, wäre dieser Aufenthalt doch nur eine Klassenfahrt und würde bloß eine Woche dauern.*

Ich trat ans Fenster. Der Wald lag dunkel unter mir. Die Sonne war schon lange untergegangen und ließ statt der Bäume nur eine dunkle Masse erkennen. Irgendwo hinter dem Horizont lag Bonn. Das normale Leben.

Plötzlich leuchtete unten Scheinwerferlicht auf. Ich stützte mich auf dem Schreibtisch ab, um mich vorzubeugen. Auf dem Hof fuhr ein Auto an. Ich sah den Rücklichtern nach, bis sie im Wald verschwanden. *Könnte ich doch nur mitfahren.* Eine Welle von Selbstmitleid drohte mich mit sich zu reißen.

Gähnend rieb ich mir die Augen. Mein Körper fühlte sich so schwer an, als würden Gewichte an meinen Beinen hängen. Erschöpft zog ich meinen Pyjama an und kroch unter die Bettdecke. Es war kalt im Zimmer – dagegen half auch die schäbige Decke nicht. Ich zog sie mir trotzdem bis unters Kinn und schloss die Augen. Nachdem ich in einen unruhigen Schlaf gefallen war, träumte ich von der Geburt meines Kindes. Nur, dass ich nicht in einem Krankenhaus, sondern zu Hause in meinem Zimmer war. Meine Mutter war bei mir, aber sie konnte mir nicht helfen, weil sie frisch lackierte Fingernägel hatte.

Aus irgendeinem Grund wollte ich unbedingt, dass sie meinen Vater holte - irgendwie hatte ich das Gefühl, dass er sich auskannte und wusste, was zu tun war. Aber meine Mutter versicherte mir, dass wir ihn nicht bräuchten und schon irgendwie zurechtkämen. Er sei arbeiten und hätte keine Zeit mir zu helfen. Dabei wedelte sie mit ihren Händen, um die Farbe auf ihren Nägeln schneller trocknen zu lassen.

Ein Schrei drang in mein Bewusstsein und ich dachte, es sei mein Baby, das ich im Traum zur Welt brachte. Aber kurz darauf wurde mir bewusst, dass ich gar nicht mehr schlief. Mein Kind war immer noch ein wenige Zentimeter kleiner Wurm in meinem Bauch und ich lag in meinem Bett im Haus König. Der Schrei war real und er dehnte sich aus, wurde lauter und verzweifelter, ehe er prompt abriss.

Kapitel 8
Charlie

Ich hatte in der Nacht lange nicht wieder einschlafen können. Stattdessen lauschte in die Stille, die nicht weniger beängstigend war als die Schreie zuvor. Irgendwann waren meine Augenlider schwer geworden und ich war weggedämmert, aber immer wieder mit dem Gefühl aufgeschreckt, jemand würde über mir gebeugt dastehen. Irgendwann hatte ich es aufgegeben und war zum Frühstück gegangen.

Müde fuhr ich mir mit der Hand über das Gesicht. Nachdem ich zum Frühstück ein Brötchen gegessen hatte und von der hauseigenen Gynäkologin untersucht worden war – mit meinem Baby war soweit alles in Ordnung –, lag ich nun wieder in meinem Bett und versuchte Schlaf nachzuholen. Draußen hörte ich ab und zu jemanden über den Flur laufen, sonst war es ruhig.

Aber auch jetzt schlief ich nicht wieder ein, obwohl ich so erschöpft war, dass ich weinerlich wurde. Ich drehte mich von einer Seite auf die andere und bekam kein Auge zu. Dazu kam, dass draußen die Sonne schien und ich es durch die Rollläden zu Hause nicht gewohnt war, im Hellen zu schlafen.

Nein, so funktionierte das nicht. Vielleicht brauchte ich nur etwas Bewegung. Wenn ich mich jetzt an der frischen Luft verausgabte, würde ich nachher sicher noch mal schlafen können. Schnell packte ich meinen Skizzenblock und Stifte in meine Umhängetasche. Zu Hause hatte ich viel gezeichnet – vor allem Passanten, aber auch

36

Hochhäuser, Ladenfassaden und Straßenbahnen. Motive, die ich hier vergeblich suchen würde.

Nachdem ich Schuhe und Jacke angezogen hatte, verließ ich mein Zimmer. Einige Zimmertüren standen offen, aber aus den Räumen drangen keine Geräusche. Mit gesenktem Kopf eilte ich an ihnen vorbei.

Draußen wiegten sich die Äste der Bäume im kalten Wind. Ohne Ziel ging ich drauflos, wobei das Laub unter meinen Füßen raschelte. Ich lief einige Meter entfernt parallel zum Weg und hatte dennoch das Gefühl, mitten durch die Wildnis zu laufen. Unter meinen Füßen knackten Zweige und ich musste mich ab und zu unter einem tiefen Ast hindurchbücken. Die frische Luft war ich aus Bonn gar nicht gewohnt. Irgendwo schrie ein Vogel und ich hob meinen Blick zu den kahlen Baumkronen. Zwischen den Ästen, die sich wie lange Finger über mir ausstreckten, erkannte ich den wolkenverhangenen Himmel. Es würde sicher bald regnen, aber das würde mir nichts ausmachen. Ich war bloß froh, aus der Anstalt herauszukommen. Aber vielleicht gab es an meinem Aufenthalt hier ja doch etwas Positives, schoss es mir durch den Kopf. In Bonn könnte ich zum Beispiel nicht die unverbrauchte Luft und das Rascheln des Waldes genießen. Weder meine Familie noch meine Freunde gehörten zu den Menschen, die gerne durch die Natur wanderten – und ich brauchte mir nichts vorzumachen: Wenn ich in ein paar Monaten wieder nach Hause käme, würde auch ich mich nicht zum Spaziergänger entwickelt haben. Aber für den Moment war es schön.

Ein paar Meter vor mir entdeckte ich Pilze, die hell aus

dem farblosen Laub hervorstachen. Ich ging auf sie zu und hockte mich hin, um die Gruppe genauer zu betrachten. Sie standen zusammen wie tuschelnde Mädchen. Ob sie wohl giftig waren? Nicht weit davon entfernt lag ein umgestürzter Baum, auf dessen Rinde weiches Moos wuchs. Ohne die Pilze aus den Augen zu lassen, setzte ich mich auf den Baumstamm und kramte Stift und Papier heraus. Die nächsten zehn Minuten verbrachte ich damit, die Pilze zu zeichnen. Es war ein ungewohntes Motiv. Einmal stand ich auf, um mit den Fingern über die Pilze zu streichen. Ich wollte wissen wie sie sich anfühlten, damit ich dieses Gefühl in meine Zeichnung übertragen konnte.

Kapitel 9
Marie

Marie war erst skeptisch, als sie erfuhr, dass eine Nonne den Religionsunterricht leitete. Sie ging gerne in die Kirche, um den Worten des Pastors zu lauschen und sich von seiner Freude und Liebe zu Gott anstecken zu lassen. Jedes Mal, wenn sie sich daran erinnerte, dass jemand da war, der über sie wachte, fühlte sie sich geborgen. Aber mit Nonnen konnte sie überhaupt nichts anfangen – bis zu ihrer Ankunft im Haus König kannte Marie keine einzige persönlich und so blieb ihr nur das Vorurteil, dass Nonnen streng waren und niemals lachten. Schwester Margrit erfüllte dieses Klischee auf den ersten Blick, aber sie war niemals böse oder ungeduldig. Sie sprach mit den Mädchen wie mit erwachsenen Menschen und nahm sie und ihre Liebe zu Gott ernst. Schwester Margrits Lieblingsthema war Nächstenliebe – so oft sie konnte, schnitt sie es im Religionsunterricht an. Doch auch Marie mochte dieses Thema und so beschwerte sie sich nicht.

»Du sollst deinen Nächsten lieben wie dich selbst«, sagte Schwester Margrit und sah sich im Klassenzimmer um.

Marie hatte ihre Furcht vor der Schwester längst überwunden, aber einige Mädchen schrumpften regelrecht unter dem Blick der Nonne.

»Was stellt ihr euch darunter vor?«

Das war auch etwas, das Marie am Religionsunterricht gefiel. Hier konnte jeder mitdiskutieren – egal, ob man schon einmal mit der Bibel in Berührung gekommen war. Schwester Magret behandelte die grundlegenden Gebote, damit ihre Schützlinge sie verstehen und danach handeln konnten.

Ein blasses Mädchen mit feinem Haar hob scheu ihren Blick. »Es bedeutet, dass wir jeden lieben sollen. Nicht nur uns selbst.«

Schwester Margrit drehte sich zu ihr und das Mädchen versank noch tiefer in seinem Stuhl. Nur der dicke Bauch hinderte es daran, vollständig unter dem Tisch zu verschwinden.

»Wer ist denn jeder? Wen genau sollen wir lieben?«

»Gott«, sagte Marie. »Außerdem unsere Freunde und Familie. Bekannte. Auch fremde Menschen.«

Margrit nickte.

»Menschen, die wir mögen und Menschen, die wir nicht mögen«, sagte ein anderes Mädchen. Es hatte schwarze Haare und eine große Nase. Wenn Marie sich richtig erinnerte, wurde es Susi gerufen.

»Was ist mit Sündern?«, fragte die Nonne und sah sich jede von ihnen an.

Sie waren alle Sünderinnen. Auch Marie, davon war sie selbst überzeugt. Immerhin hatte sie etwas getan, das nach der Bibel eine Sünde war. Aber schlechter oder weniger wert fühlte sie sich dadurch nicht.

»Wir dürfen nicht sündigen«, sagte sie. »Wir dürfen die Sünde an sich nicht lieben. Aber wir dürfen den Sündigen lieben«, sagte sie.

»Warum? Wenn wir die Sünde nicht lieben dürfen, aber den Sünder schon. Ist das nicht das Gleiche?«, fragte die Schwester.

Bei Maries erster Stunde zum Thema Nächstenliebe

hatte sie an dieser Stelle Angst bekommen. Sie hatte befürchtet, dass die Diskussion darauf hinauslief, dass sie es nicht wert war, geliebt zu werden. Dass keiner von ihnen verziehen werden konnte. Nun hob sie wieder ihre Stimme.

»Nein, das ist nicht das Gleiche. Bei der Nächstenliebe geht es auch darum, barmherzig zu sein und seinen Nächsten mit all seinen Fehlern zu lieben. Das ist doch die Herausforderung an der Nächstenliebe.«

»Das ist richtig. Nächstenliebe hat viel mit Vergebung zu tun. Wir müssen uns unsere eigenen Sünden vergeben und auch die Sünden anderer. Nur so können wir Nächstenliebe empfinden. Das ist nicht immer einfach, aber es ist wichtig, um Gott nah zu sein. Um Gott treu zu sein.«

Marie ließ ihren Blick über die anderen Mädchen gleiten. Einige hingen ihren Gedanken nach, andere sahen immer noch demütig auf die Tischplatte vor sich. Aber Susi lächelte. Marie erkannte die Erleichterung in ihrem Blick – es war die Gleiche, die sie damals selbst empfunden hatte – und lächelte Susi an.

Kapitel 10
Charlie

Ich wanderte einige Zeit durch den Wald. Irgendwie hatte ich erwartet, irgendwann auf die Backsteinmauer zu stoßen, die das Grundstück umgab, doch sie war nicht aufgetaucht und so musste ich davon ausgehen, dass das Grundstück doch weitläufiger war, als ich zunächst angenommen hatte.

Durchgefroren und kraftlos kam ich am späten Nachmittag wieder in der Anstalt an. Ich fühlte mich wie ein Roboter mit leerem Akku. Ich lief die Stufen in mein Stockwerk hoch und warf einen Blick in das kleine Badezimmer, das ich mir mit den anderen Mädchen teilte. Es war leer und so holte ich meine Kosmetiktasche und ein Handtuch aus meinem Zimmer.

Als ich den Flur entlangging, öffnete sich eine Zimmertür und ich konnte in dem entstandenen schmalen Spalt ein paar braune Augen aufblitzen sehen. Im nächsten Moment wurde die Tür zugeschlagen. Die waren hier zurückgezogener als im echten Leben. Auf der anderen Seite der Mauer.

Ich trat ins Badezimmer und schloss die Tür. Ich war ja nicht anders. Auch ich wollte so wenig wie möglich mit den anderen Mädchen zu tun haben. Wenn ich die Person auf der anderen Seite der Tür gewesen wäre, hätte ich wahrscheinlich nicht einmal rausgesehen.

Die Dusche tat gut, auch wenn der Wasserdruck zu wünschen übrig ließ. Aber meine Muskeln entspannte das warme Wasser dennoch und so duschte ich länger als nötig. Als ich aus der Duschkabine trat, überlief mich eine Gänsehaut. Schnell zog ich mich an und verkroch mich daraufhin wieder in meinem Zimmer. Bis zum Abendessen dauerte es noch eine Stunde. Diese Zeit nutzte ich, um im Bett die Skizzen zu sichten, die ich im Wald gemacht hatte. Ein paar Bilder waren mir nicht wirklich gelungen. Ich war nicht darin geübt, die Natur einzufangen.

Um kurz vor sechs machte ich mich auf zum Speisesaal. Ich war nicht die Einzige, die sich die knarrende Treppe hinabschob und den Hof überquerte. Wir waren wie trächtige Kühe, die zum Futter wankten.

Im Speisesaal war viel los. Ich stellte mich an der langen Schlange an und sofort überkam mich Ungeduld. Ich sah hinter mich. Obwohl ich mich gerade erst angestellt hatte, war ich nicht die Letzte. Hinter mir standen das Gothic-Mädchen und Marie.

»Hallo Charlie«, sagte sie.

»Hallo.« Ich zwang mich zu einem Lächeln und drehte ihnen dann den Rücken zu.

»Das ist übrigens Maggie.«

Ich reagierte nicht, sondern sah weiterhin auf den Rücken des Mädchens vor mir. Sie stützte mit einer Hand ihren unteren Rücken – bei dem Hohlkreuz musste sie bereits einen gewaltigen Bauch haben. Bis zur Geburt konnte es nicht mehr lange dauern.

»He!«, hörte ich nun eine andere Stimme hinter mir.

Ich drehte mich erneut um. Das Gothic-Mädchen sah mich an.

Ich hob meine Augenbrauen.

»Ja?«

»Marie hat grad mit dir gesprochen. Zeig mal n bisschen Respekt!« Maggie schien genauso unfreundlich zu sein wie sie aussah.

»Sie hat noch nichts getan, das meinen Respekt verdient«, sagte ich. Ich hatte nichts gegen Marie, wirklich nicht, aber ich ließ mich auch nicht doof anmachen.

Marie legte eine Hand auf Maggies Oberarm. »Ist schon okay.«

»Nee, is nicht okay! Du hast mich ihr vorgestellt, das war verdammt nett. Sie hätt verflucht noch mal antworten sollen«, flüsterte Maggie Marie zu und sah mich aus zusammengekniffenen Augen an.

Seufzend drehte ich mich wieder nach vorn und rückte mit zwei Schritten auf. Ich nahm mir ein Tablett und in diesem Moment fand ich heraus, warum die Mädchen so früh schon in den Speisesaal gekommen waren: Es gab Burger und Pommes. Das Essen roch gut und das Wasser lief mir im Mund zusammen.

Nachdem ich mein Tablett beladen hatte, setzte ich mich an einen halb besetzten Tisch vor dem Fenster und stach meine Gabel tief in den Burger, um mit dem Messer etwas davon abschneiden zu können. Das Stück war viel zu groß, aber ich schob es mir trotzdem in den Mund. Aus dem Augenwinkel nahm ich wahr, dass sich zwei Mädchen zu mir setzten – ich brauchte gar nicht aufzublicken, um zu wissen, dass es Maggie und Marie waren.

»Schmeckt's?«, fragte Maggie provokant.

Ich warf ihr nur einen desinteressierten Blick zu, ehe ich mich wieder meinem Burger widmete. Das Essen war köstlich und ich wollte es genießen. Maggie kam mir wie ein Pitbull vor, der sich in mich verbissen hatte. Es dauerte eine Weile bis ich das Essen in meinem Mund gekaut und heruntergeschluckt hatte. Noch bevor ich mir ein weiteres Stück abschneiden konnte, fragte Maggie: »Was is eigentlich mit dir?«

»Was soll mit mir sein?«, fragte ich, ohne den Blick von meinem Essen abzuwenden.

»Du bist allein, noch nicht lange hier. Warum willst du mit keinem sprechen?«

Ich sah Maggie an.

»Weil ich die Zeit hier lieber schnell hinter mich bringen und dann nie wieder darüber nachdenken möchte.«

»Weißt du, Charlie, wenn man hier allein ist, vergeht die Zeit auch nicht schneller«, sagte Marie. Auf ihren Lippen breitete sich ein Lächeln aus.

Ich musterte die beiden so unterschiedlichen Mädchen. Dann zuckte ich mit den Schultern - darauf wusste ich nichts zu erwidern - und aß weiter.

»Wir könnten zusammen zum Religionsunterricht gehen«, schlug Marie vor. »Maggie glaubt nicht an Gott. Aber vielleicht kann ich dich ja davon begeistern?«

Ich warf Maggie einen Blick zu. Das wunderte mich nicht - sie sah wirklich nicht aus, als würde sie an Gott glauben … eher an Satan.

»Ich hab nie gesagt, dass ich nich an Gott glaub. Ich weiß nur nich, ob's ihn gibt. Das is n Unterschied. Überlegt doch mal, wie viel Scheiße auf der Welt passiert – das kann doch kein guter Gott wollen.«

Marie und ich warfen uns einen Blick zu und in diesem

Blick lag, obwohl wir uns kaum kannten, die gleiche Nachsicht für Maggie.

Ich räusperte mich. »Also ich glaube nicht nur nicht an Gott – ich weiß, dass es ihn nicht gibt.«

Maries Lächeln verrutschte keine Sekunde.

»Aber der Religionsunterricht kann trotzdem interessant sein. Schwester Margrit ist eine gute Lehrerin.«

Ich hob meine Augenbrauen.

»Schwester? Eine Nonne unterrichtet euch?«

Marie nickte.

»Sie sieht sehr streng aus, aber …«

»Sie sieht aus wie ne beschissene Hexe«, unterbrach Maggie sie und ich konnte mir ein Grinsen nicht verkneifen.

»Na gut, sie sieht aus wie eine Hexe.« Schnell sah sich Marie um, als befürchtete sie, jemand hätte sie gehört. »Aber sie *ist* keine Hexe.«

»Man weiß nie …«, murmelte Maggie. Sie schnappte sich ihren Burger und biss hinein. Soße tropfte auf ihren Teller. »Aber ich kann mir schon vorstellen, dass es das Übernatürliche gibt. Ob in der Form von Hexen oder …«

»Hör auf«, sagte Marie und hielt sich die Ohren zu. Dabei wirkte sie wie eine Fünfjährige.

Maggie verdrehte die Augen.

»Is ja gut, ich sag ja gar nichts.«

Die Mädchen warfen sich bedeutungsvolle Blicke zu.

»Was?«, fragte ich und sah zwischen den beiden hin und her. »Was ist los?«

Aber sie antworteten nicht, aßen nur schweigend ihre Burger.

46

Als ich nach dem Abendessen mein Zimmer betrat, war die Sonne schon untergegangen. Ich schaltete die Deckenlampe an und schummriges Licht erfüllte das Zimmer. Dann setzte ich mich an den Schreibtisch.

Ob es meinem Baby wohl gut ging? Es war frustrierend, nicht zu wissen, was in mir vor sich ging. Noch war mein Bauch flach, ich sah es nicht wachsen. Und bis zum nächsten Termin beim Arzt, wo die Herztöne des Babys abgehört wurden, musste ich noch ein paar Wochen warten. Als der kurze Gedanke in mir aufblitzte, dass mein Baby bereits tot sein könnte und ich es nicht mal mitbekommen würde, schüttelte ich den Kopf.

So etwas durfte ich gar nicht anfangen zu denken.

Ich sah nach draußen. Wieder einmal war nichts anderes zu erkennen als die endlose Schwärze des Waldes. Doch dann nahm ich zwischen den Bäumen ein flackerndes Licht wahr.

Ich richtete mich auf, beugte mich vor und runzelte die Stirn. Hatte dort irgendjemand ein Feuer gemacht?

Eine Weile beobachtete ich es, dann war ich mir sicher, ein Lagerfeuer zu sehen – denn es breitete sich nicht aus und bewegte sich auch nicht weg. Doch wer machte mitten im Wald Feuer? Das musste doch noch auf dem Grundstück der Anstalt sein. Ich konnte mir nicht vorstellen, dass sich schwangere Mädchen im Wald trafen, um ein Lagerfeuer zu machen. Aber sonst gab es hier ja nur die Angestellten und dass die das Feuer entfacht hatten, war noch unwahrscheinlicher. Doch wenn es keiner aus dem Haus König war, wer war es dann?

Kapitel 11
Charlie

Eigentlich hatte ich gedacht, dass man nach den ersten zwölf Wochen von Übelkeit verschont bleiben würde, aber nun kam sie zurück. Ich wollte nur noch im Bett liegen bleiben und wünschte mich nach Hause. Doch kaum hatte ich mich hingelegt und mich unter der Decke verkrochen, um in Selbstmitleid zu zerfließen, da klopfte es an der Tür. Ich zog mir die Bettdecke vom Kopf und blinzelte in das Licht, das durch mein Fenster fiel. Vielleicht würde die Person wieder gehen, wenn ich ruhig blieb. Ich starrte mit zusammengebissenen Zähnen an die Zimmerdecke und wartete ab. Doch im nächsten Moment klopfte es wieder. Ich zog mir die Bettdecke wieder über den Kopf. Die Person würde nicht einfach reinplatzen, wenn sie dachte, ich wäre nicht da. Ich brauchte also nur ruhig zu sein und abzuwarten.

Nun blieb es still. Mit angehaltenem Atem lauschte ich, hörte ein leises Knarren und im nächsten Moment riss mir jemand die Bettdecke vom Kopf. Ich starrte in Maggies blasses Gesicht und schoss erschrocken hoch.

»Hey, was soll das?!«

Maggie machte einen Schritt zur Seite.

Hinter ihr kam Marie zum Vorschein. Sie lächelte mich entschuldigend an.

»Maggie wollte sich nicht davon abbringen lassen, tut mir leid.«

Sie kam ebenfalls ins Zimmer und schloss die Tür. Ich unterdrückte einen Fluch und ließ mich zurück ins Kissen fallen.

»Bitte, Leute. Mir ist schlecht und ich würde wirklich gerne schlafen«, murmelte ich, wenn auch ohne die Hoffnung, dass sie meiner Bitte nachkommen würden.

Marie ließ sich vor meinem Bett auf dem Boden nieder, Maggie zog meinen Schreibtischstuhl heran.

»Jetzt stell dich nich so an. Ich hab die Rückenschmerzen des Todes und heul nich rum. Du wolltest doch wissen, was wir gestern gemeint haben.«

»Ja, gestern beim Abendessen. Nicht jetzt.« Ich spürte, wie die Übelkeit zunahm.

»Jaja, is schon klar.« Maggie winkte ab.

»Wir sind uns einig, dass du da etwas wissen solltest«, sagte Marie und sah ernst zu mir auf.

Ich biss mir auf die Unterlippe. Okay, die beiden würde ich wohl am schnellsten wieder los, wenn ich mir anhörte, was sie zu sagen hatten. Ich setzte mich auf, schlang die Decke um meine Schultern und lehnte mich gegen die Wand.

»Na dann lasst mal hören.«

Maggie rückte den Stuhl näher ans Bett. Sie konnte sich das Grinsen kaum verkneifen.

»Okay«, sagte sie und senkte ihre Stimme. »Was weißt du über das Haus König?«

Ich zuckte mit den Schultern.

»Nicht viel. Früher war das hier eine Lungenheilanstalt und seit zwei Jahren ist es ein Haus für schwangere Mädchen.«

Maggie und Marie wechselten einen Blick und Marie nickte ihrer Freundin zu.

»Also gut«, sagte Maggie. »Das is die offizielle Geschichte. Wahrscheinlich hast du diese Infos von deinen Eltern oder aus den Broschüren.« Sie deutete mit einem Kopfnicken auf die Flyer, die immer noch auf meinem Nachttisch lagen. »Aber wir können dir mehr erzählen. Die wahren Geschichten werden sich hier unter den Mädchen erzählt und von Generation zu Generation weitergegeben.« Ihr verschwörerisches Grinsen wurde breiter. »Aber wenn wir dir das jetzt erzählen, wirst du dich nich mehr sicher fühlen. Willst du's wirklich wissen?«

Ich verdrehte die Augen. Maggie strebte bestimmt eine Karriere als Verschwörungstheoretikerin an.

»Ja, jetzt erzähl schon.«

»Okay. Niemand weiß, woher die Geschichten kommen, aber sie verbreiten sich wie n Lauffeuer und wurden schon erzählt, lange bevor Marie und ich in dieses Haus kamen. Die Geschichten handeln von nem Monster. Ein Monster, das sich schwangere Mädchen schnappt. In unregelmäßigen Abständen verschwindet das eine oder andere und taucht nie wieder auf. Vereinzelt erzählt man sich hier auch, dass nachts Schreie durch die Flure hallen und manche wollen ne unheimliche Gestalt durch den Wald wandern gesehen haben. Es gibt mehrere Versionen, die erzählt werden, aber ich halt die für am wahrscheinlichsten, in der ein Monster die Mädchen aus ihren Betten reißt und in den Wald verschleppt. Und dort frisst es sie dann bei lebendigem Leib auf. Aber nicht der Mädchen wegen, sondern wegen der ungeborenen Kinder. Das Monster ernährt sich von Föten und wird immer stärker und stärker.«

Hätte ich den Schrei in der Nacht nicht gehört, hätte ich über ihre Worte gelacht und sie rausgeworfen. Aber so hob ich nur skeptisch eine Augenbraue.

»Das klingt für dich nach dem wahrscheinlichsten Szenario? Dass ein Monster die Schwangeren und ihre Föten frisst?«

Ich sah von Maggie zu Marie, deren Augen ganz groß und deren Haut blass geworden war. Ich seufzte. Sie schien Maggie jedenfalls zu glauben.

»Ach kommt schon. Es gibt doch bestimmt eine Theorie, die wahrscheinlicher ist.«

Ich warf einen Blick nach draußen. Regenwolken hatten sich vor die Sonne geschoben und so war es ziemlich düster im Zimmer. Dicke Tropfen prasselten gegen die Fensterscheibe.

»Eine andere Version is die, dass die Mädchen von verfluchten Aliens entführt werden – also finde ich das Monster doch wahrscheinlicher.« Maggie lächelte, wurde im nächsten Moment aber wieder ernst. »Nee, ernsthaft. Ich weiß nich mit Sicherheit, was hier los is. Aber *irgendetwas* is auf jeden Fall los – so viel steht fest.«

Ich stand auf und ging ans Fenster. Da war niemand, der sich draußen aufhielt. Und doch musste irgendwo diese Person sein, die gestern im Wald Feuer gemacht hatte.

»Was denkst du darüber?«, fragte Marie mich leise.

Ich drehte mich zu ihnen um und zuckte mit den Schultern. Dann setzte ich mich im Schneidersitz auf mein Bett.

»Ich habe auch jemanden schreien gehört ...«

Weder Maggie noch Marie schien das zu schockieren.

Maggie nickte sogar, als hätte sie damit gerechnet.

»Du bist noch nicht so lange hier«, sagte Marie und beugte sich zu mir vor. »Aber wir haben hier schon so einiges mitbekommen.«

»Und wenn die Mädchen verschwinden … also nur mal angenommen, das stimmt, warum merkt das dann keiner?« Ich machte eine fahrige Handbewegung. »Also abgesehen von euch? Ich meine die Eltern oder andere Verwandte und Freunde. Es fällt doch auf, wenn jemand nicht mehr anruft und auch nach neun Monaten noch nicht wieder aufgetaucht ist.«

Maggie hob die Schultern.

»Keine Ahnung. Aber wie oft wirst *du* denn deine fantastischen Eltern anrufen?«

Ich zuckte mit den Schultern. *Wahrscheinlich kein einziges Mal.*

»Eben. Die Eltern, die hier ihre Töchter abgeben, sind nich gerade scharf drauf, jeden Tag von den missratenen Gören zu hören«, sagte Maggie.

»Na ja, würde es hier Empfang geben, würde ich schon ab und zu mit meinen Eltern telefonieren«, warf Marie ein.

Maggie lehnte sich auf dem Stuhl zurück.

»Ich sag doch nur, dass es völlig normal is, hier mehrere Monate keinen Kontakt nach draußen zu haben. Und weißte auch, warum? Weil wir verdammt noch mal völlig abgeschnitten sind von der beschissenen Außenwelt.«

»Und wenn die Mädchen einfach nur ihre Babys kriegen und dann nach Hause fahren?«

Maggie schüttelte ihren Kopf.

»So weit kommt es nie.«

»Kannst du dir das vorstellen?«, fragte mich Marie. »Dass du stirbst, ohne dein Baby kennengelernt zu haben?« Sie streichelte über ihren Bauch und sah auf ihn hinab. In ihrem Blick lag so viel Liebe, dass ich schlucken musste.

»Ich werde mein Kind wahrscheinlich auch so nicht kennenlernen. Es wird mir ja direkt nach der Geburt weggenommen«, sagte ich.

»Wird es ein Mädchen oder ein Junge?«, fragte Marie.

Ich zuckte mit den Schultern.

»Keine Ahnung. Ich will es gar nicht wissen, dann wird es leichter, es abzugeben.«

Es würde mir nicht leichtfallen, das wusste ich schon jetzt. Das Baby war doch schon ein Teil von mir, wie würde es da erst in fünfundzwanzig Wochen aussehen?

»Also ich werde mein Baby nicht weggeben«, sagte Marie. »Ich werde es behalten.«

Maggie verdrehte die Augen, als hätte sie dieses Thema schon zu oft mit Marie durchgekaut.

Ich ignorierte sie und fragte: »Musst du es denn nicht abgeben? Dafür bist du doch hier.«

»Ich will meine Eltern davon überzeugen, dass ich es behalten darf. Ich kann es doch mit ihnen zusammen aufziehen.«

Ich konnte mir nicht vorstellen, dass ihre Eltern das erlauben würden – schließlich blätterten sie eine Menge Geld hin, damit Marie das Kind im Verborgenen zur Welt bringen konnte. Und Marie war noch jünger als ich. Ich schätzte sie auf vierzehn. Wie sollte denn ein vierzehn-jähriges Kind eine gute Mutter sein?

»Was ist mit dem Vater?«, fragte ich.

Marie lächelte.

»Er ist mein Freund. Ein ganz toller Kerl. Er hat gesagt, er wartet auf mich. Nach dem Aufenthalt hier gehe ich zu ihm zurück. Und wir hoffen beide, dass das Baby dann dabei sein wird.«

»Wer ist der Vater *deines* Kindes?«, fragte mich Maggie und beugte sich leicht vor.

Ich sah auf meine Hände hinab.

»Das … will ich nicht sagen.«

»So hässlich?«, fragte sie amüsiert.

Ich schüttelte den Kopf.

»Das geht euch einfach nichts an.«

Maggie zuckte mit den Schultern.

»Mein toller Freund hat mich sofort sitzen gelassen, als ich ihm erzählt hab, dass ich schwanger bin. Er hat mich bestimmt längst vergessen und die Nächste am Start. Als hätt er sich meinen verdammten Vater zum Vorbild genommen.« Aus ihren Worten klang Verbitterung. »Tja, wie auch immer«, wechselte Maggie das Thema. »Du solltest auf jeden Fall vorsichtig sein, wenn du …« Sie brach ab.

»Wenn ich?« Ich hob meine Augenbrauen. »Wie verschwinden die Mädchen denn?«

»Nachts«, flüsterte Marie und sah sich unbehaglich in meinem Zimmer um. »Aus ihren Betten.«

»Das können wir nich mit Sicherheit sagen«, fügte Maggie hinzu. »Aber ungefähr so muss es sein. Zumindest bei ein paar Mädchen.«

Ich schlang mir wieder meine Decke um die Schultern und rückte an die Wand. Die Vorstellung, dass jemand –

egal ob Mensch oder Monster – in mein Zimmer kam, wenn ich schlief, jagte mir einen Schauer über den Rücken. Dieser Raum war im Haus König der einzige Rückzugsort, den ich hatte. Ich hatte gehofft, dass ich mich hier nach ein paar Tagen wohlfühlen würde, aber das konnte ich jetzt vergessen.

Einen Moment lang herrschte Schweigen, dann sagte ich: »Vielleicht sollten wir dann lieber tagsüber schlafen, statt nachts.«

»Ahja … Und was willste stattdessen die ganze Nacht machen?«, fragte Maggie. »Tagsüber is hier ja schon nich gerade viel los. Aber die ganze verfluchte Nacht im Zimmer zu sitzen und nichts machen zu können, is doch Scheiße. Vor allem, wenn da draußen n Monster rumläuft.«

»Gerade *das* wäre für mich ein Grund, kein Auge zuzubekommen und wach zu bleiben.«

Maggie beugte sich noch weiter zu mir vor.

»Das Monster sucht sich ein Mädchen aus und holt es sich – egal, ob du wach bist oder schläfst.«

Kapitel 12
Charlie

Nachdem Marie und Maggie am Nachmittag gegangen waren, hatte ich nur noch an meinem Schreibtisch gesessen und nach draußen gestarrt. Es hatte keine Sekunde lang aufgehört zu regnen. Wie ich die nächsten Wochen aushalten sollte, war mir schleierhaft. Vermutlich würde ich vor Langeweile umkommen, noch bevor das Monster mich holen konnte.

Nun stand ich vor dem Spiegel an meinem Kleider-schrank und neigte den Kopf zur Seite. Meine Haare hatte ich zu einem Zopf gebunden und ich trug Jeans und einen schlichten Pullover. Ich drehte mich zur Seite und hob den Stoff, um meinen Bauch zu betrachten. Da war definitiv eine Wölbung … aber so klein, dass sich nicht sagen ließ, ob sie von der Schwangerschaft kam oder schon vorher dagewesen war.

Ich streifte den Pullover wieder über meinen Bauch, warf mir einen dicken Cardigan über und machte mich auf zum Abendessen.

Als ich über den Flur ging, wurde auf dem anderen Gang gerade eine Tür geschlossen. Ich hatte mich daran gewöhnt, dass man sich hier zurückzog, sobald jemand über den Gang ging. Und nun, wo ich die Geschichte über den Mädchenfresser kannte, wunderte es mich auch nicht mehr.

Mit eingezogenem Kopf rannte ich durch den Niesel-regen zum Haupthaus. Ich trat ein und atmete auf, auch wenn es hier zwar trockener, aber nicht wärmer war.

Am Buffett holte ich mir einen Teller Kartoffelsuppe und zwei Scheiben Brot. Zum ersten Mal fiel mir auf, dass am Ende der Essensausgabe ein Kästchen mit Nahrungsergänzungsmitteln stand. Ich zögerte, nahm mir dann aber ein Präparat aus dem Abteil »Zweites Trimester«, in dem laut Schildchen Folsäure, Vitamin D und Jod enthalten waren. Als ich mich umdrehte, fiel mein Blick auf Maggie und Marie. Sie saßen in der Nähe der Tür. Marie winkte mir zu, aber Maggie sah mich mit abweisender Miene an – ich setzte mich trotzdem zu ihnen. Ohne ein Wort zu sagen tunkte ich meinen Löffel in die Suppe und aß. Sie wärmte mich und entspannte meine Muskeln.

»Was macht ihr eigentlich den ganzen Tag?«, fragte ich. »Langweilt ihr euch nicht? Hier kann man ja nicht viel machen.«

Maggie aß, ohne mich zu beachten, aber Marie lächelte mich an. »Am Anfang habe ich mich auch zurückgezogen, aber irgendwann wird es echt langweilig. Ich fotografiere ganz gerne, deswegen nehme ich am Fotografiekurs teil. Und seit kurzem bin ich beim Geburtsvorbereitungskurs.« Sie stützte sich mit den Händen auf dem Tisch ab und beugte sich vor, um auf meinen Bauch zu schielen. »Du bist noch nicht so weit. Hm … zum Religionsunterricht willst du ja nicht, aber zum Fotografiekurs könntest du mitkommen. Hast du Lust?«

Marie wirkte so fröhlich und unbeschwert – ganz anders, als ich mich fühlte.

»Ich weiß nicht … Ich habe keine Kamera dabei und auch gar keine Erfahrung.«

Sie machte eine wegwerfende Handbewegung. »Das macht nichts, du brauchst keine Erfahrung. Ich bin eine der wenigen, die davor schon einmal eine Spiegelreflexkamera in der Hand hatte. Du kannst dir dort eine ausleihen.«

Schlimmer, als den ganzen Tag im eigenen Zimmer eingesperrt zu sein, konnte es nicht werden.

»Gehst du auch zu irgendwelchen Kursen?«, fragte ich Maggie.

Sie löffelte den letzten Rest Suppe aus ihrem Teller und führte den Löffel in den Mund. Dann legte sie ihn beiseite und schob den Teller von sich. »Ich verbring die meiste Zeit in der Bibliothek«, sagte sie, ohne mich anzusehen.

Ich verzog das Gesicht. »Ah, eine Leseratte, ja?«

Sie zuckte mit den Schultern. Seufzend fuhr ich mir mit den Händen übers Gesicht.

»Dann gehe ich doch lieber mit zum Fotografieren.«

»Cool.« Marie grinste. »Es wird dir Spaß machen. Einmal hat eine ihre Nasenlöcher fotografiert, weil sie wissen wollte, ob sie irgendwo einen Popel hängen hat. Dann hat sie vergessen, das Bild zu löschen und wir haben es uns in der Bilderbesprechung über den Beamer angesehen.« Marie lachte so heftig, dass sie sich an ihrer Suppe verschluckte.

Maggie klopfte ihr auf den Rücken. »Vollpfosten sind das in deinem Kurs ...«

Marie beruhigte sich wieder und lächelte. »Aber sie sind nett.«

»Ein bisschen dumm kommt mir die Eine da aber wirklich vor«, sagte ich.

»Dann müssen wir die Durchschnittsintelligenz eben anheben«, warf Marie ein.

»Wann ist der Kurs denn?«

»Unter der Woche um zehn Uhr morgens. Wir könnten uns ja morgen auf dem Flur treffen und dann gemeinsam hingehen. Was meinst du?« Ihre Augen leuchteten und ich musste unwillkürlich lächeln. Marie war die einzige Person hier, die sich nicht hängenließ. Die Einzige, der man so etwas wie Lebensfreude ansah. Also nickte ich.

»Einverstanden.«

An diesem Abend blieb ich lange wach und starrte aus dem Fenster, um zu sehen, ob wieder jemand Feuer machte. Aber im Wald blieb es dunkel. Und auch keine Schreie waren zu hören. Nichts, was auf irgendetwas Unnormales hätte schließen lassen.

Irgendwann zog ich mir den Pyjama an. Maggie mit ihrer Schauergeschichte. Die war Blödsinn – hier verschwanden keine Mädchen. Wahrscheinlich hatte einfach irgendjemand einen Albtraum gehabt und deshalb geschrien.

Ich legte mich ins Bett und zog mir die Bettdecke bis ans Kinn. Zwar fühlte ich mich nach wie vor nicht sicher und schon gar nicht wohl, aber ich glaubte nicht an Monster, die Mädchen und ihre ungeborenen Kinder fraßen. Das war absurd, zumindest versuchte ich mir das einzureden. Es dauerte trotzdem mehr als eine Stunde, bis ich einschlief und dann war der Schlaf unruhig und wenig erholsam.

Kapitel 13
Marie

Marie beugte sich vor und verzog das Gesicht. Dieser blöde Bauch. Sie wollte sich doch nur die Schuhe anziehen. Seufzend ließ sie sich auf ihrem Bett nieder und hievte ein Bein über das andere. Warum hatte ihr am Anfang der Schwangerschaft niemand gesagt, dass es so schwer war, sich mit dickem Bauch die Schuhe zu binden? Sie biss sich auf die Unterlippe. So ging es. Sie band sich zuerst den einen Schuh, dann den anderen und stützte sich danach mit beiden Händen auf der Matratze ab.

Sie schloss die Augen. Marie liebte ihr ungeborenes Baby, aber ihren flachen Bauch wünschte sie sich dennoch jeden Tag zurück. Marie verließ das Zimmer und sah sich auf dem Flur um, konnte Charlie jedoch nirgends entdecken.

Sie schielte zur Badezimmertür. Seit sich das Baby in Beckenlage gedreht hatte, spürte sie fast ständig einen Druck auf der Blase, ohne zur Toilette zu müssen. Es war zum Verrücktwerden. Endlich öffnete sich Charlies Zimmertür und sie trat auf den Flur. Ein Lächeln huschte über ihre Lippen.

»Wollen wir?«, fragte sie.

Marie war froh, dass Charlie sie begleitete. Mit den anderen Mädchen aus dem Fotokurs konnte sie nicht viel anfangen. Marie hatte das Gefühl, sie nahmen sie aufgrund ihres Alters nicht ernst. Auch wenn hier niemand volljährig war, war Marie die Jüngste im Kurs.

»Was hast du denn für Hobbys?«, fragte Marie ihre neue Freundin, während sie über den Hof gingen. Die Regenwolken hatten sich verzogen, dafür war ordentlich Wind aufgekommen, der an ihren Kleidern und Haaren zerrte.

Charlie zuckte mit den Schultern.

»Früher habe ich Ballett getanzt. Aber seit ein paar Monaten habe ich das Zeichnen für mich entdeckt.«

Überrascht sah Marie auf. Sie hatte Charlie nicht für eine Künstlerin gehalten.

»Echt? Zeigst du mir mal ein paar von deinen Zeichnungen?«, fragte sie.

Charlie zögerte und Marie wollte ihre Frage schon zurücknehmen – offensichtlich war es Charlie unangenehm. Aber dann zuckte diese mit den Schultern und sagte: »Klar, warum nicht?«

»Cool.« Marie lächelte sie an. Sie mochte Charlie, auch wenn die kein sonderlich fröhlicher und offener Mensch war. Dennoch war sie ein guter Mensch – das spürte Marie – und damit ein Mensch, der Maries Zuneigung verdient hatte.

»Möchtest du später einmal Künstlerin werden?«, fragte sie.

Charlie schnaubte. »Als ob meine Eltern das zulassen würden.«

»Möchtest du es denn?«

Einen Moment lang blieb es still zwischen ihnen. Dann sagte Charlie: »Schon irgendwie.« Sie sah traurig aus.

»Hm … Ich werde Fotografin. Glaubst du, meine Eltern sind davon begeistert?«

Charlie lächelte matt, sah Marie aber nicht an.

»Vermutlich nicht.«

»Nein, natürlich nicht – und das ist echt schade. Vielleicht kriege ich es wegen ihnen auch nie hin, aber ich *möchte* es und … vielleicht werde ich es trotzdem irgendwann schaffen.«

Sie gingen die Treppen hoch. Oben angekommen schnappten beide nach Luft und Marie fühlte sich durch die Kurzatmigkeit einmal mehr mit Charlie verbunden.

Als sie den Unterrichtsraum betraten, schien Charlie noch immer über Maries Worte nachzudenken. Die anderen Mädchen saßen bereits an den Laptops – Marie hatte völlig vergessen, dass sie in der heutigen Stunde ihre Fotos bearbeiten sollten. Sie biss sich auf die Unterlippe. Hoffentlich war Charlie nicht sauer, weil sie ohne Bilder nur untätig dabeisitzen konnte. Aber sie sagte nichts, als Marie aus dem Lagerraum einen Laptop holte. Zusammen setzten sie sich an einen der Gruppentische und Marie klappte den Laptop auf.

»Willst du mal sehen, was ich fotografiert habe?«, fragte sie. Anders als Charlie zeigte sie ihre Arbeiten gerne. Auf das ein oder andere Foto war sie sogar stolz.

»Klar.«

»Ich habe auf dem Gelände schon fast alles fotografiert«, erzählte sie und holte die SD-Karte aus ihrer Kamera. »Natürlich am meisten Motive aus der Natur. Das habe ich auch daheim schon am liebsten geknipst.«

Sie steckte die SD-Karte in den Laptop und öffnete die Datei. Dann klickte sie das erste Foto an. Charlie beugte sich vor, um das Bild zu betrachten.

»Also die sind noch nicht bearbeitet – die bearbeiteten

Fotos habe ich auf einem USB-Stick gespeichert.«

»Macht nichts«, sagte Charlie, ohne den Blick vom Laptop zu nehmen. »Die Fotos sind doch auch so schön gut.«

Marie grinste stolz und zeigte ihr ein Bild nach dem anderen. Viel brauchte sie darüber nicht zu erzählen, da Charlie die meisten Motive kannte: die drei Häuser, die Kapelle, Bäume, die Bibliothek und das Tanzstudio.

Bei einem Bild beugte sich Charlie neugierig vor. »Stopp!«, rief sie. »Geh noch mal eins zurück.«

Marie gehorchte. Es war das Foto eines heruntergekommenen Häuschens mitten im Wald. Es hatte nur ein Stockwerk und Efeu überwucherte die Fassade. Auf dem moosüberzogenen Dach befand sich ein schiefer Schornstein, der aussah, als würde er jede Sekunde runterrutschen und auf dem Waldboden zerschellen.

»Oh, kennst du es?«, fragte Marie.

»Nein. Aber es sieht interessant aus. Weißt du noch, wo genau du das Foto gemacht hast?«

Marie betrachtete Charlie, die plötzlich so aufgeregt war, ganz anders als sonst.

»Nein, keine Ahnung. Das Bild habe ich vor ein paar Monaten gemacht, als ich das erste Mal durch den Wald gegangen bin. Ich hatte mich verlaufen und war den ganzen Tag unterwegs.«

»Würdest du den Platz wiederfinden?« Charlie löste ihren Blick von dem Bild und sah Marie an.

»Hmmm … nein, ich glaube nicht.«

»Würdest du denn mit mir danach suchen?«

Marie sah sich das kleine Haus an. Was war so besonders

daran, dass Charlie dafür durch den ganzen Wald rennen wollte?

»Ehrlich gesagt … ungern«, gab Marie zu und legte eine Hand auf ihren Bauch. »So weite Strecken schaffe ich kaum noch.«

Charlie warf Maries Bauch einen Blick zu. »Schade. Ich würde es so gerne finden.«

»Wozu? Es ist doch nur ein altes Haus im Wald.«

Charlie zuckte mit den Schultern. »Ich finde, es sieht interessant aus. Irgendwie geheimnisvoll. Ich würde es gerne zeichnen.«

Marie sah wieder zu dem Foto. Es sah tatsächlich geheimnisvoll aus, sogar irgendwie gruselig. Sie hatte sich damals nicht näher herangetraut. Sollte sie wirklich noch einmal dorthin zurück?

»Hmm, Charlie, ich weiß nicht.«

»Wenn Maggie mitkommt vielleicht? Zu dritt wird es nicht so unangenehm wie allein. Wir werden uns bestimmt nicht verlaufen. Und wenn wir es nicht finden, werden wir spätestens nach einer Stunde wieder umkehren.«

Marie verzog das Gesicht. Bereits nach einer Stunde würde sie nur noch auf allen vieren durch den Wald kriechen und dann wären sie noch nicht wieder zu Hause. Aber Charlie war doch jetzt Maries Freundin und in deren Augen blitzte etwas auf, das Marie vorher noch nie bei ihr gesehen hatte. Vielleicht waren es ihre Lebensgeister? Wie konnte sie ihr den Gefallen da abschlagen? Also lächelte sie leicht und sagte: »Na gut. Wir können es ja mal versuchen. Aber nur, wenn Maggie mitkommt und auf keinen Fall länger als zwei Stunden.«

Kapitel 14
Charlie

Wir fanden Maggie in der Bibliothek. Sie saß auf dem Boden der Galerie über Lenas Tresen und ließ ihre Beine zwischen den Stäben des Geländers herabbaumeln. Auf ihrem Schoß lag ein Buch, in dem sie las.

Wir stiegen die Stufen zur Galerie hoch und Maggie hob den Blick. Sie sah skeptisch zwischen Marie und mir hin und her.

»Hey«, begrüßte sie uns verhalten.

»Hast du vielleicht Zeit? Wir wollen in den Wald gehen und es wäre schön, wenn du mitkommen würdest«, sagte Marie.

Maggie legte das Lesebändchen des Buches zwischen die Seiten und klappte es zu.

»Was wollt ihr denn im Wald?«

»Ich habe da vor ein paar Monaten ein heruntergekommenes Haus fotografiert und Charlie will es zeichnen.« Sie warf mir einen Blick zu, aus dem Unsicherheit sprach.

Ich nickte.

»Ja, sieht irgendwie schön aus. Vielleicht finden wir es ja wieder.«

»Ihr wisst nicht, wo es is?«

Marie schüttelte den Kopf.

»Nee, es ist schon zu lange her, dass ich da war.« Sie erzählte Maggie nicht, dass sie das Haus nur gefunden hatte, weil sie sich verlaufen hatte – aber auch ich hielt es für schlauer, dieses Detail auszulassen.

Maggie sah schon jetzt nicht gerade begeistert aus.

»Ich weiß nich. Draußen is es scheiße kalt.« Sie warf dem Buch in ihrem Schoß einen sehnsüchtigen Blick zu.

»Komm schon. Bewegung ist in der Schwangerschaft doch wichtig«, versuchte ich sie zu überzeugen und appellierte direkt noch an das Gothicgirl in ihr: »Außerdem könnte es dir auch gefallen – du stehst doch bestimmt auf Orte mit gruseligem Charme.«

»Ja, stimmt schon … beides. Aber nich bei dieser Kälte mitten im Wald und dann noch, ohne den Weg zu kennen.«

»Ach, so kalt ist es gar nicht«, sagte Marie und lächelte.

Maggie seufzte.

»Könnt ihr nich einfach allein gehen?«

»Nein, wir wollen dich dabeihaben«, sagte ich.

Sie sah die Galerie hinab.

»Nun komm schon.« Ich trat einen Schritt auf sie zu. »In einer Stunde sind wir bestimmt wieder zurück.«

»Ihr wisst nich, wo das Ding is. Da werden wir garantiert länger brauchen. Und außerdem …«, sie senkte ihre Stimme, »was is, wenn dort wer wohnt?«

»Das ist total heruntergekommen. Ist eigentlich eher ein Lost Place, als ein Haus«, warf ich ein. »Da wird schon niemand wohnen.« Natürlich erzählte ich den beiden nicht von dem Feuer, das ich vom Fenster aus gesehen hatte. Sie würden niemals mitkommen, wenn ich ihnen sagte, dass ich davon ausging, dass dort wirklich jemand lebte oder sich zumindest ab und zu dort aufhielt.

Marie ließ sich von Maggies Furcht anstecken und sah mich zweifelnd an.

»Kommt schon, wer sollte denn in dieser heruntergekommenen Hütte leben?«, fragte ich.

»Na das Monster natürlich«, flüsterte Marie.

»Ganz genau.« Maggie nickte ihrer Freundin zu.

Ich seufzte.

»Glaubt ihr wirklich an diese Schauergeschichte? Das ist doch nur irgendeine Story, die ein paar Mädchen hier irgendwann mal aus Langeweile erfunden haben.«

Maggie und Marie erwiderten nichts und ich verdrehte die Augen.

»Habt ihr *wirklich* Angst?«

»Natürlich!«, zischte Maggie und sah sich um. Aber niemand außer uns war auf der Galerie und die Mädchen, die unten in den Büchern schmökerten, sahen nicht zu uns auf. »Du willst in diesem riesigen Wald ein gottverdammtes Haus finden, in dem vielleicht jemand … *etwas* leben könnte, das Mädchen und ihre ungeborenen Babys frisst! Wie sollten wir da keine Angst haben?!«

»Maggie, komm mit oder lass es bleiben. Aber Marie und ich werden jetzt auf jeden Fall gehen.«

Marie öffnete den Mund, um zu protestieren, aber mein Blick ließ sie verstummen. Sie sah auf ihre Füße hinab … oder auf ihren Bauch – so genau konnte man das bei dessen Größe nicht mehr sagen. Maggie sah zwischen Marie und mir hin und her. Dann zog sie sich an dem Geländer hoch und hielt sich das Buch vor die Brust.

»Okay. Ich komm mit. Aber nur, weil ich glaub, dass ihr euch ohne mich verirrt. Ihr würdet sicher auch auf dem Weg zum Himmel falsch abbiegen und in die Hölle laufen.«

Ich grinste und Maggie wedelte mit ihrem Zeigefinger vor unseren Gesichtern.

»Aber wir werden in einer Stunde wieder zurück sein!«

»Na klar.« Ich lächelte.

»Ich will nich im Dunkeln durch n Wald irren müssen.«

»Quatsch, das werden wir auf keinen Fall«, sagte ich. »Es wird doch erst in fünf oder sechs Stunden dunkel.«

Sie zuckte mit den Schultern.

»Wir wissen ja nich, wo das Haus is.«

»Wir sind bestimmt in einer halben Stunde dort, ich mache kurz eine Zeichnung davon und dann gehen wir auch schon wieder zurück.« Dass es nicht so einfach werden würde, hätte ich mir eigentlich denken können.

Kapitel 15
Frida

Als Frida Fuchs von der Arbeit nach Hause kam, fiel ihr Blick als Erstes auf das Festnetztelefon. Ein rotes Lämpchen signalisierte ihr, dass sie einen Anruf verpasst hatte. Schnell warf sie ihre Chanel-Handtasche auf die Kochinsel und eilte zum Telefon. Sie hatte eigentlich damit gerechnet, dass der Anruf auf ihrem Handy eingehen würde, aber vielleicht hatten sie ihre Handynummer verloren oder sie einfach nicht bei der Arbeit stören wollen. Frida wählte im Menü die neue Nachricht aus und hielt sich den Hörer ans Ohr. Aufmerksam lauschte sie auf die mechanische Stimme, ehe die eigentliche Nachricht abgespielt wurde.

Enttäuscht ließ sie das Telefon sinken, noch bevor die Aufnahme zu Ende war. Es war nicht ihre Tochter und auch nicht Herr König oder sonst jemand aus dem Haus König.

Sie stellte das Telefon zurück in die Ladestation. Okay, es war noch früh – das hieß nicht, dass der Anruf ausbleiben würde. Außerdem wusste Frida, dass Vanessa nicht automatisch heute entbinden würde, nur weil es der errechnete Entbindungstermin war. Sie selbst hatte Vanessa eine Woche vor dem Termin bekommen und eine Freundin hatte bei ihrem Kind zwei Wochen länger warten müssen.

Dennoch rechnete Frida heute mit dem Anruf – schließlich wussten sowohl ihre Tochter als auch der Leiter des Hauses genau, dass sie auf Neuigkeiten wartete.

Sie hatte darum gebeten, heute angerufen zu werden – selbst wenn das Baby nicht kommen würde. Unruhig tigerte Frida zur Kaffeemaschine und stellte sie an. Dann strich sie mit den Fingern über die glänzende Arbeitsplatte aus Marmor und ging zu der Theke. Sie setzte sich auf einen der Barhocker und starrte das Telefon an.

Als sie vor acht Monaten erfahren hatte, dass ihre Tochter schwanger war, hatte sie sich nichts sehnlicher gewünscht, als die Zeit zurückdrehen zu können. Dann hätte sie Vanessa niemals erlaubt, mit ihrem Freund auszugehen. Diesem Verlierer, der nichts auf die Reihe bekam. So hätte sie verhindert, dass er sie schwängerte und Vanessa wäre jetzt gar nicht im Haus König. Seufzend fuhr sie sich durchs blondierte Haar und schloss die Augen. Jetzt, wo bald alles geschafft war, wünschte sie sich nur noch, ihre Tochter wieder in den Armen halten zu können. Mehr wollte sie gar nicht. Sie vermisste Vanessa – dass die Sehnsucht nach ihr so stark sein würde, hätte sie vor acht Monaten nicht gedacht. Damals war Vanessa gerade dabei gewesen, sich selbst zu finden. Sie wollte nach der Schule nicht studieren, sondern eine Ausbildung machen. Frida hatte ihr vehement davon abgeraten – immerhin konnte man später deutlich mehr Geld verdienen, wenn man studiert hatte. Wozu hatte sie das Abitur denn sonst? Aber Vanessa wollte arbeiten, nicht noch mehr lernen, ohne zu wissen, wofür.

Nun wünschte sich Frida, dass das ihr einziges Problem wäre.

Sie griff nach dem Telefon. Die Büronummer ihres Mannes konnte sie auswendig, schließlich war er mehr dort als zu Hause. Die Sekretärin leitete den Anruf weiter. Wie sehr Frida es hasste, dass sie immer erst an dieser überfreundlichen Frau vorbeimusste, wenn sie mit ihrem Mann sprechen wollte.

»Hallo Schatz. Bist du schon zu Hause?« Er klang fröhlich.

»Ja, bin eben zur Tür rein. Sag mal, du hast noch nichts von Vanessa gehört, oder?«

»Nein.« Er senkte die Stimme, damit seine Kollegen nicht mitbekamen, wovon er sprach. »Hab ich nicht. Sollte ich?«

»Heute ist doch der Entbindungstermin …« Hatte er das etwa vergessen?

»Ach so. Aber du weißt ja, dass das nichts zu bedeuten hat.«

»Ja, weiß ich.« Frida ertappte sich dabei, wie auch sie die Stimme senkte. »Aber sie wollten sich trotzdem bei mir melden.« Eigentlich wartete sie schon seit zwei Wochen auf eine Nachricht. Sie wollte doch nur wissen, ob es ihrer Tochter und ihrer Enkelin gut ging.

»Lass ihnen einfach Zeit. Sie werden schon anrufen, wenn das Kind da ist und wir Vanessa abholen können.«

Frida biss sich auf die Unterlippe.

»Wollen wir sie nicht doch einfach mal besuchen fahren?«, fragte sie.

Milan Fuchs schwieg. Dann sagte er noch leiser: »Davon hat Herr König doch abgeraten. Sie soll sich ganz auf das Kind konzentrieren. Gerade jetzt könnte es Stress bei ihr auslösen, uns zu sehen.«

Ja, das hatte der Leiter gesagt, aber Frida fiel es in den

72

letzten Tagen immer schwerer, still dazusitzen und auf Neuigkeiten zu warten. Sie hatte bei der Geburt ihrer Tochter auch Angst empfunden und war nicht von ihren Lieben getrennt gewesen – wie musste sich da Vanessa fühlen? So ganz ohne Familie und Freunde an ihrer Seite?

»Wir hätten sie nicht dalassen sollen«, sagte Frida leise, mehr zu sich, als zu ihrem Mann.

»Hör mal, ich muss jetzt auflegen. Ich erwarte noch einen wichtigen Anruf. Entspann dich, Schatz. Es wird ihr schon gut gehen.«

Aber Frida konnte sich nicht entspannen. Sie hatte mittlerweile regelrecht Angst um ihre Tochter.

Kapitel 16
Marie

»Also wenn's gleich regnet und ich wegen euch nass werd, solltet ihr verflucht schnell sein«, sagte Maggie mit einem Blick zum grauen Himmel. Man konnte zwar erahnen, wo die Sonne stand, aber es war kein Stück blauer Himmel zu sehen.

»Das wird schon«, sagte Charlie und versuchte positiv zu klingen.

Marie zog den Reißverschluss ihrer Umstandsjacke hoch. Das würde ein langer, anstrengender Marsch werden. Sie zweifelte nicht zum ersten Mal an dieser Unternehmung. Als sie die Fotos gemacht hatte, war ihr Bauch noch nicht so unpraktisch groß gewesen, aber sie sprach die Sorge, dass sie den Weg nicht schaffen würde, nicht noch einmal aus. Sie hatte in Maggie und Charlie Freundinnen gefunden und die wollte sie nicht verlieren. Es war ihr wichtig, dass sie Menschen hatte, mit denen sie sich unterhalten konnte und die ihre Ängste um das Baby und vor dem Monster verstehen konnten.

Marie führte sie an der Kapelle und am Krankenhaus vorbei. Dort hinten gab es keinen Weg mehr und fortan musste sie sich auf der Suche nach dem Haus auf ihr Gefühl verlassen. Sie hatte eine ungefähre Ahnung, wo es stand, aber ob die stimmte, würde sich erst noch zeigen.

Maggie fluchte leise, aber Marie ignorierte sie. Maggie war oft ungeduldig und genervt – ob wegen der schwangerschaftsbedingten Stimmungsschwankungen oder weil es einfach ihrer Art entsprach, konnte Marie nicht sagen –, aber sie würde niemals umkehren und Charlie und Marie allein lassen.

Je tiefer sie in den Wald vordrangen, desto dunkler wurde es um sie herum. Die Tannen verschluckten das ohnehin schon dürftige Licht, das durch die Wolken drang. Marie zog ihre Schultern hoch, bis der Kragen ihrer Jacke ihren Unterkiefer berührte. Unbehagen kroch über ihren Rücken. Bei jedem Schritt ein bisschen mehr. Immer wieder hob sie den Blick und sah sich um, doch jeder Baum sah aus wie der andere. Es gab nichts, was ihnen den Weg hätte weisen können.

»Bist du sicher, dass wir in die richtige Richtung gehen?«, fragte Maggie irgendwann.

Marie blieb stehen und drehte sich zu ihr und Charlie um. »Nein, ich bin mir nicht sicher … Aber wir *könnten* in die richtige Richtung gehen.«

»Wie beruhigend«, murmelte Maggie, folgte Marie aber weiter.

Es herrschte absolute Stille. Kein Vogel sang und keine Maus brachte das Laub zum Rascheln. Als wären sie die einzigen Lebewesen weit und breit. Schon bald kroch die Kälte unter Maries Kleidung und sie begann zu zittern. Den beiden anderen konnte es nicht anders gehen. Sie hoffte, dass sich keine von ihnen erkältete. Marie wollte nicht auch noch ans Bett gefesselt sein, wenn ein Mädchenfresser …

Sie blieb stehen. »Ich weiß nicht«, sagte sie und blickte sich um. »Es kann gut sein, dass wir doch falsch sind. Ich habe keine Ahnung, woran ich mich orientieren soll. Hier sieht alles gleich aus.«

»Ich sag doch, dass das eine beschissene Idee war. Lasst uns zurückgehen«, sagte Maggie.

Marie sah Charlie an. Es war ihre Idee gewesen – sie musste sagen, wann sie abbrechen und zurückgehen wollte.

»Lasst uns noch zehn Minuten gehen, ja? Ist das in Ordnung, Marie? Kannst du noch?«

Marie lächelte matt.

»Er wird immer wieder hart.« Sie strich über ihren Bauch. »Aber wenn wir langsam gehen, halte ich es noch eine Weile aus.« Das hoffte sie zumindest.

»Diese Suche ist genau das Richtige für eine Hochschwangere ...«, murmelte Maggie.

Marie war frustriert, weil sie nicht einmal wusste, ob sie in die richtige Richtung gingen. Sie hätte Charlie so gerne geholfen. Außerdem hatte die Abenteuerlust nun auch sie gepackt – zumindest ein bisschen. Sie hatte das Häuschen damals nur fotografiert, weil es ihr zufällig vor die Linse gekommen war. Aber jetzt war sie doch neugierig geworden. Warum stand es dort? Was befand sich darin? Hatte dort mal jemand gewohnt? Mitten im Wald? Und tat es vielleicht noch immer? Nach weiteren fünf Minuten blieb Charlie stehen.

»Okay. Lasst uns zurückgehen. Das bringt wirklich nichts.«

»Na endlich!« Maggie seufzte erleichtert auf und drehte schon auf dem Absatz um, als Marie innehielt und in den Wald vor sich starrte.

»Wartet ...« Sie ging ein paar Schritte. »Da! Ich glaube, wir haben es gefunden!«

Zwischen den Ästen lugten Teile einer Hausmauer hervor. Die drei gingen auf die Stelle zu und als sich der Wald lichtete, gaben er den Blick auf das Haus frei. Klein, gedrungen und heruntergekommen war es. Jetzt, wo Marie nur noch wenige Meter davon entfernt stand und mit dem Gedanken an den Mädchenfresser im Hinterkopf, wirkte das Gebäude mehr als gruselig. Nein, hier würde kein normaler Mensch freiwillig leben. Maggie blieb neben Marie stehen und Charlie ging langsam darauf zu.

»Warte!«, zischte Maggie. »Geh nich so nah ran, verdammt!«

Aber Charlie hörte nicht auf sie. Vorsichtig trat sie immer näher, in einer Art Seitengang, als würde sie sich die Option offenhalten wollen, jeden Moment weglaufen zu können.

Schließlich blieb sie wie angewurzelt stehen und starrte auf das Haus. Marie warf Maggie einen beunruhigten Blick zu, aber die schien auch nicht zu verstehen, was genau Charlies Aufmerksamkeit fesselte. Marie ging zögerlich zu Charlie, folgte ihrem Blick und sah nun selbst eine Feuerstelle, die nur wenige Meter vom Haus entfernt lag. Die gleichen Ziegelsteine, aus denen das Haus gebaut war, bildeten einen Kreis um die verkohlten Reste eines Lagerfeuers. Aber es war nicht die Feuerstelle an sich, die Charlies Blick fesselte. Es war das, was in der Asche lag.

Kapitel 17
Charlie

»Sind das Knochen?!«, fragte Marie entsetzt. Sie sah aus, als müsste sie sich jeden Moment übergeben – ich konnte es ihr nicht verdenken.

In der Feuerstelle lagen mehrere Stücke, die etwa so lang wie Finger und vom Feuer schwarz wie Kohle waren. Nur an manchen Stellen schimmerte ein helles Braun hindurch.

»Scheiße, was seht ihr da?!«, rief Maggie, die sich nicht traute näherzukommen.

Ich warf einen Blick über meine Schulter.

»Ich weiß es nicht so genau.« An Marie gewandt flüsterte ich: »Das können keine Knochen sein. Das ist völlig unmöglich.«

»Nicht, wenn es die Knochen eines Mädchens sind, das sich das Monster gekrallt hat, um es über einem Feuer zu grillen.«

»Jetzt hör endlich auf damit!«, zischte ich. »Du weißt genauso gut wie ich, dass das nur eine Geschichte ist. Das sind sicher Zweige ... wahrscheinlich waren sie nass und brannten nicht richtig.«

Marie sah sich unbehaglich um.

»Ich möchte hier trotzdem nicht länger bleiben.«

Auch ich fühlte mich nicht sicher. Aus dem Haus drang kein Laut, aber es war kürzlich jemand hier gewesen und hatte Feuer gemacht. Selbst wenn in diesem Moment niemand im Haus war – die Person konnte jederzeit wiederkommen.

»Okay«, flüsterte ich. »Dann lasst uns von hier verschwinden.«

Ich warf noch einen letzten Blick auf die Feuerstelle und ging dann mit Marie zu Maggie. Selbst wenn ich wirklich vorgehabt hätte, das Haus zu zeichnen – spätestens jetzt wäre mir die Lust daran vergangen.

Kapitel 18
Gilbert

Gilbert fuhr mit einem feuchten Lappen über die Bänke der Kapelle. Hier zog es so sehr, dass er den Kragen seiner Jacke aufrichten musste, um im Nacken vom Wind geschützt zu sein. Noch nie hatte er eines der Mädchen in der Kapelle gesehen und er konnte sich auch nicht vorstellen, dass man sich Gott hier nahe fühlte. Als Kind war er gerne mit seinen Eltern in die Kirche gegangen – jeden Sonntag zum Gottesdienst. Aber die Kirche, in die sie gegangen waren, war groß, gut gepflegt und pompös gewesen.

Selbst die Nonne, die im Haus König arbeitete, hielt sich nicht gerne in der Kapelle auf. Sie hatte ihm einmal erzählt, hier würden Dämonen ihr Unwesen treiben. Nach Gilberts Meinung war das zwar Blödsinn, aber er konnte verstehen, dass sie nicht gerne hier war.

Nachdem er das Holz vom Staub befreit hatte, zog er seine Uhr aus der Hosentasche. Sie hatte seinem Großvater gehört. Obwohl das Armband kaputt war, trug er sie lieber in seiner Hosentasche als sie reparieren zu lassen. Er wollte das Band, das sein Großvater getragen hatte und kein Neues.

Es wurde Zeit, Feierabend zu machen. Zufrieden mit seiner heutigen Arbeit schob Gilbert den Wagen mit Reinigungsutensilien aus der Kapelle. Draußen fegte ihm eine Böe Laub entgegen. Er stemmte sich gegen den Wind und schob den Wagen ins Haupthaus. Drinnen ange-kommen, hörte er den Wind um das Haus pfeifen. Er schob den Wagen zurück in die Abstellkammer und schloss die Tür hinter sich ab.

Auf dem Flur waren schon Mädchen auf dem Weg zum Abendessen. Er wollte so schnell wie möglich verschwinden, bevor sie sich auf ihn stürzen und ihn ärgern konnten. Das war ihm nicht nur einmal passiert und seitdem hielt er sich von den Bewohnerinnen fern.

»Gilbert!«, rief eine Frau hinter ihm und er zuckte zusammen, als wäre er bei etwas Verbotenem erwischt worden.

Er drehte sich um. Paula – normalerweise sah er sie nur in der Küche – kam die Treppe heruntergeeilt und Schwester Margrit kam hinter ihr her. Grimmig wie immer.

»Hallo Paula«, sagte er und bemühte sich um ein Lächeln, das ihm nicht gelang. Schwester Margrit nickte er nur zu.

»Warst du eben draußen?«

Er zog seine buschigen Augenbrauen zusammen.

»Ja, wieso?«

»Warst du an meinem Komposthaufen?« Paula stemmte ihre Hände in die Hüften und sah Gilbert an wie eine Mutter ihr Kind, das verbotenerweise Kekse genascht hatte.

Aber er wusste nicht, was sie meinte.

»Äh … nein. Warum sollte ich an deinen Komposthaufen gehen?«

»Weil Essensreste entnommen wurden. Einige liegen auf dem Boden um den Kompost herum, andere habe ich ein paar Meter weiter gefunden.«

»Warum sollte ich Essensreste stehlen? Ich bin zwar knapp bei Kasse, aber Essen aus dem Müll klauben muss ich noch nicht.«

Schwester Margrit und die Köchin wechselten einen Blick.

»Na gut. Dann warst du es wohl nicht. Aber wer dann?« Sie sah ihn an, als müsste er die Antwort auf ihre Frage haben, aber er konnte nur den Kopf schütteln.

»Ich weiß es nicht, Paula. Vielleicht eines der Mädchen?« Er sah sich um und begegnete dem abschätzigen Blick eines Mädchens, das seine Tochter, vielleicht sogar seine Enkelin hätte sein können. Paula schnaubte.

»Eines der Mädchen, klar.« Sie warf der Schwester einen Blick zu. »Die machen sich doch nicht die Finger schmutzig. Außerdem bekommen die von mir genug Essen.«

»Es war wahrscheinlich irgendein Tier«, sagte Schwester Margrit in einem Ton, der keinen Widerspruch duldete.

Aber Paula schien das egal zu sein, denn sie stapfte mit dem Fuß auf.

»Nein, das war kein Tier! Hier gibt es keine Tiere. Hier will doch kein Tier leben.«

»Paula.« Gilbert trat auf sie zu. »Beruhige dich. Das ist doch nicht schlimm.«

»Es ist *doch* schlimm!« Ihre Stimme wurde lauter und Gilbert sah sich erneut um.

Sie erregten Aufmerksamkeit und das war genau das, was er eigentlich vermeiden wollte.

»Jemand klaut mein Essen und das lasse ich nicht durchgehen!«

Damit drehte sie sich um und rauschte in den Speisesaal.

Gilbert sah ihr nach. Drehte Paula nun völlig durch? Es konnte ihr doch egal sein, ob jemand Essensreste aus dem Kompost klaute. Paula brauchte sie schließlich nicht mehr.

Gilbert sah Schwester Margrit an, die ihn ihrerseits ebenfalls musterte. Ihr war anzusehen, was sie von ihm hielt. Früher war sie ihm gegenüber nicht so skeptisch gewesen, aber vor einigen Wochen hatte sie sich verändert. Obwohl sie noch nie besonders freundlich gewesen war, sprühte sie nun nur so vor Argwohn. Als erwartete sie hinter jeder Ecke einen Gotteslästerer.

Kapitel 19
Charlie

Minutenlang saßen wir schweigend über unsere Teller gebeugt und verspeisten Hähnchen mit Kartoffeln und Blumenkohl. Ich brannte darauf, mit Maggie und Marie über unseren Ausflug zu sprechen, aber sie schienen noch nicht bereit zu sein. Ich hatte mir vorgenommen, sie den ersten Schritt machen zu lassen, aber als ich nun auf mein Essen blickte, hielt ich es nicht mehr aus.

»Also«, begann ich und legte meine Kabel beiseite. »Was denkt ihr?«

»Dass die Kartoffeln ruhig noch fünf Minuten länger hätten gekocht werden können«, brummte Maggie.

Ich verdrehte die Augen.

»Ich meine über das Haus.«

»Was sollen wir schon darüber denken?«, fragte Maggie und zuckte mit den Schultern. »Es war ein Fehler, hinzugehen. Ich hab es euch gesagt, aber auf mich hört ja keiner. Ihr seid genauso dämlich wie das Mädchen, das seine Popelnase fotografiert hat.«

»Was? Warum soll es denn ein Fehler gewesen sein?«, fragte ich und ignorierte ihre Beleidigung. »Da lebt irgendjemand. Seid ihr nicht neugierig, wer da Feuer gemacht hat?«

Marie schüttelte den Kopf.

»Ich glaube, ich will das lieber nicht wissen.«

»Ach, komm schon. Also als ich mitten in der Nacht das Feuer dort brennen gesehen habe, wäre ich am liebsten sofort rausgerannt, um herauszufinden, wer da ist.«

Maggie hob den Kopf und sah mich aus zusammengekniffenen Augen an.

»Bitte was?! Du hast Feuer gesehen?«

Ich presste meine Lippen zusammen und nickte. *Mist, das hätte ich nicht erwähnen sollen.* Auch Marie sah mich mit vor Schreck geweiteten Augen an.

»Na ja ... ich bin irgendwann nachts aufgewacht und habe im Wald etwas flackern gesehen. Es sah aus wie ein Feuer. Als Marie mir das Foto gezeigt hat, war ich mir sicher, dass es von dort gekommen sein muss.«

»Verdammte Scheiße, Charlie!«, sagte Maggie und raufte sich die Haare. »Das hättest du uns sagen sollen. Du kannst doch nich mit uns durch den ganzen beschissenen Wald rennen und verschweigen, dass da irgendwas lebt. Verdammt, du *wusstest,* dass wir Angst vor nem Monster haben!«

»Ja, aber ...« Ich wusste nicht, was ich sagen sollte.

»Ich finde das auch nicht gut. Ich habe seit dem Marsch Rückenschmerzen und meine Füße sind geschwollen«, sagte Marie leise. Sie brauchte mich gar nicht wütend anzufunkeln, um mir zu zeigen, dass ich sie enttäuscht hatte.

Ich sah auf mein Essen hinab.

»Es tut mir leid. Ich wollte da nicht allein hin und wusste, dass ihr nicht mitkommen würdet, wenn ich euch von dem Feuer erzähle.«

»Ganz genau«, sagte Maggie. »Was wär passiert, wenn derjenige, der das Feuer gemacht hat, aus dem Haus gekommen wär? Du hättest vielleicht noch über ne kurze Strecke wegrennen können. Aber was wär mit uns gewesen?« Maggie deutete auf ihren und Maries Bauch. »Sie hat den Weg doch ohnehin schon nur mit Mühe geschafft.«

»Es tut mir leid«, widerholte ich. Und es stimmte. Ich fühlte mich schlecht, weil ich an das, was Maggie nun sagte, gar nicht gedacht hatte. Ich hatte nicht einkalkuliert, dass die ganze Aktion wirklich gefährlich werden könnte und drei schwangere Mädchen nicht so schnell rennen konnten wie die Person, die vielleicht in dem Haus lebte.

»Ich habe keinen Hunger mehr.« Marie schob den Teller von sich.

»Marie …« Ich beugte mich zu ihr vor, aber sie schüttelte resigniert den Kopf.

»Ist schon gut, Charlie. Ich will jetzt einfach nur ins Bett.«

Marie stand auf und Maggie tat es ihr gleich. Sie half Marie, über die Bank zu steigen und warf mir noch einen bösen Blick zu, ehe die beiden den Speisesaal verließen.

Kapitel 20
Marie

Marie lag bereits im Bett, obwohl ihr Wecker erst zwanzig Uhr anzeigte. Sie hatte nur noch unter der Bettdecke verschwinden und danach nie wieder auftauchen wollen.

Sie war völlig geschwächt. Der Marsch durch den Wald war für ihren Körper zu viel gewesen und die Angst vor dem Ungeheuer in der Hütte zu viel für ihre Seele. Sie schloss die Augen und träumte sich in ihr Zimmer zu Hause. Sie stellte sich vor, wie sie mit ihrem Freund auf ihrem Bett lag und kuschelte. Sie hatte sich bei ihm immer wohlgefühlt. Und sicher.

Marie hatte ein schlechtes Gewissen, weil sie in den Wald gegangen war, obwohl sie genau wusste, dass es anstrengend werden würde. Das durfte sie ihrem Körper nicht noch einmal zumuten – schließlich trug sie ein Baby in sich, das sie beschützen musste. Hätte sie Charlie nicht so gerngehabt, wäre sie niemals mitgekommen. Aber Charlie hatte Marie ausgenutzt. Das wurde ihr jetzt klar und deshalb fühlte sie sich schäbig. Sie hatte sich von Charlies Gefühlen, statt von ihrer Sorge um das Wohlergehen ihres Kindes leiten lassen. Seit Marie schwanger war, arbeitete sie daran, nicht mehr alles zu tun, worum man sie bat. Sie wollte gar nicht daran denken, was im Wald alles hätte passieren können. Selbst wenn kein mädchenfressendes Monster in der Hütte hauste – dass dort jemand lebte, war nicht normal. Sie konnte es immer noch nicht verstehen. Was für ein Mensch wollte so leben? Mitten im Wald. Ohne Supermarkt, ohne

Freunde und Familie. Außerdem hatte die Hütte nicht so ausgesehen, als würde es dort Strom und fließendes Wasser geben. Marie zog sich die Decke über den Kopf. Eine Träne rann ihr über die Wange und sie ließ all die Anspannung heraus, indem sie in ihr Kissen weinte. Sie hatte die Gesundheit ihres Babys riskiert.

Kapitel 21
Charlie

Als die Dunkelheit hereingebrochen war, verließ ich mein Zimmer noch einmal, obwohl ich schon wieder Sodbrennen hatte. Ich hatte gelesen, dass das im weiteren Verlauf der Schwangerschaft noch schlimmer werden würde, aber konnte mir kaum vorstellen, wie das noch steigerbar sein sollte.

Es war noch nicht so spät, aber die meisten Mädchen waren längst in ihren Zimmern verschwunden. Kein Geräusch drang unter den Türen hindurch.

Ich ging die Treppe hinunter und aus meinem Schlafhaus. Es war ruhig. Auf dem Hof blieb ich stehen und blickte hoch, konnte aber weder den Mond noch Sterne sehen. Wieder einmal wünschte ich mir, woanders zu sein – ganz egal wo, meinetwegen auch im Matheunterricht … Hauptsache nicht hier.

Ich ging auf das Haupthaus zu. Die Tür war offen. Zwei Mädchen huschten aus dem Speisesaal und an mir vorbei ins Freie. Sie hatten mich gar nicht beachtet. Hier eine Freundin zu finden war nicht leicht. Mit Marie und Maggie hatte ich Glück gehabt. Hoffentlich hatte ich es mir jetzt nicht mit ihnen verscherzt.

Ich ging hoch in den ersten Stock und den Gang entlang auf die Bibliothek zu. Durch das Fenster in der Tür fiel Licht auf den Flur. Lena musste noch da sein. Ich öffnete die Tür und steckte meinen Kopf durch den Spalt, aber es war niemand zu sehen. Ich trat ein und schloss leise die Tür. Lena schien das Geräusch trotzdem gehört zu haben, denn sie kam hinter einem Bücherregal hervor. Als sie mich sah, lächelte sie.

»Hallo. Ich wollte gerade Feierabend machen, aber wenn du möchtest, kannst du dich noch fünf Minuten umsehen.«

»Das wäre super.« Ich lächelte und ging zielstrebig zu einem der Bücherregale, obwohl ich gar kein Buch ausleihen wollte. Aber ich wusste nicht, wie ich auf das eigentliche Thema zu sprechen kommen sollte. Ich strich mit den Fingern über die Buchrücken und suchte nach den richtigen Worten.

Schließlich seufzte ich und drehte mich zu Lena um.

»Haben Sie eigentlich schon einmal das Haus im Wald gesehen?«

Sie hielt mitten in der Bewegung inne und ließ gleich darauf das Buch, das sie gerade ins Regal stellen wollte, sinken.

»Welches Haus?«

Ich blickte zu Boden.

»Da ist so ein kleines Haus mitten im Wald. Ich war heute da. Es sah aus, als würde dort jemand wohnen und ich hab mich gefragt, wer das sein könnte. Das komplette Gelände gehört doch zum Haus König, oder?«

»Ein Haus im Wald, in dem jemand wohnt?« Ungläubig schüttelte sie den Kopf. »Das kann ich mir nicht vorstellen. Du hast recht – das Gelände ist nicht öffentlich zugänglich. Also *wenn* im Wald ein Haus ist, wohnt da garantiert niemand.« Sie überlegte kurz, dann hellte sich ihr Gesicht auf. »Ach, ich glaube, ich weiß, was du meinst. Ein altes Backsteinhaus, das schon auseinanderfällt?«

90

Ich nickte.

Lena fuhr fort: »Früher war das hier eine Lungenheilanstalt und dort hat damals der Hausmeister gewohnt, glaube ich. Ist aber schon ein halbes Jahrhundert her. Oder noch länger.« Sie lächelte. »Heute lebt da bestimmt niemand mehr. Wie heißt du noch mal?«

»Charlie.«

»Okay, Charlie. Es war wirklich nicht sehr klug, so tief in den Wald zu laufen. Man kann sich da draußen leicht verirren und in der Nacht wird es sehr kalt. Es ist besser, wenn du in der Nähe der Häuser bleibst.«

Obwohl ich nicht vorhatte, ihrem Rat zu folgen, nickte ich. »Okay, mache ich. Dann noch einen schönen Feierabend.«

Ich durchquerte die Bibliothek. An der Tür angekommen, spürte ich ihren Blick noch immer in meinem Rücken. Ich drehte mich zu ihr um. Als sie meinem Blick begegnete, setzte sie schnell ein Lächeln auf – doch ich hatte gesehen, wie sie mich davor angesehen hatte und das gab mir kein gutes Gefühl.

Kapitel 22
Frida

Es war vier Uhr morgens, als Frida aufwachte und nicht mehr einschlafen konnte. Obwohl sie hundemüde war, hinderten sie ihre wie Blitze durch den Kopf schießenden Gedanken daran, weiterzuschlafen. So starrte sie an die Decke und lauschte Milans Atem.

Sie hatte noch immer nichts von Vanessa gehört. Vor ihrem inneren Auge spielten sich mittlerweile schreckliche Szenarien ab. Am schlimmsten war die Vorstellung, dass es bei der Geburt Komplikationen gegeben hatte und Vanessa gerade im Sterben lag. Frida konnte immer weniger begreifen, wie sie ihre Tochter im Haus König hatte allein lassen können. Sie brauchte in dieser Lage doch ihre Mutter. Frida meinte, fast schon körperlich zu spüren, wie ihre Tochter nach ihr rief und sich ihre Unterstützung wünschte.

Irgendwann regte Milan sich neben ihr. Er drehte sich um, sah sie an und gähnte.

»Hey ... bist du schon lange wach?«

Sie sah auf die Uhr.

»Fast zwei Stunden.«

Milan seufzte.

»Was ist denn los?« Er setzte sich auf und lehnte sich gegen das Kopfteil des Betts.

»Vanessa.« Mehr brauchte sie nicht zu sagen.

Er griff nach ihrer Hand und drückte sie.

»Es wird schon alles gut sein, Schatz. Im Haus König haben sie sogar ein eigenes Krankenhaus und Ärzte, die sofort kommen, wenn eines der Mädchen entbindet. Sie ist dort nicht allein. Rund um die Uhr sind Hebammen im Einsatz. Ihr *kann* gar nichts passieren.«

Doch so sicher wie Milan war sich Frida schon seit Tagen nicht mehr.

»Aber warum melden sie sich dann nicht?«

»Na, weil sie eben noch nicht so weit sind. Vielleicht liegt sie ja gerade jetzt in den Wehen und unser Enkel wird geboren.« Er lächelte sie an.

Bei dem Wort Enkel zog sich etwas in Frida zusammen. Sie fühlte sich nicht wie eine Oma. Es war nur gut, dass das Kind adoptiert werden würde. Frida schloss die Augen. Sie war so müde.

»Bleib doch heute zu Hause. Und wenn du nachmittags immer noch nichts gehört hast, rufst du einfach mal bei Herrn König an. Er kann bestimmt verstehen, dass du dir Sorgen machst.«

Sie öffnete wieder die Augen und blickte Milan an.

»Ja, das ist eine gute Idee.«

»Aber ich bin wirklich sicher, dass alles gut ist. Sie hat bestimmt nur vergessen, dass sie dich am Entbindungs-termin anrufen sollte.«

Sich vorzustellen, wie Vanessa ihren Spaß hatte und deswegen nicht daran dachte, sie anzurufen, half ihr ein bisschen. Vanessa hatte ein so wundervolles Lachen. Schon als Kind hat sie damit alle um den Finger gewickelt.

Kapitel 23
Charlie

Der Speisesaal war schon richtig voll, als ich zum Frühstück kam. Ich sah mich um und entdeckte Marie und Maggie am Tisch vor den Fenstern. Ich lächelte Marie zu, die das Lächeln scheu erwiderte. Maggie wendete demonstrativ ihren Blick von mir ab und aß weiter. Schnell lud ich mir ein Frühstück aufs Tablett und ging dann zu den beiden. Ich wollte die Wogen glätten. Diesen Aufenthalt wollte ich nicht ohne Maries Lebensfreude und Maggies Flüche verbringen. Nur mit ihnen konnte ich etwas Licht in diesen Albtraum bringen. Ich stellte mein Tablett auf ihren Tisch und setzte mich neben Marie.

»Hey, habt ihr gut geschlafen?«

Maggie schob sich einen Löffel Joghurt in den Mund und warf mir einen mürrischen Blick zu, sagte aber nichts.

»Ich nicht«, sagte Marie. »Ich finde kaum noch eine bequeme Position zum Schlafen.«

Ich wusste, dass Marie mir nicht lange böse sein würde und war ihr dankbar dafür. Ich hatte sie enttäuscht, aber das würde ich nicht noch einmal tun. Maggie schien mehr Probleme zu haben, mir zu verzeihen. Sie stand auf, nahm das Tablett und verließ unseren Tisch. Ich sah ihr nach.

»Sie braucht noch ein bisschen …«, sagte Marie.

»Es tut mir wirklich leid, Marie. Das musst du … müsst *ihr* mir glauben. Ich wollte euch nicht hintergehen. Und ich werde es auch nicht wieder tun.«

Sie nickte.

»Das war echt doof von dir. Es ist ja nicht nur die Sache,

94

dass ich Angst vor dem habe, was da draußen ist. Mein Körper macht nicht mehr das, was ich will und meine Psyche auch nicht. Ich bin einfach ziemlich erschöpft. So eine Wanderung macht dann alles noch schlimmer.«

»Ich weiß und bereue es.« Ich legte eine Hand auf ihren Unterarm. »Ich habe nicht über deinen Zustand nachgedacht. Ich sehe nur mich und meine Schwangerschaft, dabei kann ich das gar nicht mit deiner Situation vergleichen.«

»Du kommst auch noch dahin, wo ich jetzt bin, aber bis dahin kannst du einfach noch mehr machen.«

Es war merkwürdig, mich von einer Vierzehnjährigen belehren zu lassen, aber ich wusste, dass sie recht hatte. Ich schnitt mein Brötchen auf. Marie hatte schon aufgegessen und trank jetzt ihren Kakao. Unschlüssig betrachtete ich den Aufschnitt auf meinem Teller. Obwohl ich ein großes Loch im Magen spürte, hatte ich auf nichts davon wirklich Lust – im Gegenteil. Bei dem Anblick der Fleischwurst kam sogar Übelkeit in mir auf. Ich griff nach einer Brötchenhälfte und aß sie ohne Belag.

»Warum bist du noch hier, wenn du so große Angst hast?«, fragte ich, nachdem ich aufgegessen hatte.

»Wie meinst du das?«

»Na ja. Du hast Angst. Wenn du an das Monster glaubst, das Mädchen frisst, hast du vermutlich Todesangst. Warum fragst du deine Eltern nicht, ob du nach Hause kommen darfst?«

Ein Lächeln huschte über ihre Lippen.

»Weil sie mir nicht glauben und mich nicht abholen würden.«

»Und wenn du einfach abhaust?«

»Und wie? Ich komme zu Fuß nicht zur Mauer und selbst wenn, könnte ich nicht drüber klettern. Und was sollte ich dann machen? Mein Freund geht wie ich in die neunte Klasse. Auch er wohnt noch bei seinen Eltern und verdient genauso wenig Geld wie ich. Ich könnte nirgendwohin.«

Ich blickte auf mein zweites Brötchen hinab. Sie hatte ja recht und mir ging es genauso. Nur, dass ich nicht mal einen Freund hatte, der auf mich wartete. Ich wäre ganz auf mich allein gestellt, denn eines war sicher: Sobald ich daheim aufkreuzen würde, würden mich meine Eltern sofort wieder hierher zurückbringen.

Als hätte Marie meine Gedanken gelesen, fragte sie: »Was ist mit dir? Könntest du zu deinem Freund gehen und ihr würdet euer Kind zusammen großziehen?«

»Ich habe keinen Freund«, sagte ich, zupfte einen Krümel von meinem Brötchen und ließ ihn auf den Teller fallen.

»Nicht? Von wem ist dann das Kind?«

Ich zögerte.

»Ich möchte lieber nicht darüber sprechen, ja? Ist keine schöne Geschichte.«

»Oh, ja klar. Sorry.« Sie senkte den Blick und sah auf ihre Tasse hinab.

Ich lächelte. Marie war ein gutes Mädchen und obwohl sie so jung war, mochte ich sie sehr.

Kapitel 24
Elisa

Elisa rieb sich den Bauch und ließ sich an ihrem Schreibtisch nieder. Seit sie im Haus König war, hatte sie bestimmt fünfzehn Kilo zugenommen. Das Essen war einfach zu gut und niemand sah sie vorwurfsvoll an, wenn sie sich ein zweites Brötchen aufschnitt, noch einen Muffin aß und gleich zwei gekochte Eier nahm.

Aus dem Fenster konnte sie das Krankenhaus zwischen den Bäumen sehen. Sie war dort schon oft untersucht worden und hatte sich dabei jedes Mal unwohl gefühlt. In jedem anderen Krankenhaus gab es Patienten, gestresste Pflegekräfte und arrogante Ärzte. Hier nicht. Es war nicht groß, wirkte aber leer. Es hatten immer nur eine Hebamme und zwei Schwestern gleichzeitig Dienst. Selten konnte man dort einen Arzt antreffen, da er nur gerufen wurde, wenn irgendetwas Außergewöhnliches anstand.

Sie stand auf und ging zum Schrank. Gleich würde sie zum Yoga gehen und dafür wollte sie eine andere Hose anziehen. Sie öffnete die Schranktür und runzelte die Stirn. Da stimmte doch irgendetwas nicht. Sie ließ ihren Blick über die Kleiderbügel und Fächer schweifen. Ihre Unterwäsche, die normalerweise im untersten Fach lag, war da, wo ihre Sportkleidung sonst war und umgekehrt. Seit sie hier wohnte, hatte sie ihre Kleidung immer auf die gleiche Art und Weise eingeräumt und nun war ihre Ordnung durcheinandergebracht. Sie warf einen Blick über ihre Schulter, als würde dort jemand stehen und nur darauf warten, dass sie über seinen Witz lachte – aber da war niemand. Das Zimmer war leer. So wie jedes Mal, wenn sie dachte, sie wäre nicht allein.

Elisa hatte in den letzten Tagen immer wieder gemutmaßt, dass ihr Zimmer nicht nur von ihr betreten wurde. Einmal hatte die Tür einen Spalt weit offen gestanden, ein andermal war das Fenster plötzlich gekippt gewesen. Und einmal war sie sogar mitten in der Nacht aufgewacht, weil sie das Gefühl gehabt hatte, beobachtet zu werden. Und das Erlebnis, dass sie besonders merkwürdig fand: Jemand hatte ihr ein Gänseblümchen auf das Kopfkissen gelegt. Bei den anderen Vorfällen hatte sie sich noch sagen können, dass sie sich die Veränderungen nur einbildete, aber die Blume hatte auf jeden Fall jemand anderes auf ihr Kissen gelegt.

Elisa schloss die Schranktüren und drehte sich um. Ihr Blick wanderte durch das Zimmer, um zu prüfen, ob sonst noch etwas verändert worden war, aber das Zimmer sah aus wie immer.

Dennoch breitete sich eine Gänsehaut auf ihren Armen aus. Sie fühlte sich immer noch beobachtet. Wer ging ohne ihre Zustimmung in ihr Zimmer? Und warum sollte irgendjemand Dinge darin verändern?

Bevor sich Elisa umzog, sah sie vorsichtshalber unters Bett, in den Schrank und unter den Schreibtisch. Viele Verstecke gab es nicht, daher konnte sie nach Sekunden sicher sein, dass sie allein war. Auch wenn sie die Gegenwart einer anderen Person zu spüren glaubte.

Kapitel 25
Charlie

Ich betrachtete mich im Spiegel. Obwohl ich es niemals zugegeben hätte, freute ich mich auf die Yogastunde. Ich war es leid, immer nur herumzusitzen und nichts Sinnvolles zu tun. Außerdem hatte ich das Gefühl, mich nicht gut genug um mein Baby zu kümmern und weil Bewegung ja angeblich gut für Mutter und Kind war, wollte ich dem Ganzen eine Chance geben. Hätte ich gewusst, dass ich im Haus König Yoga machen würde, hätte ich eine schöne Leggings mitgebracht. Nun trug ich eine ausgebeulte Jogginghose, mit der ich mich in Bonn niemals vor die Tür getraut hätte.

Als ich vor das Schlafhaus trat, rauschte der Wind durch den Wald und ließ Blätter über den Hof hüpfen, als würden sie einander jagen. Wie im Schlafhaus war auch im Haupthaus niemand auf den Fluren.

Vor dem Tanzstudio blieb ich stehen und zwang mich zu einem Lächeln. Ich würde der Yogalehrerin, den Mädchen und dem Kurs eine Chance geben. Es würde mir guttun – und vielleicht hatte ich ja sogar Spaß.

Mit dem Gedanken öffnete die Tür und betrat den Raum. In der Raummitte saßen etwa zehn Mädchen, die alle in unterschiedlichen Stadien der Schwangerschaft waren. Vor der Spiegelwand stand Lena. Sie hatte ihr graues Haar zu einem Pferdeschwanz gebunden und trug eine bunte Leggings.

Ich ging zu den Spinden, nahm mir eine Yogamatte, wie es ein Mädchen vor mir getan hatte, und rollte sie in der letzten Reihe aus. Als hätte Lena nur noch auf mich gewartet, fing sie in dem Moment an, in dem ich mich auf die Matte setzte.

Ich hatte noch nie zuvor Yoga gemacht und es mir wie langsames Ballett ohne Musik, dafür mit Atemübungen vorgestellt. So war es leider gar nicht. Wir mussten unsere Körper in lächerliche Posen verdrehen, uns selbst stemmen und ständig das Gleichgewicht halten. Ich konnte nicht verstehen, wie das gut für die Seele sein sollte. Es war einfach nur anstrengend und albern. Hätte Lena durch den Spiegel nicht so einen wunderbaren Blick auf mich gehabt, hätte ich mich wieder verzogen – aber so blieb ich anstandshalber da und war dankbar, dass das Sodbrennen durch mein mickriges Frühstück nicht schlimmer geworden war.

Um mich nicht selbst im Spiegel ansehen zu müssen, beobachtete ich in ihm die anderen Mädchen. Sie wirkten konzentriert und nahmen jede Übung ernst. Nur eine andere Schwangere schien mit ihren Gedanken woanders zu sein. Sie stand in der ersten Reihe. Nase und Augen waren rot, als hätte sie vor kurzem geweint. Sie biss sich auf die Unterlippe und sah starr in den Spiegel. Ihre Bewegungen waren abgehackt und immer um ein oder zwei Sekunden verzögert. Schon bald lief ihr eine Träne über die Wange und sie presste ihre Lippen aufeinander, als wollte sie sich zusammenreißen – vergeblich. Da kullerte schon die nächste Träne an ihrer Nase entlang.

Ich sah mich um, schien aber die Einzige zu sein, die die Tränen bemerkte. Die anderen machten einfach weiter, auch dann noch, als das Mädchen schluchzte. Meine

Bewegungen wurden langsamer und schließlich erstarrte ich in meiner Pose. Das Mädchen weinte nun heftiger, obwohl es immer noch mit sich kämpfte und Lenas Bewegungen nachmachte. Doch dann gab sie auf und ließ sich auf der Yogamatte nieder. Ich sah zu Lena. Sie musste doch merken, dass eines ihrer Mädchen aufgehört hatte. Aber statt sie zu fragen, ob sie ihr helfen könne, ging Lena unbeeindruckt in die nächste Pose über und warf nicht einmal einen Blick auf das Mädchen. Ungläubig sah ich die anderen an, die es der Lehrerin gleichtaten.

Nichts hören, nichts sehen, nichts sagen.

Ich wollte gerade einen Schritt auf das Mädchen zu machen, als es die Nase hochzog, aufstand und zwischen den anderen hindurch auf die Tür zuging. Ich blieb auf meinem Platz und sah ihr nach.

Kapitel 26
Frida

Frida sah auf die Uhr. Es war erst viertel nach eins und sie langweilte sich jetzt schon. Sie gehörte nicht zu den Menschen, die einfach mal nichts tun konnten, brauchte immer etwas zu tun, musste produktiv sein. Deswegen arbeitete sie ehrenamtlich so viele Stunden wie in einem Vollzeitjob.

Sie hatte mittlerweile die Küche und das Badezimmer geputzt, war einkaufen gewesen und hatte Zimtschnecken gebacken. Nun blieb ihr nichts anderes mehr übrig, als über ihre Tochter nachzudenken. Mit dem Festnetztelefon in der Hand ging sie ins Wohnzimmer und setzte sich auf die Couch. Sie überschlug die Beine und sah das Telefon an. Nein, entschloss sie, sie hatte genug und würde jetzt im Haus König anrufen. In wenigen Minuten würde sie erfahren, wie es Vanessa ging – vielleicht konnte sie sogar mit ihr sprechen. Es würde sich alles klären. Trotzdem zitterte Fridas Hand, als sie die Nummer wählte. Sie hob den Hörer ans Ohr, hielt die Luft an und lauschte dem Freizeichen.

Nach einer halben Minute legte sie wieder auf. Es war niemand rangegangen, nicht einmal der Anrufbeantworter. Frida biss sich auf die Unterlippe. Das war nicht gut.

Doch sie versuchte es vorerst nicht als schlechtes Zeichen zu werten, auch wenn ihr das schwerfiel. Warum war Herr König nicht in seinem Büro? Wo war er? Was machte er gerade? War er vielleicht bei ihrer Tochter?

Oder fand gerade eine Gedenkminute für Vanessa statt, weil sie bei der Geburt gestorben war? Soweit sie wusste, stand das einzige Telefon im Haus in Herrn Königs Büro – eine andere Nummer hatte sie nicht. Frida zögerte, wählte dann aber noch einmal. Sie würde keine Ruhe finden, ehe sie nicht eine gute Nachricht von Herrn König bekommen hatte.

Aber auch beim zweiten Versuch nahm niemand ab. Sie legte das Telefon neben sich auf die Couch. Sollte sie Milan anrufen und ihm Bescheid geben? Würde er sich dann auch endlich Sorgen machen? Sie konnte nicht verstehen, wie er so ruhig bleiben konnte. Wie jeden Morgen war er auch heute einfach zur Arbeit gefahren. Davor hatte er noch einen Witz über seinen Vorgesetzten gemacht und sie gebeten, an den fettarmen Joghurt zu denken, wenn sie einkaufen gehe. Als wäre alles in Ordnung. Als gäbe es keinen Grund, sich Sorgen zu machen.

Vanessa und Herr König hatten ihr versprochen, sich am Entbindungstermin zu melden, auch wenn nichts geschehen war. Als sie diese Abmachung vor mehreren Monaten getroffen hatten, hatte Frida nicht ahnen können, wie wichtig ihr das einmal werden würde. Vielleicht war es ihr Mutterinstinkt, der zu ihr sprach? Ihr Herz pochte hart in ihrer Brust und sie begann, nervös mit dem Fuß zu wippen. In einer halben Stunde würde sie es noch einmal versuchen. Und dann eben solange, bis jemand ans Telefon ging. Wenn sie es gar nicht mehr aushielt, würde sie beim Haus König vorbeifahren.

Sie lehnte sich zurück und starrte auf die Uhr. Da wurde

ihr klar, dass sie sich durch die gescheiterten Anruf-
versuche nur noch schlechter fühlte. Als würde ihr
ungutes Gefühl von Gestern bestätigt.

Kapitel 27
Charlie

So konnte es nicht weitergehen. Nachdem ich geduscht und mir vom Buffett einen Apfel geschnappt hatte, machte ich mich auf die Suche nach Maggie. Anfangs wollte ich hier mit niemandem etwas zu tun haben, aber das hatte sich mittlerweile geändert. Ich wusste nicht, was im Wald und dieser Anstalt los war, aber irgendetwas ging da vor sich. Und dieses Wissen konnte ich nicht mehr für mich behalten – schon gar nicht nach dieser Yogastunde. Wenn da irgendjemand sein Unwesen trieb, musste ich davon wissen. Allein schon, um mein Baby schützen zu können.

Ich entdeckte Maggie vor der Kapelle auf einer der Steinbänke. Sie hatte den Kopf in den Nacken gelegt und die Augen geschlossen. Die Sonne schien ihr ins Gesicht. Es war einer der letzten schönen Tage in diesem Jahr, auch wenn der Wind bereits kühl war. Maggie genoss es.

»Stehen Gothics nicht auf Dunkelheit?«, fragte ich und stemmte meine Hände in die Hüften.

Sie öffnete ein Auge, blinzelte.

»Was willst du?«

»Keinen Streit mehr mit dir«, sagte ich und ließ mich neben ihr auf der Bank nieder.

Sie drehte sich zu mir und sah mich skeptisch an.

»Du hättest uns von dem Feuer erzählen sollen.«

»Ich weiß. Das war ein Fehler und es tut mir leid. Ich wollte nur nicht allein dorthin gehen.«

Maggie sah auf den Boden.

»Hm … versteh ich. Ich wär auch nich gern allein gegangen.«

Ich hob einen Mundwinkel zu einem Lächeln.

»Danke, dass ihr mitgekommen seid.«

»Das mach ich nich noch mal und Marie bestimmt auch nich.«

»Das werde ich auch nicht noch einmal von euch verlangen«, versprach ich.

Wir schwiegen einen Moment lang, dann sagte Maggie: »Ich glaub wirklich dran, dass es irgendwo ne Macht gibt, die wir nich sehen können.«

»Also doch Gott?«, fragte ich.

Aber Maggie schüttelte den Kopf.

»Auf der Welt passiert viel zu viel Scheiße, als dass es nen Gott geben könnt. Aber wenn es nich Gott ist, dann is es vielleicht n böses Wesen.«

»Du glaubst doch nicht etwa an den Teufel?!«

Maggie zuckte mit den Schultern.

»Diese ganzen Gläubigen erzählen doch von nem Zeichen, das sie von Gott gesandt bekommen haben.«

»Tun sie das?« Ich musste schmunzeln.

»Ja. Und ich hab ein Zeichen vom Bösen bekommen.« Sie holte Luft. »Es is mein Baby …«

»Was?« Ich starrte sie entgeistert an.

»Ich weiß, das hört sich heftig an. Aber seit ich schwanger bin, läufts bei mir echt scheiße. Mein Freund hat mich verlassen, meine Mutter gibt meinem Stiefvater plötzlich recht, wenn er sagt, ich sei ne Schande und dann komm ich auch noch hierher.« Sie sah sich unbehaglich um.

106

»Das Monster in Wald scheint die letzte Bestrafung für mich zu sein.«

»Aber du schenkst einem Menschen das Leben.« Es fiel mir schwer, Partei für das Baby in Maggies Bauch zu ergreifen. Sie wollte es nicht und scheinbar verband auch sie mit der Schwangerschaft etwas Schlimmes. Genauso wie ich. Nur gab ich nicht meinem Baby die Schuld daran, sondern dem Vater meines Kindes und meinem Vater, die mich im Stich ließen.

»Es is wie's is.« Sie zuckte noch einmal mit den Schultern.

Dann herrschte einen Moment Stille, ehe ich sie schließlich durchbrach.

»Ich war heute beim Yoga.«

Maggie neigte den Kopf zur Seite, sagte aber nichts.

»Da war ein Mädchen. Sie hat am Anfang ganz normal mitgemacht. Aber irgendwann hat sie angefangen zu weinen. Einfach so, ohne, dass während der Stunde irgendetwas passiert wäre.«

Maggie runzelte die Stirn, schwieg aber immer noch.

»Irgendwann hat sie sich auf ihre Matte fallen lassen und laut geweint. Und weißt du was? Niemand hat reagiert! Weder die anderen noch Lena. Es war total merkwürdig. Als wäre sie unsichtbar.«

Maggie schüttelte den Kopf.

»Sie war nur für die unsichtbar, die nichts mit ihren Problemen zu tun haben wollten.«

»Ist das hier normal?«, fragte ich. »Hast du so etwas auch schon mal mitbekommen?«

»Ein- oder zweimal hab ich gemerkt, dass es nem

Mädchen beschissen ging. Aber jede Einzelne hier hat irgendwelche Probleme. Das is nichts Besonderes. Ich hab mich nie um die anderen gekümmert, außer um Marie.«

»Aber was ist, wenn es mit dem zusammenhängt, was da draußen passiert?«

»Mit dem Monster?«

Nun zuckte ich mit den Schultern.

»Ich würde es nicht Monster nennen, aber irgendjemand lebt in der Hütte im Wald.«

»Ich hab keine Ahnung, Charlie.«

Ich blickte zu Boden und schubste mit meinem Fuß Blätter beiseite.

»Ich werde sie suchen und fragen, ob es ihr besser geht.«

»Warum interessierst du dich für sie?«

Ich sah sie an.

»Na, weil sie eine von uns ist, Maggie. Was immer ihr passiert ist, könnte auch dir oder mir passieren.«

»Vielleicht is ihr ja auch gar nichts passiert. Vielleicht waren's einfach die verfluchten Hormone.«

»Kann sein. Aber das muss ich herausfinden. Ich muss ausschließen, dass es nichts mit dem Monster zu tun hat.«

Kapitel 28
Elisa

Elisa hatte keine Ahnung, dass sich seit der Yogastunde jemand Sorgen um sie machte. Im Gegensatz zu Charlie wunderte sich Elisa nicht, dass im Kurs niemand auf sie reagiert hatte. Sie hatte die Mädchen und Lena nur am Rande wahrgenommen und auch jetzt kamen sie ihr gar nicht in den Sinn.

Sie verkroch sich in ihrem Bett und wollte das Zimmer nicht mehr verlassen – am besten blieb sie bis zur Geburt hier liegen, um sich vor der Welt zu verstecken. Zwar waren die Tränen mittlerweile versiegt, doch sie hatte immer noch einen Kloß im Hals.

Plötzlich hörte Elisa Schritte vor ihrer Zimmertür. Sie hielt den Atem an und lauschte. Das war keines der Mädchen – die waren leiser. Wer auch immer vor der Tür stand, war definitiv größer und schwerer, wahrscheinlich ein Mann. Sie kniff die Augen zu, als würde er sie so nicht sehen können, wenn er reinkam. Zum Glück entfernten sich die Schritte kurz darauf wieder und die Stille senkte sich erneut über Elisa.

Sie hatte von Herrn König einen Schlüssel bekommen, als sie hier angekommen war, aber sie konnte sich nicht daran erinnern, wo sie ihn hingelegt hatte. Außerdem hatte sie gar keine Kraft, um noch einmal aufzustehen. Vielleicht würde die Person, die ihr nachstellte, aufgeben, wenn Elisa ein paar Tage in ihrem Zimmer blieb.

Kapitel 29
Frida

Das würde der letzte Anruf werden, bevor Milan nach Hause kam, sagte sich Frida. Danach würde er neben ihr sitzen und ihre Hand halten. Sie musste nur noch einmal das Leerzeichen abwarten und nur noch einmal erkennen, dass wieder niemand ans Telefon ging – und genauso war es.

Eine ganze Weile danach saß Frida immer noch auf dem Sofa, das Telefon in der Hand. Ihre Augen fühlten sich geschwollen an, ihre Lippen rissig – sie hatte sich immer wieder darauf gebissen. Die Müdigkeit lähmte ihre Glieder. Sie wollte doch nur eine Nachricht von Vanessa. Irgendeine.

Entgegen ihrem Vorsatz wählte sie die Nummer erneut und hielt sich den Hörer ans Ohr. Sie zählte wie immer die Freizeichen. Doch dieses Mal verstummten sie plötzlich und eine Stimme am anderen Ende sagte: »Haus König, was kann ich für Sie tun?«

Frida erkannte sofort Herrn Königs Stimme und atmete auf. *O Gott, jetzt wird doch noch alles gut.*

»Hallo Herr König, hier ist Frida Fuchs. Ich rufe wegen meiner Tochter Vanessa an.« Sie schwieg einen Moment, um ihm die Möglichkeit zu geben, ihr schon jetzt die Angst zu nehmen, aber er sagte nichts. Sie räusperte sich.

»Also ... gestern war ihr Entbindungstermin und da wollte ich nachfragen, wie es denn gelaufen ist.«

»Frau Fuchs. Der Entbindungstermin kann zwar grob berechnet werden, aber das heißt nicht, dass das Kind dann auf jeden Fall kommt. Wenn die Wehen nicht innerhalb der nächsten ein bis zwei Wochen einsetzen, leiten wir ein oder machen einen Kaiserschnitt.«

»Das weiß ich doch. Ich möchte nur wissen, wie es meiner Tochter geht. Sie hat also gestern nicht entbunden?«

»Nein. Gestern hat keines der Mädchen entbunden.«

»Und ... vielleicht vorher?«

Warum sagte er ihr nicht einfach, wie es Vanessa ging? Warum musste er sie so auf die Folter spannen?

»Nein, ihre Tochter hat noch nicht entbunden.«

»Geht es ihr denn gut? Liegt sie gerade in den Wehen?«

»Nein, Frau Fuchs.« Er klang nun genervt. »Sie liegt gerade nicht in den Wehen.«

»Könnte ich sie vielleicht sprechen? Ich möchte nur kurz ihre Stimme hören, das würde auch sie bestimmt beruhigen.«

»Das glaube ich nicht«, sagte er. »Ihre Tochter braucht jetzt Ruhe, damit sie sich auf die Geburt vorbereiten kann. Sie wissen doch selbst, wie anstrengend eine Geburt ist – sowohl für das Kind als auch für die Mutter.«

Tränen stiegen in Fridas Augen.

»Aber Herr König, ich möchte doch nur ganz kurz mit meiner Tochter sprechen. Das Telefonat wird keine zwei Minuten dauern. Oder soll ich vielleicht lieber vorbeikommen?«, fügte sie hinzu, denn ein Telefonat würde mittlerweile nicht mehr ausreichen, um ihre Sorgen zu vertreiben.

»Nein, das ist wirklich nicht möglich, Frau Fuchs. Wir sind sehr darauf bedacht, dass es unseren Mädchen gut geht.«

Sie beugte sich vor, als könnte sie so mehr erreichen. »Wissen Sie denn, wann das Kind kommen könnte? Gibt es schon irgendwelche Anzeichen? Verliert sie vielleicht schon Fruchtwasser?«

Ein Seufzen erklang aus der anderen Leitung.

»Ich muss jetzt weiterarbeiten. Ihrer Tochter geht es gut. Wenn sie ihr Kind zur Welt gebracht hat, werden wir Sie informieren.« Mit den Worten legte er auf.

Ungläubig sah Frida das Telefon an, als könnte es ihr sagen, was sie nun tun sollte. Ihrer Tochter ging es definitiv nicht gut. Nach diesem merkwürdigen Gespräch war sie sich dessen sicherer denn je.

Kapitel 30
Marie

Marie sah sich das gerade geschossene Foto an. Es war die Kapelle. Sie ging um das Gebäude herum – von hinten wirkte es noch heruntergekommener als von vorne, aber sie mochte diesen Anblick. Langsam glitten ihren Fingerspitzen über die Ziegelsteine. Einige hatten Löcher und zwischen ihnen war der Zement aus den Fugen gebröselt. Ohne den Blick von den Steinen zu nehmen, ging Marie weiter um die Kapelle herum, spürte den Waldboden unter ihren Füßen und genoss die Einsamkeit. Sie hatte eigentlich gern Gesellschaft, aber da dabei auch ständig die Gefühle anderer Menschen auf sie einprasselten, musste sie ihre Kraft immer wieder aufladen – und das ging nun mal am besten, wenn sie allein war. Eine Wolke schob sich vor die Sonne und es wurde schlagartig kälter. Marie fröstelte. Sie löste den Blick vom Gemäuer, um daran vorbei zum Haupthaus zu sehen.

Da knackte es hinter ihr. Marie fuhr herum und blickte in den dichten Wald, der vor ihr lag. Sie versuchte etwas zu erkennen, ein Tier oder eines der Mädchen, aber da war niemand.

Eine Tür schlug zu und sie warf einen Blick über ihre Schulter. Marie hatte die Tür zum Haupthaus offen gelassen – offenbar hatte der Wind sie zugeschlagen. Sie richtete ihren Blick wieder auf den Wald und bemerkte nur wenige Meter von sich entfernt einen Mann. Er war um die fünfzig, trug vom Dreck starre Kleidung, hatte wilde Augen und lange, verfilzte Haare, die ihm vom

Kopf abstanden – und er humpelte auf sie zu. Marie hatte ihn noch nie gesehen, wusste aber instinktiv, dass er in der Hütte im Wald lebte. Ihre Hand legte sich wie von selbst auf ihren Bauch.

Seine Schritte wurden langsamer und schließlich blieb er stehen.

Er sah sie an.

Sie sah ihn an.

Sollte sie schreien oder rennen? Letztendlich schaffte sie keines von beidem. Die Angst lähmte ihre Muskeln. Er hob eine Hand, trug Handschuhe, an denen die Fingerspitzen fehlten, winkte ihr wie in Zeitlupe zu. Genauso langsam breitete sich auf seinem Gesicht ein Lächeln aus und entblößte schiefe gelbe Zähne.

Das war zu viel für Marie. Sie stolperte rückwärts, bis sie mit dem Rücken gegen die Mauer der Kapelle stieß. Dann rannte sie.

Kapitel 31
Charlie

Ich ließ meinen Blick über die Mädchen im Speisesaal schweifen, während Marie und Maggie neben mir aßen. Ich hatte keinen Appetit. Alles was mich interessierte, war, wie ich das Mädchen aus dem Yogakurs finden könnte. Ich hatte die Augen seit dem Vorfall offen gehalten und wollte sie unbedingt fragen, was los war. Möglicherweise wusste sie, wer oder was die Mädchen entführte und war deswegen so von der Rolle gewesen. Ich reckte meinen Hals, um jedes Mädchen ansehen zu können.

»Jetzt setz dich vernünftig hin und iss dein Würstchen, verflucht«, sagte Maggie und warf mir einen Blick zu. »Du machst mich ganz nervös.«

Ich ließ mich auf den Stuhl fallen. Das Mädchen war nicht hier.

»Ich habe keinen Hunger«, sagte ich und schob den Teller von mir.

Als wäre das ihr Stichwort, zog Maggie meinen Teller zu sich und machte sich über das Essen her.

»Das Mädchen ist nicht zum Abendessen gekommen.« Ich hatte auch Marie von der Yogastunde erzählt, aber sie hatte gar nicht richtig zugehört. Jetzt aß sie schweigend, ohne auch nur aufzublicken.

»Sie kommt bestimmt gleich. Gibt ja noch ne halbe Stunde Abendessen«, sagte Maggie mit vollem Mund.

Ich sah zu der geschlossenen Flügeltür.

»Was, wenn sie sich etwas angetan hat? Es könnte doch sein, dass sie Depressionen hat.«

»Würd mich nich wundern«, gab Maggie zu. »Der Laden hier is nich grad für seine spaßigen Abende bekannt.«

»Ich sollte sie suchen gehen«, sagte ich und wollte schon aufstehen, da schüttelte Maggie den Kopf.

»Nich mehr heut, Charlie. Es is schon dunkel und es finden heut eh keine Kurse mehr statt. Versuchs morgen. Vielleicht geht sie ja wieder in den Yogakurs. Weißt du denn, wie sie heißt?«, fragte Maggie und schob sich den Rest des Kartoffelsalats auf die Gabel.

»Nein … Und ich habe sie vor dem Kurs auch noch nie hier gesehen … na ja, wobei das nichts zu bedeuten hat. Sie sieht durchschnittlich aus: braune, lange Haare, rundes Gesicht, traurige Augen … schwanger.« Ich zuckte mit den Schultern.

»Okay, das trifft auf jede Zweite hier zu.« Maggie sah zu Marie, die nun aufgegessen hatte und ihren leeren Teller musterte. »Is mit dir alles okay?«

Marie hob den Blick und sah zuerst Maggie und dann mich an.

»Ich glaube, ich weiß, wer in der Hütte im Wald wohnt«, sagte sie so leise, dass ihre Stimme nicht mehr als ein Flüstern war.

Maggie und ich wechselten einen beunruhigten Blick.

»Wer?«, flüsterte Maggie.

Und Marie erzählte uns von dem Mann, den sie im Wald getroffen hatte. Ich senkte meine Stimme und fragte: »Was glaubst du, wer das war?«

»Keine Ahnung. Wirklich. Er sah aus wie ein Obdachloser. Aber Herr König wird wohl kaum erlauben, dass ein Obdachloser auf seinem Grundstück wohnt.«

»Nee, das glaub ich auch nich.« Maggie runzelte die Stirn und sah nachdenklich vor sich auf die Tischplatte. »Vielleicht arbeitet der ja hier.«

»Und als was?«, fragte ich. »Wir kennen doch alle: den Putzmann, die Köchin und die Betreuer und Lehrer. Und ein Arzt war das bestimmt nicht, so wie du ihn beschrieben hast.«

Marie verzog unglücklich das Gesicht, sagte aber nichts. Ich sah mich um, um sicher zu gehen, dass uns niemand hörte.

»Glaubt ihr, dass er etwas mit den verschwundenen Mädchen zu tun hat?«

»Ich denke schon«, flüsterte Marie. »Aber ich wüsste nicht, was. Warum sollte er Mädchen entführen?«

Ich dachte an die verkohlten Reste in der Feuerstelle, die wie Knochen ausgesehen hatten, ließ den Gedanken, dass er die Mädchen tötete und aß aber nicht länger als eine Millisekunde zu. Ich musste ihn verdrängen, wenn ich vor Angst nicht verrückt werden wollte.

»Vielleicht sollten wir das herausfinden«, sagte ich leise.

Maggie und Marie wechselten einen unsicheren Blick, dann sahen sie mich an und nickten.

Kapitel 32
Elisa

Elisa lag immer noch unter ihrer Bettdecke. Sie hatte es schließlich doch noch geschafft, ein paar Stunden zu schlafen und hatte eigentlich auch zum Abendessen gehen wollen. Aber als es so weit gewesen war, hatte sie sich nicht getraut. Sie schaffte es einfach nicht aus dem Bett – es war der einzige Ort, an dem sie sich einigermaßen sicher fühlte. Sie schloss die Augen und träumte sich in eine andere Welt – eine Welt voller Menschen, die viel lachten und sie mit zum Schlittschuhlaufen und zum Klettern nahmen. Sie stellte sich vor, wie sie im Sommer picknickte und im Winter auf einen Weihnachtsmarkt ging. Elisa hätte alles dafür gegeben, woanders zu sein.

Über diesen Träumereien musste sie wieder weggedämmert sein, denn als sie erneut zu sich kam, war sie nicht mehr allein. Sie lag immer noch komplett unter der Decke, es war stickig, aber sie wäre lieber erstickt, als darunter hervorzukriechen. Angestrengt lauschte sie in die Stille. Obwohl sie nichts hörte, wusste sie, dass irgendjemand im Zimmer war. Sie konnte seine Gegenwart spüren. Elisa atmete flach und lauschte weiter. Es war still im Haus König. Wahrscheinlich schliefen schon alle – außer ihr ... und der Person außerhalb der Decke.

Sie hielt den Atem an und dann hörte sie es: Ein Atmen, so flach wie sie es zuvor selbst getan hatte, aber sie hörte es dennoch so laut, als würde ihr jemand den Atem ins Ohr hauchen. Dann raschelte Stoff und Schritte näherten sich. Die Person trat an ihr Bett. Elisa riss die Augen auf, sah aber doch nur die Dunkelheit unter der Bettdecke. Die Person legte eine Hand auf ihre Hüfte. Elisa spürte es, als hätte sich jemand mit seinem vollen Gewicht auf sie gesetzt. Dann wurde die Decke mit einem Ruck weggezogen. Elisa blickte dem Monster in die Augen und schrie.

Kapitel 33
Charlie

Ich schreckte aus dem Schlaf hoch und war sofort hellwach. Der Schrei, der mich geweckt hatte, hallte noch in meinen Ohren nach. Ich wagte es nicht, mich zu rühren, da gellte ein weiterer Schrei durch das Schlafhaus. Das Mädchen konnte nicht weit weg sein – vielleicht eine Etage unter mir, womöglich aber sogar im nächsten Gang. Ich starrte an die Decke und wartete, doch so plötzlich, wie die Stille zerrissen worden war, legte sie sich nun wieder über die Nacht. Ich krallte mich in meine Decke. Ich hätte aufstehen und nachsehen müssen. Aber dann versuchte ich mich zu beruhigen, indem ich mir einredete, eines der Mädchen hätte bestimmt nur schlecht geschlafen. Außerdem sollte ich mich nicht in fremde Angelegenheiten einmischen.

Doch der eigentliche Grund, weswegen ich mich keinen Millimeter aus meinem Bett bewegte, war, dass ich schreckliche Angst hatte. Ich fühlte mich wie gelähmt und rechnete jeden Augenblick damit, dass meine Tür aufgerissen werden würde und das Monster aus Maggies Geschichte in mein Zimmer gestürzt kam, um auch mich zu holen. Und so blieb ich liegen, starrte an die Decke und hoffte, dass ich diese Nacht überleben würde.

Kapitel 34
Frida

Frida Fuchs nahm sich auch am nächsten Tag frei. Milan hatte das nur mit einem Achselzucken kommentiert. Obwohl sie ihm von dem Telefonat mit Herrn König erzählt hatte, meinte er nur: »Es wird schon alles gut sein.« Dann war er zur Arbeit gefahren und hatte sie mit ihren Ängsten allein gelassen.

Wahrscheinlich dachte er, dass sie sich einfach einen Film zur Ablenkung ansehen müsste, um wieder runterzukommen. Aber Frida lag nichts ferner, als sich mit einem Film abzulenken. Kaum war ihr Mann aus dem Haus, zog sie sich Jacke und Schuhe an und verließ die Geborgenheit ihres Zuhauses ebenfalls. Es war noch nicht richtig hell und morgendlicher Nebels hing zwischen den Häusern. Sie setzte sich ins Auto und schaltete die Heizung an, um die nächtliche Kälte zu vertreiben. So oft war sie die vor ihr liegende Straße bereits entlanggegangen und doch wirkte sie nun völlig fremd. Beim Blick in den Rückspiegel stellte Frida fest, dass sie genauso alt und müde aussah wie sie sich fühlte. Die letzten Tage hatten ihre Spuren hinter-lassen.

Da sie nur ein einziges Mal in der Einrichtung gewesen war – und das vor Monaten –, kannte Frida den Weg zum Haus König nicht auswendig. Sie gab die Adresse in ihr Navi ein und fuhr los.

Als sie in den Waldweg in Richtung König-Gelände einbog, verlor das Navi letztendlich den Empfang und

Frida schaltete das Gerät aus. Sie würde fortan ohnehin nur noch geradeaus fahren müssen, bis sie zur Mauer um das Areal der Einrichtung kam.

Hier im Wald war der Nebel noch dichter als in den Ortschaften. Er erschwerte ihr die Sicht. Trotz der Heizung, die die Temperatur im Auto bei zweiundzwanzig Grad hielt, fror Frida. Es dauerte eine gefühlte Ewigkeit, dann tat sich endlich die Mauer vor ihr auf. Sie wurde noch langsamer, hielt schließlich ein paar Meter von dem Tor und stieg aus. Fröstelnd zog sie den Reißverschluss ihrer Jacke ganz hoch. Im Auto war ihr nur kalt gewesen – hier empfand sie dazu noch Unbehagen. Vor dem geschlossenen Tor blieb Frida stehen, sah durch die Gitterstäbe, konnte aber nur Nebel und Wald erkennen. Weder ein Haus noch irgendwelche Menschen waren zu sehen.

Sie drückte die Klinke des Tores herunter und rüttelte daran. Nichts tat sich. Abgeschlossen. In diesem Moment erinnerte sie sich wieder, dass Herr König bei ihrem ersten und letzten Besuch das Tor hinter ihnen verschlossen hatte – vermutlich tat er das immer. Also suchte sie nach einer Klingel – aber nichts, auch kein Briefkasten, geschweige denn, eine Gegensprechanlage. Die bisher im Zaum gehaltene Panik drohte sich zu befreien. Frida drehte sich einmal im Kreis, spähte in den Wald und blickte dann wieder durch das Tor.

Was sollte sie jetzt tun? Sie war gekommen, um Vanessa zu sehen. Sie wollte ihre Tochter in die Arme schließen und sie mit nach Hause nehmen, um ihr während der restlichen Schwangerschaft beizustehen. Es war doch eigentlich egal, was ihre Nachbarn und die Kollegen vom Wohltätigkeitsverein dazu sagten – dann war sie eben eine schlechte Mutter, weil sie zugelassen hatte, dass ihre Tochter geschwängert worden war. Na und? Hauptsache Vanessa war wieder zu Hause und Frida konnte sich um sie kümmern. Hauptsache sie wusste, dass ihre Tochter in Sicherheit war. Hauptsache das nagende Gefühl, dass irgendetwas ganz und gar nicht in Ordnung war, verschwand.

Kapitel 35
Charlie

An diesem Morgen war ich eines der ersten Mädchen im Speisesaal – nicht einmal Marie und Maggie waren da – und würde bis zum Schluss bleiben. Ich hatte das Yoga-Mädchen beim Abendessen nicht gesehen und wenn sie nicht zu Abend gegessen hatte, musste sie spätestens jetzt Hunger haben. *Wenn es ihr gut geht, kommt sie zum Frühstück – und wenn nicht* … Darüber konnte ich mir immer noch Gedanken machen.

Ich saß mit dem Rücken zur Fensterfront, aß Müsli und ließ meinen Blick durch den Speisesaal wandern. Ich wurde immer nervöser. Obwohl ich sie nicht einmal kannte, machte ich mir Sorgen. Mir gingen die Schreie der letzten Nacht nicht aus dem Kopf. Es war bereits nach Mitternacht gewesen, nicht unwahrscheinlich, dass eines der Mädchen einen schlechten Traum gehabt hatte. Aber wenn ich ehrlich zu mir war: Im Zusammenhang mit dem Yoga-Mädchen und den Geschichten, die man sich hier erzählte, konnte ich es nicht als Albtraum abtun.

Lena kam in den Speisesaal. Ich sah ihr nach, wie sie an den Tischen vorbei und zum Buffet ging. Aber sie nahm sich nichts zu essen, schenkte sich nur eine Tasse Kaffee ein. Dann drehte sie sich wieder um und wollte den Saal schon verlassen.

»Lena? Haben Sie einen Moment Zeit?«

Sie kam an meinen Tisch und lächelte zu mir herab.

»Hallo Charlie«, sagte sie. Die Finger hatte sie um die Tasse geschlungen, als würde sie sich daran wärmen. »Wie

124

geht es dir?«

Ich ignorierte ihren Small-Talk-Versuch.

»Können Sie mir helfen?«

»Wobei?« Sie trat noch einen Schritt näher, setzte sich aber nicht zu mir.

»Ich suche jemanden. Vielleicht erinnern Sie sich an sie. Sie hat gestern im Yogakurs angefangen zu weinen und ist aus dem Raum gestürmt.«

Ich beobachtete Lenas Gesicht. Ihre braun gebrannte Haut zog sich in Falten und sie blickte an mir vorbei aus dem Fenster. »Hmmm … Ein Mädchen, das weinend aus meinem Yogakurs gelaufen ist …« Einen Moment war sie still und schien zu überlegen, dann aber schüttelte sie den Kopf. »Tut mir leid. Ich kann mich nicht daran erinnern.«

Ich zog meine Augenbrauen zusammen. Was sollte das denn?! Wie konnte man so etwas vergessen?

»Wie heißt sie denn?«, fragte Lena.

»Ich weiß es nicht. Ich habe sie nur das eine Mal gesehen.«

»Und wie sieht sie aus?«

»Unauffällig. Braune Haare, rundes Gesicht, schwanger.« Ich hob meine Schultern und wusste selbst, dass das keine brauchbaren Informationen waren.

»Ich weiß nicht, wen du meinst, Charlie. Aber es geht ihr bestimmt wieder besser. Hier haben viele Mädchen Heimweh oder kommen mit ihren Hormonen nicht zurecht.«

»Aber sie wirkte auf mich wirklich verzweifelt. Als würde ihr irgendetwas großen Kummer bereiten.«

»Wie gesagt, ist bestimmt nichts Ernstes«, sagte Lena. »Mach dir keine Sorgen. Das würde sie bestimmt nicht wollen.«

Hätte Lena das Mädchen gekannt, hätten die Worte Sinn ergeben – doch da sie nicht mal wusste, wen ich meinte, waren sie bedeutungslos.

»Und Sie können sich wirklich nicht an sie erinnern? Das war doch erst gestern. Sie war direkt vor Ihnen, in der ersten Reihe.«

Lena schüttelte den Kopf und ich betrachtete sie aufmerksam. Sie tat immer so hilfsbereit, aber egal mit welchen Sorgen ich zu ihr kam, sie tat sie ab – ob es nun die Hütte im Wald oder das Yoga-Mädchen war.

»Okay«, sagte ich, weil ich nicht glaubte, dass ich sie davon überzeugen konnte, meine Sorge ernst zu nehmen.

Sie sah mir einen kurzen Moment kritisch in die Augen, dann setzte sie ihr gewohntes Lächeln auf.

»Na dann.« Mit diesen Worten beendete sie unser Gespräch und ließ mich allein.

Kapitel 36
Elisa

Elisa schlug die Augen auf und zuckte sofort zusammen. Ihr Kopf tat höllisch weh. Als hätte ihr jemand einen langen Nagel in die Schläfe gehauen. Sie kniff die Augen zu und presste die Zähne zusammen, als würde das den Schmerz vertreiben. Doch Sekunden später sah sie ein, dass das den Schmerz nicht linderte – im Gegenteil – und öffnete die Augen wieder.

Draußen war es bereits hell. Sie musste die ganze Nacht geschlafen haben oder ohnmächtig gewesen sein. Sie erinnerte sich nur noch daran, dass jemand mitten in der Nacht in ihrem Zimmer gewesen war und ihr etwas auf den Kopf geschlagen hatte.

Sie lag zugedeckt auf einem schmalen Bett. Als sie die feuchte, muffig riechende Decke beiseiteschieben wollte, wurde sie in ihrer Bewegung gestoppt – sie war gefesselt. Verwundert hob sie ihre Hände. Die Stricke waren eng um ihre Hand- und Sprunggelenke geschlungen. Sie zog daran, konnte sich aber nicht befreien. Aus der Verwunderung wurde Entsetzen.

Elisa hob ihren Blick. Sie befand sich einer Art Einzimmerapartment. Gegenüber dem Bett, auf dem sie kauerte, befand sich eine Küchenzeile, bestehend aus einem winzigen Kühlschrank, einem alten rostigen Ofen mit zwei Herdplatten und einer Spüle. Davor, mittig im Raum, stand ein Tisch mit drei Stühlen und rechts von Elisa befand sich ein Kleiderschrank. Eine der beiden Schranktüren stand einen Spalt weit offen – es war der gleiche Kleiderschrank, den es auch in ihrem Zimmer im Haus König gab. Daneben ging eine Tür ab. Wohl ins Badezimmer.

Elisa sah über ihre Schulter aus dem Fenster und ließ ihren Blick über Büsche und Bäume wandern. Sie musste sich in dem Wald befinden, der zum Gelände des Hauses König gehörte. Aber wer hatte sie hierhergebracht? Und warum?

Kapitel 37
Frida

Frida stolperte über ihre eigenen Füße und stützte sich gerade noch rechtzeitig an der Mauer ab. Sie war nun eine Weile daran entlanggegangen, in der Hoffnung, einen anderen Weg auf das Gelände zu finden – aber es schien nur das eine Tor zu geben.

Sie sah sich um. Der Nebel hatte sich gelichtet und schwebte nur noch in vereinzelten Schwaden ein paar Zentimeter über dem Boden. Frida drehte sich um und sah in die Richtung, aus der sie gekommen war. Sollte sie zurückgehen? Sollte sie Herrn König noch einmal anrufen und versuchen, ihn davon zu überzeugen, dass sie ihre Tochter sehen musste? Eigentlich blieb ihr ja gar nichts anderes übrig. Vanessa befand sich hinter der Mauer und hinter die kam sie nur, wenn Herr König es genehmigte. Also machte sich Frida wieder auf den Rückweg. Sie war mittlerweile ganz steif vor Kälte – dagegen half auch der dicke Mantel nicht, den sie für dreihundert Euro im Sale ergattert hatte.

Eine Hand immer an der Mauer, tastete sie sich vor. Am liebsten wäre es ihr gewesen, wieder in ihr warmes Auto zu steigen, nach Hause zu fahren und ein heißes Bad zu nehmen.

Aber das konnte sie nicht. Sie wurde die Überzeugung nicht los, dass bei Vanessa irgendetwas nicht in Ordnung war. Vielleicht hatte es bei der Geburt Komplikationen gegeben und ihr Mädchen lag nun im Sterben, während Herr König nicht zugeben wollte, dass seine Ärzte einen

Fehler gemacht hatten. Frida blieb stehen und schloss die Augen. *Bitte,* dachte sie. *Bitte, lass es Vanessa gutgehen. Ich weiß nicht, was ich ohne sie machen soll.* Bilder drängten sich vor ihr inneres Auge: wie sie Vanessa zum ersten Mal im Arm hielt und ihre Tochter so herzzerreißend gähnte, dass Frida beinahe dahinschmolz. Wie Vanessa Frida stolz ein Dutzend im Kindergarten gemalte Bilder reichte. Wie sie Fahrrad fahren gelernt hatte und Frida grinsend entgegenfuhr. Wie sie zum ersten Mal Geige spielte und bei jedem schiefen Ton das Gesicht verzog.

Frida öffnete ihre Augen.

Vanessa hatte so traurig gewirkt, als sie Milan und Frida erzählt hatte, dass sie schwanger war. Ihr Freund war dabei gewesen. Die beiden hatten sich aneinandergeklammert und einander gestützt, als Frida außer sich vor Wut war. Wut darüber, dass gerade ihrer Tochter so etwas hatte passieren müssen. Nun wünschte sie sich die Wut schon fast zurück – Hauptsache sie musste diese Angst nicht mehr aushalten. Doch die vertrieb jedes andere Gefühl und so setzte Frida ihren Weg fort. *Es ist nichts,* redete sie sich ein. *Vanessa geht es gut und du machst dir umsonst Sorgen.*

Der Rückweg dauerte länger als in ihrer Erinnerung. Sie hatte sich doch wohl nicht verlaufen? Aber bevor sich Panik in ihr ausbreiten konnte, wurde ihr klar, dass sie sich an der Mauer orientierte und da tauchte fünfzig Meter vor ihr auch schon ihr Wagen auf. Frida beschleunigte ihre Schritte und stolperte über Wurzeln. Strauchelnd erreichte sie das Auto und ließ sich auf den Fahrersitz fallen. Ihr war die Unsinnigkeit ihrer Handlung klar, dennoch verschloss sie die Türen von Innen. Sie fühlte sich in diesem Wald nicht sicher. Es war zu still. Zu abgeschieden.

Sie griff nach der Handtasche auf dem Beifahrersitz und wühlte darin, bis sie ihr Handy fand. Danach holte sie ihr Brillen-Etui heraus und setzte sich die Lesebrille auf die Nase. Hastig wählte Frida Herrn Königs Nummer und hielt sich das Handy ans Ohr, doch eine Frauenstimme sagte ihr, dass sie hier keinen Empfang hatte.

Frustriert warf Frida Handy und Brille samt Etui zurück in ihre Tasche. Das konnte doch nicht wahr sein! Sie betrachtete das Tor. Es war zu hoch, um drüber zu klettern und die Stäbe zu eng beieinander, um hindurchsteigen zu können. Ihr blieb also tatsächlich nichts anderes übrig: Sie musste wieder nach Hause fahren.

Kapitel 38
Charlie

Ich hatte das Hauptgebäude gerade durch den Hinterausgang verlassen und steuerte den Wald an. Lena wusste also nichts von dem Mädchen. Aber zumindest Herr König musste doch wissen, wo die Schwangere abgeblieben war. Wenn sie abreisen wollte, weil sie es hier nicht mehr aushielt, musste er davon wissen – er musste ihre Eltern anrufen und sie abholen lassen. Dass sie ihr Baby bekommen hatte, war unmöglich, denn so weit war die Schwangerschaft noch nicht fortgeschritten. Abrupt blieb ich stehen. Aber was war, wenn sie eine Fehlgeburt erlitten hatte? Kam das oft vor? Ich hatte zwar viel über Schwangerschaft und Geburt gelesen, den Teil mit den Fehlgeburten aber konsequent ausgelassen, um mich nicht verrückt machen zu lassen.

Ich schüttelte den Kopf und ging weiter. Nein, das Yoga-Mädchen hatte bestimmt keine Fehlgeburt erlitten. Das Risiko war nach den ersten zwölf Wochen zu gering, redete ich mir ein. Ich ging an der Kapelle vorbei und steuerte das Krankenhaus an, das zwischen den Bäumen hervorlugte. Es war so groß wie das Haupthaus. Aber obwohl es neuer war – ein hässlicher 60er-Jahre-Bau – wirkte es ebenso heruntergekommen wie die anderen Gebäude auf dem Gelände.

Ich war erst einmal dort gewesen. Am ersten Tag meines Aufenthalts hier hatte ich eine Untersuchung bei der Gynäkologin gehabt. Sie hatte mir auch erzählt, dass Herrn Königs Büro im Krankenhaus lag.

Ich drückte die schwere Glastür auf und trat ein. Das Erdgeschoss war leer. Es gab einen Empfangsbereich, den die zwei vorhandenen Sessel nicht einmal annähernd ausfüllten. Sie waren abgewetzt. An der Rezeption saß niemand und es sah auch nicht so aus, als würde sich dort öfter jemand aufhalten. Links von mir führte ein Gang entlang – die Beschilderung verriet, dass es in diese Richtung zu den Kreißsälen und Behandlungsräumen ging. Der Gang vor mir führte zu den beiden Operationssälen, den Patientenzimmern, Büros und zum Aufzug in den Keller.

Auf der Suche nach Herrn Königs Büro ging ich den Flur entlang. Es war keine einzige Krankenschwester zu sehen und auch kein Arzt war auf dem Weg, ein Leben zu retten. Das Krankenhaus war wie verlassen. Rechterhand befand sich die Tür, die laut dem Schildchen daneben zu Herrn Königs Büro führte. Ich holte Luft und klopfte an.

»Ja!«, bellte er.

Vorsichtig öffnete ich die Tür und sah in sein Büro. Das Zimmer hatte keine Fenster – es wurde nur durch eine Schreibtischlampe beleuchtet. Herr König sah von seinen Unterlagen auf und starrte mich an.

»Ja?«, sagte er erneut.

Ich trat ein und schloss die Tür hinter mir. Vor dem Schreibtisch standen zwei Stühle, an der linken Wand ein Regal, das bis oben mit Büchern vollgestopft war. Unsicher ging ich zum Schreibtisch.

»Haben Sie einen Moment?«, fragte ich und hoffte, er würde Nein sagen. Ich fühlte mich mit ihm allein in diesem engen Raum äußerst unwohl.

»Eigentlich nicht. Ist es dringend?«

Vor seinem Schreibtisch blieb ich stehen und legte eine Hand auf die Lehne des Stuhls vor mir.

»Na ja ... also ... ich wollte fragen, ob gestern ein Mädchen abgereist ist.«

Er sah mich ausdruckslos an.

»Weil ... mir ist aufgefallen, dass es ihr nicht gut ging ... Und seitdem suche ich sie, um mich zu vergewissern, dass bei ihr alles in Ordnung ist – ich kann sie aber nicht finden.«

Herr König reagierte nicht, sah mich nur an, als würde er auf etwas warten.

»Also ... ist das Mädchen denn abgereist?«

Endlich rührte er sich. Er lehnte sich auf seinem Stuhl zurück und musterte mich.

»Wie heißt sie denn?«

Ich verlagerte mein Gewicht auf das andere Bein.

»Das weiß ich leider nicht.«

»Und woher soll ich dann wissen, ob sie abgereist ist?«

»Ich weiß nicht. Ist denn gestern irgendjemand abgereist?«

Einen Moment lang betrachtete er mich stumm. Dann beugte er sich vor und griff nach einer Mappe. Erst jetzt fiel mir auf, dass weder ein Computerbildschirm noch ein Laptop auf dem Schreibtisch standen. Er schlug die Mappe auf und kurz blätterte darin, ehe er sie wieder zuschlug.

»Nein.« Er richtete seinen Blick wieder auf mich.

Um mir das zu sagen, hatte er garantiert nicht in die Mappe sehen müssen – er hat sich sicher daran erinnert.

»Sonst noch etwas?«, fragte er.

»Vielleicht sollten wir nach ihr suchen. Ihr ging es nicht gut.«

»Jetzt geht es ihr bestimmt schon wieder besser.«

Ich trat einen Schritt zurück. Offenbar hatte er nicht vor, mir zu helfen.

»Gestern hat auch keine ihr Baby zur Welt gebracht, oder?«

Er schüttelte den Kopf.

Okay, das brachte nichts. Ich sah auf seinen Schreibtisch. Abgesehen von Akten befanden sich darauf nur ein Bilderrahmen und ein graues Schnurtelefon – das einzige Telefon in der ganzen Anstalt.

»Ich habe zu tun, Charlotte. Wenn du mich jetzt bitte entschuldigen würdest …« Er hob seine Augenbrauen.

Das ließ ich mir nicht zweimal sagen. Ich musste das Yoga-Mädchen allein finden.

Kapitel 39
Gilbert

Als die Tür aufging, wich Gilbert mit seinem Wischmopp zurück und tat so, als würde er das Linoleum wischen. Aber die Mühe hätte er sich sparen können, denn das Mädchen, das aus Herrn Königs Büro trat, bemerkte ihn überhaupt nicht. Gilbert sah ihm nach. Es ging schnellen Schrittes auf den Ausgang zu und dann war es auch schon verschwunden.

Das Lauschen an fremden Türen war eine seiner schlechteren Eigenschaften. Leider war die Bürotür so dick, dass er kaum ein Wort verstanden hatte, aber Gilbert setzte die verstandenen Gesprächsfetzen zusammen und schlussfolgerte, dass ein Mädchen gesucht wurde. Langsam wischte er mit dem Mopp über den Boden.

Es war nicht das erste Mal, dass hier jemand vermisst wurde. Niemand sprach offen darüber und etwas dagegen zu unternehmen wagte erst recht keiner. Aber Paula hatte ihm gegenüber mal hinter vorgehaltener Hand Verschwörungstheorien darüber aufgestellt. Außerdem hatte sie von Gruselgeschichten gehört, die sich die Mädchen erzählten - eine war absurder als die andere. Gilbert konnte darüber nur schmunzeln. Es war interessant, dass Menschen lieber an Monster und Aliens glaubten, als daran, dass ein Mensch dahinter steckte.

Kapitel 40
Elisa

Elisa war immer noch allein. Die Stille wurde nur durch das Knurren ihres Magens durchbrochen – sie hatte seit fast vierundzwanzig Stunden nichts gegessen –, außerdem hatte sie Durst, denn das letzte Glas Wasser lag ebenso lange zurück.

Sie sah erneut aus dem Fenster. Anfangs hatte sie Angst vor dem gehabt, der sie hierhergebracht hatte. Sie hatte gebetet, dass er sie in Ruhe lassen möge. Aber nun hätte sie alles dafür gegeben, dass er wiederkam. Sie wollte nicht länger allein in dieser Hütte sein, ohne zu wissen, warum sie hier war und was er mit ihr vorhatte. Sie biss sich auf die trockene Unterlippe. Vielleicht brachte er Wasser oder Essen mit. Sie hatte viel Zeit gehabt, um nachzudenken und war zu dem Schluss gekommen, dass er sie nicht umbringen wollte. Das hätte er bereits in ihrem Zimmer tun können. Aber er hatte sie in diese Hütte gebracht. Abgesehen von dem Schlag auf den Kopf, der sie bewusstlos gemacht hatte, hatte er sie aber nicht verletzt – das bedeutete doch, dass er etwas mit ihr vorhatte. Dass er sie aus einem bestimmten Grund am Leben ließ … zumindest noch? Elisas Blick glitt an den Bäumen vor dem Fenster entlang. Aber *wollte* sie überhaupt, dass er sie aus einem bestimmten Grund am Leben ließ? Dieser Grund konnte genauso schlimm sein, wie ermordet zu werden. Oder schlimmer. Da nahm sie eine Bewegung im Wald wahr. Zuerst hielt sie es nur für den Wind, der Äste bewegte, aber dann erblickte sie einen Mann, der zwischen den Bäumen direkt auf die Hütte zuging.

Gebannt starrte sie ihn an, bis er aus ihrem Blickfeld verschwand – kurz darauf kam er herein. Elisa presste sich mit dem Rücken gegen das Fenster, um so weit wie möglich von der Gestalt entfernt zu sein.

Kapitel 41
Charlie

Beinahe hätte ich Maggies »Herein!« überhört, so sehr kreisten meine Gedanken um das Yoga-Mädchen. Wo war es? Was tat es? Lebte es noch? Wie ging es ihm? Und wie ging es seinem Baby? All diese Fragen beschäftigten mich und sosehr ich mich auch darum bemühte, sie ließen mich nicht mehr los. Ob Maggie und Marie mir wohl helfen würden, sie zu finden? Sie waren von unserem letzten Ausflug nicht gerade begeistert gewesen – dann würden sie vermutlich auch jetzt nicht angetan von meinem Vorschlag sein, das Mädchen zu suchen.

Ich öffnete die Tür und steckte meinen Kopf ins Zimmer. Maggie und Marie saßen auf dem Bett und sahen zu mir auf. Am liebsten hätte ich mich zu ihnen gelegt und geschlafen. Die Müdigkeit schien fester Bestandteil meiner Schwangerschaft zu sein. Ich lächelte mühevoll und trat ein.

»Hallo.«

»Ah, du kommst genau richtig«, sagte Maggie und legte eine Hand an ihr Steißbein. »Marie will mir nich den Rücken massieren, aber du kannst das bestimmt gut, oder? Die beschissenen Schmerzen bringen mich noch um.«

»Ich würde es ja machen, wenn ich es könnte. Aber letztes Mal hattest du danach noch größere Schmerzen als vorher«, murmelte Marie und sah mit einem verlegenen Lächeln auf ihre Hände hinab.

»Nein, ich passe auch.«

Ich verschränkte meine vor dem Bauch.

Maggie musterte mich eingehend.

»Was is dir denn über die Leber gelaufen?«

»Das Mädchen«, sagte ich, ging zu Maggies Schreibtischstuhl und setzte mich. »Es ist immer noch nicht wieder aufgetaucht. Und Herr König hat gesagt, dass niemand abgereist ist.« Ich strich meinen Pullover glatt.

Die beiden wurden sofort ernst und Marie lehnte sich, ohne mich anzusehen, gegen die Wand.

»Du hast mit dem Chef gesprochen?« Maggie hob die Augenbrauen.

Ich zuckte mit den Schultern.

»Na wenn hier jemand wissen sollte, wo sie ist, dann ja wohl er. Lena konnte mir zumindest nicht helfen.«

»Okay. Und er meinte, sie is nich abgereist? Vielleicht is sie ja auch noch hier, kommt nur nicht zum Essen. Vielleicht is sie krank.«

»Aber das müsste der Anstaltsleiter doch wissen«, sagte ich.

Maggie musste grinsen – vermutlich über meinen Namen für Herrn König.

»Kann sein. Aber was willst du jetzt machen?«

Endlich hob Marie ihren Blick und sah mich an.

»Du willst sie suchen, oder?« In ihrer Stimme schwang Angst mit.

Ich nickte.

»Suchen?« Maggie sah von Marie zu mir und legte sich instinktiv, wahrscheinlich ohne es zu merken, eine Hand auf den Bauch. »Wo willst du sie denn suchen?«

»Zuerst würde ich gerne herausfinden, wo ihr Zimmer ist. Ihre Zimmernachbarinnen haben doch bestimmt etwas gehört. Außerdem …« Ich zögerte. »Ich habe letzte Nacht jemanden schreien gehört. Es kann gut sein, dass sie das war. Dann wurde sie vielleicht ermordet.«

»Ermordet?« Maries Augen weiteten sich.

»Von dem Monster?«, fragte Maggie.

Ich verdrehte die Augen.

»Nein. Nicht von dem Monster. Von einem Menschen.«

Marie schüttelte den Kopf.

»Ich will gar nicht darüber nachdenken. Wir sind hier doch nicht in einem Film. Menschen werden nicht so einfach mir nichts dir nichts umgebracht.«

»Vielleicht wurde sie ja auch gar nicht umgebracht«, warf ich ein. »Das war nur eine Theorie.«

»Vielleicht ist sie ja wirklich krank«, sagte Maggie.

»Helft ihr mir, sie zu suchen?«

Maggie zuckte mit den Schultern.

»Ach, meinetwegen. Aber sei nicht enttäuscht, wenn sie mit einer verfluchten Grippe im Bett liegt.«

Marie zögerte, nickte dann aber.

»Okay. Solange wir nicht noch einmal zu der Hütte müssen.«

Ich sagte ihr nicht, dass es wohl früher oder später darauf hinauslaufen würde, denn zuerst gab es noch andere Orte, die ich abklappern wollte.

Kapitel 42
Frida

Zu Hause angekommen, tigerte Frida nervös auf und ab. Sollte sie lieber sofort die Polizei rufen oder noch warten? Vielleicht wäre das voreilig und bestimmt würde die Polizei ihre Sorge genauso wenig ernst nehmen wie Milan. Am besten überzeugte sie erst ihn davon, dass irgendetwas nicht stimmte und es Zeit wurde, sich Sorgen zu machen. Er musste zu ihr stehen, wenn sie zur Polizei ging, sonst würde das keinen guten Eindruck machen. Vielmehr würden sie damit vermitteln, dass sie eine verrückte Hausfrau war, die nichts Besseres zu tun hatte, als ihrer Tochter nachzustellen.

Als das Telefon klingelte, schoss Fridas Puls in die Höhe. Sie lief zur Ladestation, die Nummer kannte sie nicht, und nahm ab.

»Vanessa?«

»Ähm … nein. Hier ist Jan.«

Frida ließ sich enttäuscht aufs Sofa sinken und lehnte sich zurück. Es war der nichtsnutzige Freund ihrer Tochter und der Kerl, der sie geschwängert hatte.

»Oh, hallo Jan.« Sie konnte ihre Enttäuschung nicht verbergen.

»Ist alles in Ordnung, Frau Fuchs? Erwarten Sie einen Anruf von Vanessa?« Ohne ihre Antwort abzuwarten, plapperte er weiter. »Ich habe mich nämlich schon gefragt, wann ich etwas von Ihnen höre. Der Geburtstermin war doch vorgestern, oder? Ist das Baby schon da?«

Am liebsten hätte sie direkt wieder aufgelegt. Sie wollte

sich jetzt nicht mit ihm unterhalten.

»Ich weiß nicht, wie es ihr geht. Ich habe sie noch nicht gesprochen. Aber das Baby ist wohl noch nicht da.«

»Oh.« Das eine Wort drückte genauso viel Enttäuschung aus, wie Frida empfunden hatte, als Jan sich am Telefon gemeldet hatte. Kurz herrschte Stille. »Wann wird es denn so weit sein?«, fragte er dann.

»Ich weiß es nicht. Das kann man nie wissen.«

»Ist alles in Ordnung? Sie hören sich nicht gut an.«

Unter normalen Umständen wäre er der letzte Mensch gewesen, mit dem sie über ihre Gefühle gesprochen hätte, doch im Moment war er die einzige Person, die ihr zuhörte und ihre Sorge vielleicht ansatzweise nach-vollziehen konnte.

»Ehrlich gesagt ... ich weiß es nicht«, begann sie. »Der Leiter des Hauses lässt mich nicht mit Vanessa sprechen und irgendwie habe ich ein schlechtes Gefühl. Es ist vielleicht gar nichts, aber ich glaube, Vanessa geht es nicht gut.«

»Mutterinstinkt?«, fragte Jan. »Ich hab mich informiert. Ich hab gelesen, dass Väter oft nicht das Gleiche für ihre Kinder empfinden wie Mütter. Vor allem am Anfang, wenn das Baby noch nicht auf der Welt ist. Der Vater bekommt nicht viel von der Veränderung mit. Nur die Mutter spürt, wie ein Lebewesen in ihrem Körper heranwächst. Wenn das Baby dann auf der Welt ist, hat sie diesen berühmten Mutterinstinkt, der ihr sagt, was gut für ihr Baby ist und was nicht.«

Frida hörte dem Achtzehnjährigen zu, wie er ihr ihre Gefühle erklärte und wagte es nicht, ihn zu unterbrechen

143

– dieses Verständnis würde ihr vielleicht nicht noch einmal entgegengebracht werden.

»Bestimmt haben Sie Recht, wenn Sie glauben, dass es Vanessa nicht gut geht. Ich *hoffe* natürlich, dass Sie sich irren, aber ich vertraue Ihrem Mutterinstinkt.«

Frida schloss die Augen.

»Kannst du vorbeikommen, Jan?«

Kapitel 43
Marie

Marie war sich nicht sicher, ob sie das Richtige taten. Ihr schwirrte permanent die Erinnerung an den Mann mit dem wirren Haar durch den Kopf – sie traute sich nicht einmal mehr ein paar Schritte in den Wald und war nicht gerne allein. Nicht, weil die Mädchen Marie geholfen hätten, wenn sie in Gefahr gewesen wäre, sondern weil sie glaubte, dass niemand ihr etwas tun würde, wenn es Zeugen gab.

»Was glaubst du, was ihr passiert ist?«, flüstert Marie Maggie zu.

Sie gingen nebeneinander hinter Charlie her, die ihr Ziel genau vor Augen zu haben schien.

»Keine Ahnung«, murmelte Maggie. »Aber ich hoff, dass sie nur krank is.«

Marie hoffte es auch. Sie spürte die Anspannung, die von Charlie ausging – die fühlte sich verantwortlich und würde nicht aufgeben, bevor sie das Yoga-Mädchen gefunden hatte.

Zu dritt stiegen sie die Treppe in ihrem Schlafhaus hoch – das Erdgeschoss hatten sie schon durchsucht und auch keines der Mädchen dort hatte ihnen weiterhelfen können. Manche hatten sich sogar geweigert, mit ihnen zu sprechen.

Im ersten Stock bogen sie zuerst in den rechten Flur. Dort standen zwei Mädchen auf dem Gang und unterhielten sich leise.

»Hallo«, sagte Charlie.

Die Mädchen musterten sie, sagten jedoch nichts.

»Wir suchen ein Mädchen. Ich habe sie beim Yoga kennengelernt. Sie ist ungefähr so groß wie ich, hat braune Haare, ein rundes Gesicht und ist etwa in der fünfundzwanzigsten Schwangerschaftswoche – also … plus, minus.«

Die beiden Mädchen sahen die drei Freundinnen an, als hätte Charlie sie beleidigt. Marie suchte hinter Maggie Schutz. Dann wechselten die Mädchen einen ausdruckslosen Blick, schoben sich wortlos an ihnen vorbei und gingen Richtung Treppe. Marie drehte sich um und sah ihnen nach.

»Na super«, murmelte Maggie. »Sehr hilfreich.«

»Hey!«

Marie wandte sich wieder um. Eine Tür war einen Spalt weit geöffnet worden und ein blasses Gesicht blickte zu ihnen herüber. Das Mädchen hatte so helle Haare, dass sie fast weiß wirkten.

»Hallo.« Charlie trat näher.

»Ihr sucht ein bestimmtes Mädchen?«, flüsterte es.

Die Blonde war Maggie und Marie in der Vergangenheit schon aufgefallen – sie schlurfte fast immer allein durch die Gänge, sprach dabei leise mit wem auch immer und wirkte nicht ganz klar im Kopf. Maggie hatte einmal gesagt, sie sehe aus, als hätte die Hölle sie ausgespukt, weswegen sie einen Schuss in der Birne habe.

»Weißt du, wen ich meine?«, fragte Charlie. Sie schien nicht zu merken, dass das Mädchen keine sonderlich ernstzunehmende Zeugin war.

»Ja, ich glaube schon«, flüsterte es und öffnete die Tür

etwas weiter. »Kommt rein.«

Noch bevor Marie oder Maggie etwas sagen konnten, schlüpfte Charlie auch schon ins Zimmer und ihnen blieb nichts anders übrig, als ihr zu folgen. Maggie lehnte die Zimmertür an, als würde sie damit rechnen, jeden Augenblick vor der Irren fliehen zu müssen.

»Ich bin Lola.«

»Ich bin Charlie. Das sind Marie und Maggie. Was weißt du über das Mädchen, das ich suche?«

Ein trauriges Lächeln huschte über Lolas Lippen.

»Sie ist schon ein paar Tage nicht mehr in ihrem Zimmer gewesen.« Sie zögerte. »Oder seit Tagen nicht mehr rausgekommen.«

»Woher weißt du das?«, fragte Maggie und zog die Augenbrauen hoch. »Beobachtest du Freak etwa ihre Zimmertür?«

Lola ignorierte sie und sah stattdessen Charlie an.

»Ich hab sie schreien gehört ... letzte Nacht.« Sie zögerte wieder, schüttelte dann den Kopf. »Nein. Vorletzte Nacht.« Wieder schüttelte sie den Kopf. »Oder so ... Irgendwann in den letzten Nächten hab ich sie auf jeden Fall schreien gehört.«

Charlie verspannte sich – schließlich hatte auch sie den Schrei gehört.

»Hast du noch etwas gehört? Abgesehen von den Schreien?«

Lola dachte nach.

»Nein«, flüsterte sie dann. »Ich glaube nicht. Ich bin sofort wieder eingeschlafen.« Ein verschmitztes Grinsen huschte über ihre Lippen. »Ich hab von dem Mann, der mein Zimmer saubermacht, geträumt. Hab ihn in meinem Traum geküsst.« Die blassen Wangen des Mädchens färbten sich rosa.

Marie starrte Lola an. Sie konnte kaum glauben, dass jemand von diesem Kerl einen solchen Traum haben konnte, geschweige denn wollte. Sein Gesicht sah aus, als wäre es schon mal wie Wachs geschmolzen und dann nicht mehr ordentlich modelliert geworden, es war schief und irgendwie schwammig. Außerdem hatte er einen Buckel und war mindestens sechzig.

»Ahja … okay. Also dann – danke«, sagte Charlie. »Du hast uns sehr geholfen.«

»Ist ihr was passiert?«, fragte Lola.

»Das versuchen wir herauszufinden«, warf Maggie ein.

Lola nickte langsam.

»Also ich glaube ja, ihr ist was passiert.«

Kapitel 44
Elisa

Elisas Mutter hatte immer zu ihr gesagt, man könne nicht zu viel trinken. Doch mittlerweile hatte sie das Gefühl, nur noch aus Wasser zu bestehen. Der Mann, der sie hierher geschafft hatte, hatte ihr Wasser mitgebracht und da Elisa nicht wusste, wann sie das nächste Mal etwas zu trinken bekommen würde, hatte sie die ganze Flasche auf einmal ausgetrunken. Der Typ hatte ihr dabei zugesehen. Irgendwie hatte er glücklich gewirkt.

Nun starrte er auf sie hinab. Wieder mit diesem seltsamen Lächeln auf den Lippen. Dem Lächeln, das ihr eine Gänsehaut bereitete.

»Geht es dir jetzt besser?«, fragte er.

»Ja«, log sie und wich seinem Blick aus.

Ein Entführer, der darum bemüht war, dass es ihr gut ging ... Wie sollte sie damit umgehen? Wie sollte sie sich verhalten, damit sie heil aus dieser Situation herauskam?

»Tut mir leid, dass ich dich fesseln muss«, sagte er leise. »Das ist nur zu deinem Besten. Ich will nicht, dass dir etwas passiert.«

Elisa musterte ihn.

»Mir gehts gut. Ich will nur wieder zurück.«

Er wirkte nicht so, als würde er ihr etwas antun wollen. Aber warum hatte er sie dann entführt?

»Mach dir keine Sorgen. Ich passe ab jetzt auf dich auf«, sagte er, als hätte Elisa gar nichts gesagt.

»Ähm, nein ... Du brauchst nicht auf mich aufzupassen. Im Haus König gehts mir gut.«

Doch er schien sie gar nicht zu hören, sondern murmelte erneut: »Ich passe auf dich auf.« Dann ging er zur Kücheninsel.

Kapitel 45
Charlie

In der Anstalt war längst Ruhe eingekehrt. Auf den Fluren war nichts mehr zu hören – keine Schritte, keine Stimmen – und ich lang trotzdem seit zwei Stunden wach im Bett. Es schien, als wäre ich die Einzige, die noch wach war und so starrte ich an die Decke und fragte mich, ob wir den Aufenthalt hier überleben würden … mein Baby und ich.

Mit Maggie und Marie hatte ich nicht darüber gesprochen, aber seit dem Gespräch mit Lola fragte ich mich, was das alles zu bedeuten hatte. Wenn das Yoga-Mädchen und andere verschwanden, konnte auch ich verschwinden. Und scheinbar unternahm niemand etwas dagegen. Alle sahen weg. Das Personal hatte einfach kein Interesse an uns Schwangeren, uns verlorenen Mädchen. Wir hatten unsere Unschuld, das Vertrauen unserer Familien, unseren Partner und, wenn wir nicht aufpassten, auch unsere Zukunft verloren. Die meisten von uns hatten zu große Angst, mit jemandem zu sprechen und unsere Eltern waren froh, ihre Töchter los zu sein.

Für mich stand jedenfalls fest: Entweder wurden die Mädchen entführt und irgendwo gefangen gehalten, oder sie wurden ermordet. Ich drehte mich auf die Seite und legte meine Arme auf den Bauch. Mein Baby hatte nun die Größe einer Grapefruit. Oder war es eine Nektarine? Warum wurde die Größe eines Ungeborenen eigentlich mit Lebensmitteln verglichen – wie sollte man sich da ein Lebewesen mit Augen, Nase, Händen und Armen vorstellen? Eines mit Gefühlen?

Spürte es gerade meine Angst? Meine Ruhelosigkeit? Empfand es diese Gefühle vielleicht auch? Wie konnte ich dafür sorgen, dass es ihm gut ging? Konnte ich es von diesen Gefühlen abschirmen? Wie konnte ich es beschützen? Niemand kümmerte es, dass hier ein Monster in Menschengestalt herumlief. Aber es könnte auch mich entführen und damit das Leben meines Babys gefährden.

Ich würde sowieso nicht mehr einschlafen, da konnte ich genauso gut etwas tun. Einfach nur dazuliegen und mich darüber aufzuregen, dass niemand etwas unternahm, war unsinnig. Also stand ich auf, zog mir einen dicken Pullover über mein Pyjamaoberteil, Schuhe an und öffnete meine Zimmertür. Ich spähte hinaus auf den Flur. Selbst wenn jemand hier war, würde ich ihn nicht sehen, so dunkel war es. Aber es war nichts zu hören und so verließ ich leise mein Zimmer.

Ich tastete mich durch die Dunkelheit des Flurs und biss jedes Mal, wenn eine Diele unter meinem Gewicht knarrte, die Zähne zusammen. So steuerte ich langsam auf das Zimmer zu, dass das vermisste Mädchen bewohnt hatte. Lola hatte es uns gezeigt und dabei eine so geheimnisvolle Miene auf-gesetzt, als würde sie uns vor allen anderen erzählen, wer den diesjährigen Oscar für den besten Hauptdarsteller gewinnen würde. Maggie und Marie hatten mich davon abgehalten, das Zimmer zu betreten, aber jetzt war niemand da, der mich hätte aufhalten können.

Ich trat an die Tür und hielt mein Ohr an das Holz – kein Ton zu hören. Vorsichtig drückte ich die Klinke hinunter und versuchte die Tür aufzuschieben ... doch sie rührte sich nicht. Als ich etwas entschlossener drückte und zog, wurde mir klar: Die Tür war verschlossen.

Hatte das Yoga-Mädchen abgeschlossen? Aber warum sollte sie das tun, wo sie doch mutmaßlich entführt worden war? Doch wer sonst hätte es getan haben können? Herr König war der Einzige, der die Schlüssel zu jedem Zimmer hatte, abgesehen von der jeweiligen Bewohnerin. Und wenn der Täter das Zimmer abgeschlossen hatte? Oder lag sie tot in ihrem Zimmer und der Mörder hatte hinter sich abgeschlossen, damit sie nicht sofort entdeckt werden würde? Bei der Vorstellung einer Leiche auf der anderen Seite der Tür, lief mir eine Gänsehaut über die Arme.

Ich ging einen Schritt zurück und sah durch das Schlüsselloch – doch es war zu dunkel, um etwas erkennen zu können. Wenn ich versuchte, die Tür aufzubrechen, würde ich die anderen Mädchen wecken. Eine Erklärung für das, was ich hier tat, würde ich nicht haben. Außerdem war weder sicher, dass ich die Tür auch aufbekommen würde, noch, ob sich in dem Zimmer etwas befand, das mir bei meiner Suche helfen konnte.

Ich entschied mich also dagegen und ging den Flur entlang zurück zur Treppe. In diesem Haus würde ich nicht weiterkommen – hier befanden sich nur die Schlafzimmer der Mädchen. Vielleicht konnte ich im Haupthaus etwas Interessantes herausfinden.

Ich verließ das Schlafhaus und trat auf den Hof. Die Wolken verdeckten den Mond und es war so dunkel, dass ich nicht mal zehn Meter weit sehen konnte. Der Wald ragte bedrohlich neben mir auf.

Ich blieb stehen. Egal, was Marie und Maggie sagten, irgendwann würden wir auch im Wald suchen müssen – dort gab es viel mehr Möglichkeiten, einen Menschen zu verstecken.

Oder ein Grab zu schaufeln.

Ich verdrängte den Gedanken und ging zum Haupthaus. Der Kies knirschte unter meinen Schuhen. Irgendwo musste eine Nachtaufsicht unterwegs sein, die zwischen den Schlafhäusern hin und her lief, um ein Auge auf uns zu haben.

Auch im Haupthaus war es dunkel, aber es war besser, wenn ich nicht auf mich aufmerksam machte, also verzichtete ich auf Licht. Eine Hand auf dem Treppengeländer, schlich ich die Stufen hoch – oder zumindest versuchte ich es, denn unter mir knarrte das Holz. Aber ich redete mir ein, dass hier im Haupthaus ohnehin niemand war, der das hören konnte.

Mein Herz pochte in meiner Brust und bis ich oben angekommen war wagte ich nicht, zu atmen.

Wenn man einen Menschen verstecken wollte, wo brachte man ihn hin? Mir kam ein Keller in den Sinn, aber hier gab es keinen. Also kam doch nur einer der anderen Räume hier infrage, oder? Aber welcher? Es würde doch sofort auffallen, wenn irgendwo hier ein Mädchen gefangen gehalten würde. Jeden Tag liefen Menschen durch die Flure und Räume. Das Mädchen würde es hören und könnte Lärm machen. Außer … Nein! Ich schüttelte den Kopf. Ich musste davon ausgehen, dass das Mädchen lebte und ich anstelle des Monsters würde einen lebenden Menschen in ein Verließ stecken. Irgendein

154

Raum, der versteckt war. Hinter einem Schrank oder von mir aus auch unter einer Falltür.

Mein Blick wanderte hoch an der Wand hoch zur Decke und blieb an dem Ring hängen, der von der Dachluke über mir baumelte.

Kapitel 46
Frida

»Wie konntest du das tun?«, rief Milan. »Ohne mit mir darüber zu sprechen?«

Frida legte sich Daumen und Zeigefinger an ihre Nasenwurzel, um sie zu massieren. Das würde ein anstrengender Tag werden. Sie saßen am Frühstückstisch, zwischen ihnen standen verschiedene Brotsorten, Obst und Aufstrich. Milan hatte endlich seine Zeitung beiseitegelegt und ihr zugehört. Es hatte nur Jan gebraucht, um seine Aufmerksamkeit von den Nachrichten auf Frida zu lenken.

»Ich habe doch *versucht*, mit dir darüber zu sprechen!«, verteidigte sie sich. »Aber du hast mir nicht zugehört. Du hast meine Sorgen kleingeredet und dein Leben einfach weitergelebt, als wäre alles gut.«

Er schüttelte den Kopf.

»Es gibt ja auch nichts, worüber man sich Sorgen machen müsste, Frida. Es ist doch gar nichts passiert.«

»Wir *wissen* nicht, ob etwas passiert ist – wir wissen gar nichts!« Sie lehnte sich zurück. »Was hast du denn erwartet? Dass meine Sorgen irgendwann verschwinden, wenn ich nur lange genug nichts von Vanessa höre?«

»Aber ... Jan. Warum hast du ausgerechnet ihn ins Boot geholt?«

»Weil du mir nicht zugehört hast! Er nimmt mich zumindest ernst.«

»Er ist ein Kind. Mein Gott, er würde alles tun, um gut vor uns gut dazustehen. Er ist doch der Grund, weswegen wir überhaupt in diesem ganzen Schlamassel stecken! Wie konntest du nur auf diese Tour reinfallen?!«

Frida schüttelte den Kopf.

»Du verstehst es einfach nicht.«

»Nein, tu ich tatsächlich nicht.« Er stützte sich mit den Unterarmen auf den Tisch und beugte sich vor. »Dann versuch es mir doch zu erklären. Was möchtest du mit Jan als deinem Verbündeten nun als Nächstes tun?«

Frida ignorierte den Spott, der aus seinen Worten triefte. »Jan und ich werden zur Polizei gehen.«

Damit hatte Milan offenbar nicht gerechnet. Verständnislos sah er seine Frau an.

»Wie bitte?«

»Wir gehen zur Polizei. Vanessa ist minderjährig. Herr König darf uns den Kontakt zu ihr nicht verweigern.«

»Sie ist minderjährig – ja und? Es ist ja nicht so, als wäre sie entführt worden. Wir haben sie selbst dahingeschickt.«

Frida sah auf ihr Brötchen hinab.

»Ich werde sie nicht einfach allein lassen, wenn ich glaube, dass es ihr nicht gut geht. Egal, was du sagst, ich werde zur Polizei gehen.«

»Damit riskierst du, dass alle erfahren, dass unsere Tochter schwanger ist. Noch schlimmer: Sie werden alle erfahren, dass wir sie weggeschickt haben!«

Frida schwieg.

»Sie *alle* werden es erfahren! Unsere Kollegen, Vorgesetzten, Bekannten, Freunde und unsere Eltern. Möchtest du deiner Mutter so etwas antun, Frida? Sie lebt ganz allein. Meinst du, dass es ihrem Gesundheitszustand guttut, wenn sie erfährt, dass ihr einziges Enkelkind schwanger ist und wir sie weggeschickt haben? Sie werden uns alle für schlechte Eltern halten! Willst du das?«

»Nein, das will ich nicht.« Frida hob den Blick. »Aber noch weniger möchte ich Vanessa im Stich lassen.« Sie stand auf. »Ich fände es schön, wenn du mit zur Polizei kommen würdest. Die Beamten werden uns ernster nehmen, wenn sich beide Elternteile Sorgen machen.« Mit diesen Worten verließ sie das Esszimmer.

Kapitel 47
Charlie

Marie hatte dunkle Ringe unter den Augen, Maggie sah nicht ganz so schlimm aus – aber wer konnte schon wissen, was sich unter dem obligatorisch weißen Make-up und den schwarz umrandeten Augen verbarg. Keine der beiden wirkte jedenfalls so, als wäre sie für einen weiteren Tag in der Anstalt bereit. Sie hingen über ihren Müslischüsseln und löffelten sich die Flocken wie mechanisch in den Mund.

»Ich habe etwas gefunden«, sagte ich und setzte mich mit meinem Tablett zu ihnen. Sie hoben ihre Blicke.

»Bitte nich«, sagte Maggie. »Es is zu früh für diesen Scheiß.«

Marie legte eine Hand auf ihren Bauch.

»Mein Zwerg hat mich die halbe Nacht wachgehalten.«

»Hast du schon Wehen?«, fragte ich überrascht.

»Nein. Aber sie hat getreten und geboxt. Ich glaube, sie wird einmal eine erbitterte Kämpferin.« Marie lächelte und strich mit der Hand über den Bauch.

»Fühlt sich das gut an?« Mein Baby hatte sich noch nicht bemerkbar gemacht und ich wusste nicht, ob ich mich darauf freuen oder mich davor fürchten sollte.

»Es ist ein bisschen, als würde ein Alien in dir heranwachsen«, sagte Marie. »Als hätten sie dir ein einen kleinen Wurm eingepflanzt, der jetzt immer größer wird und deinen Körper in Beschlag nimmt.«

»Verdammt gruselig …«, sagte Maggie.

»Und zugleich sehr schön.« Marie lächelte.

Es klang auch für mich gruselig und irgendwie eklig.

»Was gibt's denn?«, fragte mich Maggie. »Viel schlimmer als Maries Alienbaby kann es ja nicht sein.« »Ich bin gestern Nacht durch die Häuser gelaufen«, begann ich. »Wir gehen ja davon aus, dass sie entführt wurde. Also muss sie ja aktuell irgendwo untergebracht sein. Und da wir nicht in den Wald gehen wollen«, ich warf Marie einen Blick zu, »müssen wir unsere Suche auf die Häuser beschränken.«

Beide nickten.

»Ich war im Haupthaus und habe eine Dachbodenluke entdeckt. Ich könnte mir vorstellen, dass ein Mädchen auf einem ausgebauten Dachboden, durchaus über einen längeren Zeitraum gefangen gehalten werden könnte.«

Maggie runzelte ihre Stirn.

»Direkt über unseren Köpfen?«

»Das würde mir aber gar nicht gefallen.« Marie schüttelte sich.

»Allein kam ich nicht an die Dachluke ran. Eine von euch müsste mir eine Räuberleiter machen. Also dachte ich mir, dass wir da heute Nacht vielleicht noch mal hingehen.«

»Im Dunkeln?«, fragte Marie. »Können wir das nicht am Tag machen? Wenn alle beim Essen sind?«

Ich schüttelte den Kopf.

»Irgendjemand würde uns sehen. Ein Mädchen, das zu spät zum Abendessen kommt oder ein Angestellter – das Risiko ist zu groß. Wir *müssen* es nachts machen.«

Marie sah auf ihr Essen hinab und sank in sich zusammen.

»Sie hat Schiss vor der Dunkelheit«, erklärte Maggie.

»Wir sind ja zusammen. Und wenn es dir zu unheimlich wird, kannst du auch wieder in dein Zimmer gehen.«

Sie sah auf und schüttelte den Kopf.

»Ich komme mit.«

»Da is noch was anderes, über das wir vielleicht mal reden sollten«, sagte Maggie vorsichtig. Als sie unsere Aufmerksamkeit hatte, fuhr sie fort. »Es wird nich nur *ein* Mädchen vermisst. Meinst du, sie werden alle auf dem Dachboden gehalten? Vielleicht wurden sie ja auch …«

»Nein!«, ging Marie dazwischen.

»Ich weiß es nicht«, sagte ich.

»Bitte«, sagte Marie. »Lasst uns nicht darüber nachdenken, ja? Ich will diese Möglichkeit lieber gar nicht in Betracht ziehen.«

Maggie und ich wechselten einen Blick. Dann nickte ich. Dennoch lag zwischen uns die unausgesprochene Frage, ob die Mädchen nicht schon längst tot waren.

Kapitel 48
Gilbert

Gilbert schob seinen Putzwagen über die leeren Krankenhausflure. Obwohl gerade irgendwo Krankenschwestern und Hebammen Dienst hatten, fühlte es sich an, als wäre er allein hier. Er mochte Krankenhäuser nicht, hatte sie noch nie gemocht und dieses hier war schlimmer als alle anderen. Es gab Gerätschaften, die aussahen wie Folterinstrumente. Jedes Mal, wenn er die Kreißsäle wischte, bekam er ein mulmiges Gefühl. Da hingen Seile über den Betten und es gab Stühle, mit denen Hannibal Lecter seine wahre Freude gehabt hätte.

Heute war aber der Keller dran und da die meisten Räume dort unten ohnehin abgeschlossen waren und er keinen Schlüssel zu ihnen hatte, würde er schnell fertig sein. Eigentlich musste er nur die Böden wischen und die Mülleimer leeren.

Er wischte eine Bahn nach der anderen. Die eintönige Arbeit tat ihm ganz gut – sie war beruhigend. Außerdem hatte er, nachdem er einen Boden komplett gewischt hatte, immer das Gefühl, etwas geschafft zu haben. Mittlerweile war er bei der Hälfte angekommen: Er sah das feucht glänzende Stück hinter sich und vor sich das trockene Stück, das er noch putzen musste. Gilbert lehnte seinen Wischmopp an den Wagen und öffnete eine der unverschlossenen Türen. Er wusste gar nicht, was für ein Raum das eigentlich war. Sah aus wie eine Mischung aus einem Badezimmer ohne Toilette und einer Küche. Aber ihm war im Prinzip egal, was hier getrieben wurde und wunderte sich im Haus König über gar nichts mehr.

Er nahm den kaum befüllten Beutel aus dem Mülleimer, band ihn zu und stopfte ihn im Flur gerade zum restlichen Müll auf seinem Wagen, als ein Geräusch ihn zusammenfahren ließ.

Eine Gestalt rüttelte hektisch an einer der verschlossenen Türen und es dauerte einen Moment, bis er begriff, wer es war.

»Schwester«, sagte er, als er ihr schwarzes Gewand erkannte.

Ertappt drehte sie sich zu ihm um.

»Gilbert«, sagte sie mit kalter Stimme.

»Was machst du hier?« Langsam ging er auf die Frau mit den strengen Gesichtszügen zu. Eine Hand lag noch immer auf der Klinke der Tür, durch die sie eben versucht hatte zu gelangen. In der anderen Hand hielt sie einen Schlüsselbund. Ihre Augen huschten kurz dorthin zurück, dann nahm sie die Hand von der Klinke und ließ die Schlüssel in ihrem Gewand verschwinden.

»Nichts«, sagte sie mit aller Ruhe der Welt.

»Was hat eine Nonne denn hier im Krankenhaus zu suchen?« Gilbert genoss es, sie ganz offensichtlich bei etwas erwischt zu haben.

»Das geht dich gar nichts an, Gilbert.« Sie wandte sich zum Gehen und ihre Schritte hallten von den Wänden wider.

Er sah ihr nach. Warum war sie hier gewesen? Gilbert wusste nicht, was sich hinter der Tür befand, durch die Schwester Margrit hatte gehen wollen – sie war schon seit seinem ersten Arbeitstag abgeschlossen. Die ganze Zeit war er davon ausgegangen, dass es sich nur um einen Lagerraum handelte, aber nun fragte er sich, ob nicht doch etwas Interessanteres dahinter lag.

Kapitel 49
Charlie

Maggie und Marie waren in ihren Kursen und ich vertrat mir die Füße. Über Nacht hatten sich in meinen Händen und Beinen Wassereinlagerungen gebildet und ich hatte gehört, dass Bewegung dagegen half. Außerdem fiel es mir ohnehin schwer, still zu sitzen. Maggie und Marie hatten mich mit ihrer Angst angesteckt. Ich wollte sie gar nicht haben, aber je mehr ich darüber nachdachte, was den Mädchen passiert sein könnte, desto größer wurde sie.

Ich ging auf die Kapelle zu – ein Ort, an dem man Gott näher sein sollte. Allerdings empfand ich nun, wo ich mich dem Gebäude näherte, nur noch Einsamkeit. Vor der Kapelle blieb ich stehen und sah an der Fassade hoch. Die Fenster waren zwar bunt, aber schmutzig.

Ich legte meine Hand auf die Klinke – sie fühlte sich kalt an –, öffnete die knarrende Tür und schlüpfte hinein. Krachend fiel die Tür hinter mir zu. Das Geräusch hallte von den Wänden wider, als ich mich umsah. Die Bankreihen waren abgenutzt, der Altar zu klobig für die kleine Kapelle. Auf ihm lag ein dreckiges weißes Tuch. In einer normalen Kirche brannten immer Kerzen – hier gab es lediglich einen Ständer mit Teelichten. Ich ging zu ihm und steckte ein neues in die Vorrichtung. Es gab zwar keine Dose, in die man Geld werfen konnte, aber zumindest eine Schachtel mit Streichhölzern. Ich zog eines heraus, zündete es an und führte die flackernde Flamme vorsichtig an den Docht. Dann pustete ich das Streichholz aus und legte es neben die Verpackung. Ich sah der kleinen Flamme zu, wie sie größer und stärker wurde. Irgendwo da draußen war das Yoga-Mädchen. Ich hoffte, dass es noch lebte. Aber egal in welchem Zustand – ich würde es finden.

Ein Geräusch ließ mich herumfahren. Jemand öffnete die Eingangstür. Ohne darüber nachzudenken, duckte ich mich schnell hinter eine der Bänke und lugte dahinter hervor. Schwester Margrit und eine Frau, die ich nicht kannte – die Unbekannte hatte ausladende Hüften und kurze graue Haare –, gingen durch den Mittelgang nach vorne.

»Ich sage doch nur, dass mit ihm irgendetwas nicht stimmt.« Margrit warf ihrer Begleiterin einen wütenden Blick zu, doch die ließ sich davon nicht einschüchtern.

»Und ich sage dir, dass du ihm vertrauen kannst.«

Sie kamen am Altar an und die Nonne drehte sich um. »Woher weißt du das? Er weiß etwas darüber, was hier vorgeht, das kannst du nicht einfach ignorieren, Paula! Außerdem hat er selbst etwas zu verbergen.«

Die Frau mit den grauen Haaren stand mit dem Rücken zu mir und zuckte mit den Schultern.

»Du wirst langsam etwas paranoid. Nicht jeder hat es auf dich abgesehen, schon gar nicht Gilbert.«

Schwester Margrit starrte ihre Gesprächspartnerin wütend an. »Und was sollen wir jetzt machen?«

Paula zögerte, ehe sie versöhnlicher sagte: »Wir sollten erst einmal gar nichts machen, bis wir mit Sicherheit wissen, wen wir beschuldigen können.«

»Und die Mädchen?«

»Denen können wir nichts sagen. Und es würde ohnehin

nichts bringen – sie würden nur in Panik geraten.«

Die Nonne ließ ihren Blick durch die Kapelle schweifen. Ich duckte mich noch tiefer. Als ich wieder hinter der Bank hervorlugte, sah die Schwester immer noch auf eine Stelle nicht weit von mir.

Die Kerze, die ich angezündet hatte, musste ihre Aufmerksamkeit erregt haben. Ich biss mir auf die Unterlippe, um nicht zu fluchen und sah zur Tür. Es war unmöglich, nach draußen zu gelangen, ohne dass die beiden mich bemerkten.

»Wir sollten Gilbert ins Boot holen«, sagte Paula.

Ich drehte meinen Kopf wieder zu den Frauen. Die Nonne hatte ihren Blick von meiner Kerze abgewandt.

»So sehr vertraust du ihm?« Schwester Margrit betrachtete Paula kritisch.

Diese nickte.

»Er ist ein guter Kerl. Ich habe zwar auch meine Schwierigkeiten damit, hier jemandem zu trauen, aber wir sollten ihn nicht *sofort* abschreiben.«

Schwester Margrit rümpfte die Nase.

»Fein ... aber auf deine Verantwortung.«

So schnell, wie sie in die Kapelle gekommen waren, eilten sie nun wieder hinaus. Offensichtlich hatten sie nur einen ruhigen Ort zum Reden gebraucht. Als die Tür hinter ihnen zufiel, atmete ich auf. Für einen Moment schloss ich erleichtert die Augen, dann stand ich auf.

Was auch immer mit den Mädchen passierte, ich war nicht die Einzige, die nach Erklärungen suchte.

Kapitel 50
Frida

Jan war ein dünner, verpickelter Bursche mit straßenköterblondem Haar. Er hatte einen großen Mund, den er nun zu einem vorsichtigen Lächeln verzog. Verloren stand er in der Auffahrt, als Frida aus dem Haus trat. Sie hatte ihre Handtasche über die Schulter geworfen und zwang sich, das Lächeln zu erwidern. Obwohl sie nun ein Team bildeten, war sie nicht begeistert, ihn zu sehen. Milan war schon zur Arbeit gefahren, aber nicht, ohne ihr noch einmal zu sagen, sie solle nicht zur Polizei gehen. Sie hielt sich natürlich nicht daran.

»Hallo Jan.«

»Hallo Frau Fuchs.« Er sah auf seine Fußspitzen. »Sie haben immer noch nichts von Vanessa gehört, oder?«

Sie schüttelte den Kopf.

Er sah wieder zu ihr auf.

»Okay … Also – Polizei?« Ihm war anzusehen, dass er sich dabei nicht wohlfühlte und Frida ging es da nicht anders, aber sie hatte keine Wahl, also nickte sie.

Als Jan sich neben sie auf den Beifahrersitz setzte, brauchte er einige Anläufe, bis er den Gurt zu sich herüberziehen und sich anschnallen konnte, so nervös war er.

»Herr Fuchs möchte nicht mitkommen?«

Frida startete den Wagen. »Nein« war alles, was sie dazu sagte. Es ging Jan nichts an, dass sie und Milan nicht einer Meinung waren und schon gar nicht, dass sie deswegen gestritten hatten.

168

Sie brauchten nur zehn Minuten bis zur Polizeistation. Frida parkte den Wagen und die beiden stiegen aus. Hektisch zog sie an der Eingangstür, doch die war verschlossen. Jan entdeckte eine Klingel und drückte sie. Ihr schlug das Herz bis zum Hals. Sie war noch nie bei der Polizei gewesen und nun war sie es auch noch aus dem schlimmsten Grund, den sich eine Mutter vorstellen konnte.

Ein Türöffner wurde betätigt und sie traten ein. Jan hielt sich hinter ihr. Sie konnte seinen Atem hören, als sie zu dem Empfangstresen gingen.

»Einen Moment!«, rief einer der beiden Polizisten, die an unaufgeräumten Schreibtischen saßen, ohne von seinem Bildschirm aufzusehen.

Frida umklammerte ihre Handtasche, als würde die sie vor dem retten können, was nun auf sie zukam. Schließlich stand der Polizist auf und kam zu ihnen herüber. Er hatte einen gewaltigen Bauch, war nicht besonders groß und trug eine randlose Brille. Sein Blick glitt über Frida, dann breitete sich auf seinem Gesicht ein Grinsen aus. Sie kannte diese Reaktion auf ihr Äußeres und hasste sie – meist dachten Männer in jenen Momenten Dinge, die sie gar nicht wissen wollte. Aber sie war auch geübt darin, die Blicke zu ignorieren.

»Was kann ich für Sie tun?«, fragte der Mann und grinste Frida an. Jan ignorierte er.

Der Junge stand halb von Frida verdeckt da und trat von einem Fuß auf den anderen. Er würde ihr keine Hilfe sein.

»Ich möchte meine Tochter als vermisst melden«, sagte Frida und versuchte ihre Stimme dabei so fest wie möglich klingen zu lassen. Bloß keine Schwäche zeigen. Sie wollte ernstgenommen werden, auch wenn der Kerl unflätige Dinge über sie dachte.

Das Grinsen verschwand nicht von den Lippen des Polizisten. Er sah aus, als hätte sie ihm gerade erzählt, dass sie jedes Jahr als Weihnachtsmann auf ihrer Weihnachtsfeier auftrat.

»Sehr schön. Wie ist denn Ihr Name?«

Frida hätte ihm am liebsten eine gescheuert. Wie konnte er nach ihrem Anliegen »Sehr schön« sagen? Das war nicht schön. Überhaupt nicht schön! Sie atmete einmal tief durch, um nicht auf dumme Ideen zu kommen.

»Frida Fuchs und meine Tochter heißt Vanessa Fuchs.«

Der Polizist griff nach Schmierblatt und Kugelschreiber und notierte sich die Namen. Dann blickte er auf.

»Dann nehmen Sie doch bitte im Wartebereich Platz. Ich werde dem zuständigen Beamten Bescheid geben.« Er deutete auf eine Glastür.

Die beiden gingen hindurch ins Wartezimmer und setzten sich. Es dauerte keine fünf Minuten, dann wurde die Glastür geöffnet und ein junger dunkelhäutiger Mann streckte seinen Kopf in das Wartezimmer.

»Frau Fuchs?«, fragte er und sah Frida an.

Sie stand auf und ging zur Tür. Jan stolperte fast über seine Füße, als er ihr folgte.

»Ich bin David Huber.« Er schüttelte ihre Hand. »Kommen Sie mit in mein Büro.«

Frida und Jan folgten dem Beamten in den zweiten Stock, wo er sie in ein Büro mit zwei Schreibtischen führte. Huber steuerte auf einen davon zu, der andere war unbesetzt.

»Bitte nehmen Sie doch Platz.« Er deutete auf die beiden Stühle vor seinem Schreibtisch. Erst jetzt schien er auch Jan zu bemerken.

»Oh, entschuldigen Sie.« Er reichte ihm die Hand. »Sie sind Vanessas Bruder?«

Jan wischte sich die Hand an der Jeans ab, bevor er die des Polizisten ergriff.

»Nein, ich bin Vanessas Freund.«

Frida ließ sich auf einem der Stühle nieder. Sie hatte immer gehofft, Vanessa würde Jan den Laufpass geben würde, wenn sie aus dem Haus König zurückkam.

»Ah, okay. Schön, dass sie mitgekommen sind.« Herr Huber setzte sich hinter seinen Schreibtisch, überschlug die Beine und lehnte sich zurück. »Also, ihre Tochter wird vermisst. Seit wann?«

Frida sah auf ihre Hände.

»Seit zwei Tagen ungefähr.«

»Und da kommen Sie erst jetzt zur Polizei?« Er klang nicht vorwurfsvoll, nur verwundert. »Gibt es dafür einen Grund?«

Frida sah von ihren Händen auf und in das Gesicht des Polizisten. Sie räusperte sich.

»Ich … ja, also …« Sie seufzte. »Sie lebt seit ein paar Monaten woanders. Sie ist schwanger – deswegen haben wir sie in eine Einrichtung gebracht, wo sie in Ruhe ihr Kind gebären kann, ohne dass jemand etwas davon mitbekommt.« Sie richtete ihren Blick wieder auf ihre Hände.

David Huber schien ein freundlicher Mensch zu sein.

Ein Mensch, der nichts zu verbergen hatte. Er würde sicher nicht verstehen, warum sie ihre Tochter weggegeben hatte.

»Sie müssen wissen, mein Mann und ich sind ... haben gesellschaftliche Verpflichtungen und stehen im Fokus der Öffentlichkeit. Er arbeitet als Manager in einem führenden Unternehmen zur Entwicklung von Apps und ich arbeite in einer gemeinnützigen Einrichtung. Es war ... es war uns peinlich, dass unsere Tochter mit fünfzehn schwanger wurde. Wir waren uns sofort einig, dass sie das Kind nicht abtreiben, sondern es zur Adoption freigeben soll und wollten nicht, dass Freunde, Bekannte und Kollegen von ihrer Schwangerschaft erfahren.« Sie blickte in sein Gesicht. Er sah sie aufmerksam an. »Verstehen Sie mich nicht falsch – wir lieben unsere Tochter. Wir wollten, dass sie danach weiterhin ein normales Leben führen kann und nicht als das Mädchen, das mit fünfzehn schwanger wurde, gebrandmarkt ist.«

»Sie müssen sich nicht dafür rechtfertigen, Frau Fuchs. Erzählen Sie mir einfach, was dann passiert ist.«

Sie atmete auf. *Okay. Weiter gehts,* dachte Frida und holte Luft.

»Der Leiter des Hauses, in dem meine Tochter wohnt, hat uns gesagt, wir sollten sie während der Schwangerschaft in Ruhe lassen, damit sie sich ganz auf sich und ihr Kind konzentrieren kann. Wir haben uns darauf geeinigt, dass wir Bescheid bekommen, wenn das Baby da ist, spätestens jedoch am Entbindungstermin. Aber nun ist der Entbindungstermin verstrichen und wir haben nichts von Vanessa gehört. Ich habe dort angerufen und ich durfte nicht mit Vanessa sprechen.« Sie biss sich auf die Unterlippe, konnte ihre Emotionen kaum noch in Zaum halten. »Ich wollte doch nur wissen, ob es ihr gut geht. Aber der Leiter hat mir das Telefonat mit ihr untersagt. Ich war auch vor Ort, kam aber nicht rein. Das Gelände ist umzäunt und das Tor war abgeschlossen.« Die letzten Worte waren nur so aus ihr herausgesprudelt. Nun hielt sie inne und sah Herrn Huber an. »Ich habe keinen Beweis dafür, dass es meiner Tochter schlechtgeht, aber ich habe Angst, Herr Huber, ich habe Angst, dass ich meine Tochter nie wiedersehen werde.«

Der Polizist nickte. Seinem Gesichtsausdruck war nicht zu entnehmen, ob er Frida glaubte oder nicht.

»Und was denken Sie darüber?«, fragte er Jan.

Der räusperte sich.

»Ich … also ich vertraue da dem Gefühl von Frau Fuchs. Es ist doch merkwürdig, dass der Leiter sie nicht mit Vanessa sprechen lässt. Gegen ein kurzes Telefonat ist doch nichts einzuwenden.«

Herr Huber nickte.

»Allerdings. Womit hat er seine Entscheidung begründet?«, fragte er Frida.

»Er meinte, Vanessa brauche Ruhe. Stress sei schlecht für das Kind.« Sie holte Luft. »Aber was ist denn so stressig daran, mit der eigenen Mutter zu telefonieren? Ich habe sie ja nicht angerufen, um mit ihr zu streiten, sondern nur, um zu hören, ob es ihr gutgeht.«

»Hatten Sie vor ihrem Aufenthalt dort Streit mit ihrer Tochter? Über die Schwangerschaft und wo sie diese verbringen soll?«

Frida zögerte. Sie wusste genau, worauf er hinauswollte. »Ja, hatten wir.« Es brachte nichts, den einzigen Menschen anzulügen, der ihr helfen konnte. »Aber deswegen würde sie mich doch nicht meiden.«

Herr Huber griff nach seinem Handy, das auf dem Schreibtisch lag und tippte etwas.

»Was passiert als Nächstes?«, fragte sie den Polizisten.

Ohne von seinen Notizen aufzublicken sagte er: »Wenn Sie mir den Namen der Einrichtung geben, in der Vanessa untergebracht ist und auch Ihre Telefonnummer, werde ich mal nachforschen und mich dann bei Ihnen melden.« Er sah von seinem Handy auf zu Frida. »Ich möchte ganz ehrlich sein: Rein theoretisch gesehen ist es kein Vermisstenfall. Sie haben Ihre Tochter selbst dorthin geschickt und der Leiter hat Ihnen bestätigt, dass Vanessa noch dort ist. Also müssen wir erst mal davon ausgehen, dass sie auch wirklich da ist und er Sie nur nicht mit ihr sprechen lässt.« Bevor Frida etwas entgegnen konnte, fuhr er fort. »Zumindest wissen wir zum aktuellen Zeitpunkt von nichts Gegenteiligem. Aber Ihre Tochter ist minderjährig und sie haben das Sorgerecht. Daran dürfen Sie nicht gehindert werden. Es kann gut sein, dass es Ihrer Tochter gutgeht und sie wirklich einfach nicht mit Ihnen sprechen möchte – aber ich werde dem nachgehen.«

Kapitel 51
Elisa

Elisa starrte aus dem Fenster. Die Sonne hatte sich verkrochen und es fiel nur noch wenig Licht durch die Baumkronen. Es würde bald dämmern, vielleicht war es aber auch nur wegen des schlechten Wetters so düster.

Ob wohl schon jemand bemerkt hatte, dass sie weg war? Eines der anderen Mädchen … oder vielleicht Herr König? Oder Lena? Waren sie schon auf der Suche nach ihr? Oder war es ihnen gar nicht aufgefallen, dass sie nicht mehr da war? In dieser Woche hatte sie einen Termin zur Untersuchung im Krankenhaus – spätestens dann musste jemandem auffallen, dass sie verschwunden war. Aber was, wenn es dann zu spät war? Ihr Entführer stand gerade vom Tisch auf, rückte akribisch seinen Stuhl zurecht und kam zu Elisa herüber. Vor dem Bett blieb er stehen. Sie hörte ihn, wollte ihn aber nicht ansehen. Sein Anblick machte sie regelrecht krank – sie hatte noch nie eine solche Abneigung einem anderen Menschen gegenüber empfunden. Nicht nur, weil er sie entführt hatte und hier festhielt. Er tat auch noch so, als wären sie Freunde und als würde ihr etwas Gutes tun. Eine merkwürdige Art zu helfen.

»Bitte, du musst etwas essen«, sagte er.

Elisa reagierte nicht und seine Stimme wurde lauter.

»Iss was! Es tut dir und deinem Kind nicht gut, wenn du nichts isst!«

Sie funkelte den Mann an.

»Es tut mir und meinem Kind nicht gut, wenn ich hier

gefangen gehalten werde! Es ist kalt und ich kann mich nicht frei bewegen. Das ist scheiße – für mich und mein Baby! Wenn du uns etwas Gutes tun willst, dann lass mich endlich gehen!«

»Nein. Ich beschütze dich. Ob du willst oder nicht. Ich lasse nicht zu, dass dir etwas passiert.« Er legte seine Hand auf ihren Bauch und Elisa schlug sie mit ihrer gefesselten Hand weg.

»Fass mich nicht an!«, schrie sie ihm ins Gesicht. »Wag es ja nicht, mich noch einmal anzufassen!«

Zuerst war in seinem Blick nur Verblüffung zu sehen. Dann krallte er seine Finger in ihr Haar und riss ihren Kopf zurück. Der Schmerz raubte ihr für einen Moment den Atem.

»Hör auf dich so zu benehmen!«, fauchte er und hätte sie es nicht besser gewusst, hätte sie gemeint, Trauer in seiner Miene zu sehen. »Hör auf, hör auf, hör auf!«

Elisa bohrte ihre Fingernägel in seinen Arm, aber er schien davon gar nichts mitzubekommen.

Kapitel 52
Charlie

Ich lag angezogen im Bett und starrte an die Decke. Beim Abendessen hatte ich mit Marie und Maggie abgemacht, dass ich sie um zwei Uhr nachts abholen würde, um gemeinsam nach der Dachluke zu sehen. Marie war zwar nach wie vor nicht begeistert gewesen, aber Maggie und ich hatten sie überreden können, doch mitzukommen. Aber nun, während ich in meinem Bett wartete, war ich mir gar nicht mehr so sicher, ob wir unsere Zeit wirklich auf dem Dachboden verschwenden sollten. Wenn da oben jemand gefangen gehalten würde, wäre dort doch sicher abgeschlossen, oder?

Ich hatte Maggie und Marie auch von dem Gespräch zwischen Paula und der Nonne erzählt – doch auch die beiden konnten mit den Informationen, die ich aufgeschnappt hatte, nicht wirklich etwas anfangen. Jetzt, wo ich es mir genauer überlegte, hätte ich viel lieber die Schwester und diese Fremde im Auge behalten, um mitzubekommen, ob sie etwas Neues erfuhren. Marie hatte sogar vorgeschlagen, ihnen zu erzählen, dass wir ebenfalls nach Antworten suchten – aber Maggie war dagegen gewesen. Sie traute weder dieser Paula noch Schwester Margrit und ich konnte ihr nur zustimmen. Wir wussten nichts über diese Frauen. Wenn am Ende die falsche Person erfahren würde, dass wir nach Infor-mationen suchten, konnte das böse ausgehen.

Ich warf einen Blick auf die Uhr. Gleich zwei Uhr. Das Personal sollte die Anstalt nun verlassen haben und die

Mädchen tief und fest schlafen. Es wurde Zeit, nach Antworten zu suchen. Ich verließ mein Bett, zog mir Schuhe und Jacke an und verließ mein Zimmer. Auf dem Flur blieb ich stehen und lauschte. Nichts zu hören. Also schlich ich zu Maggies Zimmertür. Da ich nicht klopfen wollte, um keines der anderen Mädchen zu wecken, öffnete ich die Tür einfach und lugte in das hell erleuchtete Zimmer. Maggie saß angezogen und mit dem Rücken gegen die Wand gelehnt auf dem Bett und schlief. In ihrer offenen Hand lag eine große Packung Schokolade, halb aufgegessen. Ich schlüpfte ins Zimmer und schloss leise die Tür, dann rüttelte ich Maggie sanft an der Schulter.

»Hey ... Maggie. Wach auf.«

Sie sog scharf Luft ein und starrte mich aus großen Augen an. Erst als sie mich erkannte, atmete sie auf.

»Scheiße, hast du mich erschreckt!« Es knisterte, als sie ihre Finger wieder um die halbe Tafel Schokolade schloss.

»Entschuldige.« Ich trat einen Schritt zurück.

Nachdem sie sich Jacke und Schuhe angezogen hatte, machten wir uns auf, um Marie abzuholen. Ich öffnete ihre Tür und sah ins Zimmer. Sie war hellwach. Ohne ein Wort zu sagen, kam sie mit uns.

Zu dritt mussten wir wie eine Horde Elefanten klingen, als wir über die knarrenden Dielen liefen. Trotzdem gelang es uns, das Schlafhaus zu verlassen, ohne dass jemand aus seinem Zimmer kam, um nachzusehen, was wir da trieben. Der Mond schien hell auf den Hof und leuchtete uns den Weg zum Haupthaus. In keinem der Häuser brannte Licht und ich war froh, dass wir so lange gewartet hatten. Nun konnten wir uns relativ sicher sein, dass niemand unterwegs war.

Trotzdem war mir unwohl zumute, als wir ins Haupthaus traten. Wir machten kein Licht und ich erwartete hinter jeder Ecke eine Person oder eine Leiche, die uns vor die Füße fallen könnte. Als wir unter der Dachluke ankamen, deutete ich nach oben und Maggie und Marie sahen hinauf.

»Hebst du mich hoch?«, flüsterte ich zu Maggie. Marie wollte ich mein Gewicht nicht zumuten. Maggie verzog zwar das Gesicht, weil sie mich heben musste, nickte aber. Sie verschränkte ihre Finger ineinander und hielt sie mir hin. Ich stieg mit einem Fuß hinein und hielt mich an ihrer Schulter fest. Dann streckte ich mich, um mit einer Hand nach dem Ring zu greifen, der an der Dachluke befestigt war.

»Scheiße, bist du schwer …«, keuchte Maggie.

»Du stemmst ja auch gerade zwei Menschen.« Ich grinste.

Maggie schnaubte nur und ich wandte mich wieder der Dachluke zu. Zuerst wandte ich zu wenig Kraft auf, aber als ich fast mein komplettes Gewicht einsetzte, sprang die Dachluke auf und eine Leiter schoss heraus. Maggie ließ mich fast fallen, als sie ihr auswich und auch Marie machte einen erschrockenen Satz zurück. Polternd fuhr die Leiter aus und knallte auf den Boden.

Wir hielten die Luft an. Das war laut gewesen und wären wir in einem der Schlafhäuser, wären nun garantiert alle Mädchen wach gewesen. Doch es regte sich nichts. Ich lauschte in die Stille, die nach dem Poltern beinahe ohrenbetäubend war und schüttelte den Kopf.

»Das hat keiner gehört«, flüsterte ich.

Marie war blass geworden.

»Verdammt!«, zischte Maggie und sah zur Dachluke hoch.

Weder Maggie noch Marie schienen erpicht darauf, als Erste nach oben zu steigen – also trat ich vor und kletterte die Sprossen hoch auf den Dachboden.

Oben war es so dunkel, dass ich nichts erkennen konnte. Ich stand gebückt, weil ich nicht wusste, wie hoch die Decke war und trat von der Leiter zurück, um Maggie und Marie Platz zu machen.

Vorsichtig tastete ich nach rechts und links. Hier musste doch irgendwo ein Lichtschalter sein – aber ich fand keine Wand, an der sich einer befinden könnte. Plötzlich streiften meine Finger ein von der Decke baumelndes dünnes Seil, verloren es aber sofort wieder. Ich ertastete es noch einmal, zog daran und eine staubige Glühbirne ging an.

Hinter mir stieg gerade Marie als Letzte auf den Dachboden und seufzte, aber ich starrte nur auf den Anblick, der sich mir bot.

Kapitel 53
Frida

Frida wälzte sich von einer Seite zur anderen. Seit Stunden lag sie neben ihrem Mann und versuchte einzuschlafen, während ihre Gedanken pausenlos um den Besuch auf dem Präsidium kreisten. Der Polizist war nett gewesen und hatte ihr das Gefühl gegeben, ernstgenommen zu werden. Dennoch hatte er ihr deutlich gemacht, dass sie nicht viel tun konnten. Herr König musste nicht mit der Polizei sprechen und konnte weiter so tun, als würde es Vanessa gutgehen – was konnte die Polizei schon dagegen ausrichten, wenn Vanessa nicht ans Telefon zu bekommen war.

Frida sah auf den breiten Rücken ihres Mannes. Er schlief tief und fest. Als sie ihm von dem Polizeibesuch erzählt hatte, war er völlig desinteressiert gewesen. Sein Verhalten war nicht normal – als würde er alle Ängste bezüglich Vanessa wegschieben. Nur um sicher zu sein. Sicher in seiner heilen Welt, die zu zerbröseln drohte. Frida legte sich auf den Rücken und verschränkte ihre Finger hinter dem Kopf. Wo Vanessa wohl gerade war? Wie es ihr wohl ging? Dachte sie gerade an ihre Mutter? Wünschte sie sich, dass ihre Eltern weiterhin wegblieben, oder wollte sie von ihnen in den Arm genommen werden?

Kapitel 54
Charlie

Der Dachboden war trotz der tiefen Schrägen überraschend groß. Vor den Dachschrägen und in der Mitte des Raums standen Regale mit Kisten, auf dem Boden stapelten sich Umzugskartons und Ordner. Es herrschte ein heilloses Durcheinander und ich fragte mich, ob in den letzten Monaten überhaupt mal jemand hier oben gewesen war.

»Tja ... sieht nich so aus, als würd hier jemand versteckt gehalten werden«, murmelte Maggie und dem konnte ich nur zustimmen.

Ich ging über den Dachboden und hoffte, dass der Boden nicht so instabil war wie er aussah – doch wenn er die vollgepackten Regale tragen konnte, würde unser Gewicht auch nicht mehr viel ausmachen.

»Sollten wir nicht lieber wieder zurückgehen?«, flüsterte Marie.

Maggie und sie bewegten sich nicht, aber ich wollte sehen, ob es hier irgendetwas Interessantes gab.

»Wir sollten uns trotzdem mal umsehen.« Ich spähte hinter ein Regal, doch da lagen nur Hefte und Wollmäuse.

»Vielleicht liegt hier wo n totes Mädchen ...«, murmelte Maggie gerade so laut, dass ich es von meiner Position aus hören konnte.

»Hör auf damit!« Ich musste mir aber eingestehen, dass es genau das war, was ich hinter dem Regal gesucht hatte. Hier war niemand, der lebte. Aber vielleicht würden wir eine Leiche auf dem Dachboden finden. Das Yoga-

Mädchen war noch nicht so lange verschwunden, dass man ihren toten Körper schon riechen würde, vermutete ich.

Maggie und Marie kamen näher und ich drehte mich zu ihnen um. Keine von uns fühlte sich wohl, aber wir waren nicht hochgekommen, nur um einen Blick auf das Durcheinander zu werfen und dann wieder in unsere Betten zu gehen.

»Geht alle Kisten und Kartons durch. Vielleicht finden wir ja irgendetwas, das uns weiterhilft.«

Marie und Maggie wechselten einen Blick.

»Oder wollt ihr wieder zurück?«

Maggie seufzte.

»Nee«, sagte sie schließlich. »Wir helfen dir.«

»Am besten arbeiten wir uns einfach von links nach rechts durch. Einverstanden?«

»Okay«, sagte Marie zu schrill, um zuversichtlich zu klingen.

Wir begannen unter einem der Fenster. Es zeigte den Nachthimmel. Von draußen drangen weder Geräusche noch Licht herein. Der Mond hatte sich hinter dicken Wolken verkrochen.

Wir arbeiteten uns durch uralte Baupläne der Häuser. Außerdem gab es viele Unterlagen, die noch aus der Zeit der Lungenheilanstalt stammten – das war sogar der größte Teil. Ich wusste nicht, was wir hier genau suchten, aber ich hoffte, dass wir irgendetwas finden würden, das uns erklärte, was hier vor sich ging. Wir arbeiteten still vor uns hin und die Minuten verstrichen, ohne dass wir etwas Interessantes fanden.

»Ich werde langsam müde. Können wir bald Schluss machen?« Marie vergrub ihre Hände in dem Karton, den sie gerade geöffnet hatte und holte etwas heraus, das aussah wie ein Fotoalbum.

Ich sah von einer Mitarbeiterliste auf. Es waren so viele Menschen aufgeführt und das Papier war so vergilbt, dass sie nur von der Lungenheilanstalt stammen konnte.

»Nicht mehr lange. Ich werde auch langsam müde«, antwortete ich.

Auf dem Dachboden war es zugig und die sanft pendelnde Lampe über unseren Köpfen spendete nicht viel Licht. Ich sehnte mich nach einer heißen Dusche und dem winzigen, aber gemütlichen Bett in meinem Zimmer.

»Oh, wartet mal«, sagte Marie und sah sich das aufgeschlagene Fotoalbum genauer an. »Es könnte sein, dass ich etwas gefunden habe.«

Kapitel 55
Charlie

Maggie und ich legten unsere Unterlagen beiseite und gingen zu Marie. Sie saß zwischen mehreren Kisten, die wir zur Seite schoben, um uns neben sie auf den Boden zu setzen.

»Also ich weiß nicht, ob das etwas Wichtiges ist«, sagte sie. »Aber es ist zumindest nicht so alt, dass es zu der Lungenheilanstalt gehören kann.«

Sie hielt uns das Fotoalbum hin. Ich überflog den Zeitungsartikel, der auf eine der Seiten geklebt worden war – er handelte von einer Frau, die Selbstmord begangen hatte.

»Sie war schwanger!«, flüsterte ich bestürzt.

Marie nickte.

»Der Artikel ist von vor zehn Jahren.«

»Wann wurde die Heilanstalt geschlossen?«, fragte Maggie.

Ich hob meine Schultern. »Ich weiß nicht genau, aber ich glaube, die wurde schon vor über fünfzig Jahren geschlossen.«

»Also hat das jemand aus dem Haus König gemacht.« Marie blätterte durch das Album. Nur die ersten Seiten waren mit Fotos beklebt. Danach folgte ein handgeschriebener Brief und dann kamen nur noch leere Seiten. Marie blätterte zu dem Brief zurück. Sie überflog ihn und ihr Gesichtsausdruck wurde immer fassungsloser.

»Das ist ihr Abschiedsbrief«, flüsterte sie.

Maggie und ich rückten näher an sie heran.

»Weswegen hat sie sich umgebracht?«, fragte ich leise.

»Sie kam wohl nicht mit dem Druck zurecht, eine gute Mutter werden zu müssen.« Marie schluckte hörbar. »Sie hatte Angst, alles falsch zu machen.« Sie schüttelte den Kopf. »Was für eine arme Frau …«

»War sie hier, als sie schwanger war?«, fragte Maggie.

»Die Anstalt gibt es doch erst seit etwa zwei Jahren«, warf ich ein.

»Aber warum liegt dieses Album dann hier?« Marie strich über den Brief.

Zugegeben – das war eine gute Frage.

Kapitel 56
Marie

Nach dem Ausflug gestern hatte sie nicht gut geschlafen – sie hatte sich lange herumgewälzt, um endlich eine bequeme Schlafposition zu finden.

Nun saß sie im Speisesaal über ihr Frühstück gebeugt und hätte am liebsten noch fünf Stunden geschlafen. Maggie und Charlie waren noch nicht zum Frühstück gekommen und das war gut so. Sie brauchte erst einmal etwas Zeit für sich.

Die Gespräche über die Mädchen und das Monster, das sie gefressen haben könnte, taten ihr nicht gut. Marie fühlte sich ausgelaugt und war schreckhaft. Obwohl es keinen konkreten Anhaltspunkt dafür gab, fürchtete sie, die Nächste zu sein.

Leider hatte sie nur zehn Minuten für sich. Dann kamen auch schon Maggie und Charlie und setzten sich mit ihren Tabletts zu ihr. Charlie stützte sich mit den Ellbogen auf den Tisch.

»Wir sollten heute noch einmal zu diesem Haus im Wald gehen.«

Marie warf Maggie einen Blick zu. Merkte sie auch, dass Charlie regelrecht besessen von der Suche nach dem Yoga-Mädchen war? Aber Maggie hatte ihren Blick auf das Essen vor sich gerichtet und schien mit den Gedanken woanders zu sein.

»Warum willst du da denn noch einmal hin?«, fragte Marie.

»Weil ich glaube, dass alles darauf hinausläuft. Es gibt

nicht so viele Möglichkeiten, wo man ein Mädchen verstecken könnte. Und auf dem Dachboden war ja definitiv niemand.«

»Meinst du nicht, dass wir ein entführtes Mädchen gehört hätten, als wir neulich bei dem Haus waren?«, fragte Marie.

Charlie zuckte mit den Schultern.

»Da hatte er sie noch gar nicht entführt.«

»Also ich geh den Weg nich noch mal.« Maggie hob den Blick. »Und du solltest ihn auch nich gehen«, fügte sie an Marie gerichtet hinzu.

Diese biss sich auf die Unterlippe. Sie hatte es auch nicht vor – nicht in ihrem Zustand und schon gar nicht, wenn Charlie erwartete, dort dem Monster zu begegnen, das die Mädchen entführte.

»Kommst du mit?«, fragte Charlie sie.

Marie schüttelte den Kopf.

»Es tut mir leid, aber das schaffe ich einfach nicht mehr.« Sie streichelte ihren Bauch. »Und du solltest vielleicht auch langsam mal etwas vorsichtiger sein.«

»Ich schaffe das schon.«

»Ich weiß, du bist noch nicht so weit wie wir, aber auch du bist schwanger, Charlie.« Marie wollte ihr keine Vorschriften machen, aber sie fürchtete, dass sich Charlie übernehmen könnte. Ständig kreisten ihre Gedanken um die vermissten Mädchen – sie dachte gar nicht mehr an sich und ihr Baby. Charlie lächelte.

»Ich weiß, dass Stress in der Schwangerschaft nicht gut ist. Aber ich muss herausfinden, was mit dem Mädchen passiert ist. Versteht doch: Wir könnten die Nächsten sein. Und es geht nicht nur um uns – auch unsere Babys sind in Gefahr.«

Diesen Gedankengang verstand Marie sehr gut und genau deswegen verkroch sie sich lieber in ihrem Zimmer oder war unter den anderen Mädchen, um der Gefahr nicht völlig ausgeliefert zu sein.

»Gehst du dann allein?«, fragte Maggie.

»Mh … wenn keine von euch mitkommt, bleibt mir wohl nichts anderes übrig.«

Marie senkte den Blick. Sie hatte ein schlechtes Gewissen, weil sie Charlie allein gehen ließ – aber so groß, dass sie sie deshalb begleiten wollte, war es dann doch nicht. So gerne sie ihre neu gewonnene Freundin auch hatte, das Wohl ihres Babys war ihr wichtiger.

Kapitel 57
Gilbert

Gilbert klammerte sich an die offene Autotür, als er aus dem Wagen stieg. Er biss die Zähne zusammen und versteifte sich unter den Rückenschmerzen, die ihm jeden Tag mehr zu schaffen machten. Als er endlich stand, atmete er tief durch, ehe er die Autotür zuschlug und über den Kiesweg auf das Haupthaus zuging. Obwohl er dringend Urlaub brauchte, gestattete der König ihm keinen. Sie hatten im Moment keine Vertretung – niemand wollte im Haus König arbeiten – und wenn Gilbert auf den Urlaub bestand, würde ihm gekündigt werden. Der König würde schon einen offiziellen Grund finden. So einfach war das.

Kurz bevor er beim Haupthaus ankam, riss Paula die Tür auf und stürzte heraus.

»Na endlich!«, rief sie und baute sich vor ihm auf. »Ich habe schon auf dich gewartet!«

Er zog die buschigen Augenbrauen zusammen.

»Ist es nicht die Aufgabe vom König, mich zurechtzuweisen, wenn ich zu spät komme?«

»Ach, deine Arbeit ist mir doch egal«, sagte sie. »Es geht um etwas anderes.« Sie warf einen Blick über ihre Schulter, dann senkte sie ihre Stimme. »Schwester Margrit und ich würden gerne etwas mit dir besprechen.«

»Achso? Hat es etwas mit dem Krankenhaus zu tun?« Er dachte an seine letzte Begegnung mit der Nonne, doch Paula schüttelte den Kopf.

»Wieso denn mit dem Krankenhaus?«

Er machte eine wegwerfende Handbewegung.

»Nicht so wichtig. Vergiss es.«

Sie lächelte und entblößte ihre gelben Zähne.

»Es geht um die Mädchen hier. Die Mädchen, die verschwinden und nicht vermisst werden.«

Er seufzte. Diese Schauergeschichten schon wieder.

»Du brauchst gar nicht so zu gucken. Ich bin nicht verrückt. Und Schwester Margrit auch nicht.«

Da war er sich nicht so sicher, aber er hatte gelernt, dass es besser war, Paula nicht zu widersprechen.

»Wir wissen nicht genau, wem wir trauen können. Aber ich glaube, dir können wir vertrauen. Meinst du nicht?«

Er zuckte mit den Schultern.

»Ich weiß zwar nicht, wovon du sprichst, aber ich denke, das könnt ihr.«

»Gut. Wir glauben nämlich, dass Herr König irgendetwas im Schilde führt.«

»Der Chef?«

»Ja. Schwester Margrit glaubt, dass er den Mädchen unanständig nahesteht und wenn sie auspacken wollen, bringt er sie um.«

»Schwester Margrit hat zu viele Filme gesehen«, murmelte Gilbert nur.

»Na ja, wenn, dann hat sie zu viele Bücher gelesen.«

»Wie auch immer«, sagte er. »Herr König hat noch nie besonderes Interesse an den Mädchen gezeigt. Ich glaube nicht, dass er auf so junge Dinger steht. Sie könnten seine Töchter sein.«

»Das ist doch typisch für Pädophile, dass sie ihre Neigungen verstecken.«

Auch Paula musste zu viele Filme gesehen haben, dachte er.

»Woher soll ich wissen, was typisch für Pädophile ist?!« Was führte er da eigentlich für eine Unterhaltung?

Herr König war zwar nicht der freundlichste Mensch auf Erden, aber Gilbert konnte sich nicht vorstellen, dass er Mädchen misshandelte und sogar tötete.

»Außerdem sind das keine Kinder mehr, Paula. Das sind fast schon erwachsene Frauen. Und sie sind schwanger. Schwanger! Nicht gerade das, wovon ein Mann träumt, oder?«

»Was weiß ich …« Sie hob die Schultern. »Vielleicht hat er irgendeinen Fetisch.«

Gilbert schüttelte den Kopf und ging einfach an ihr vorbei. Er mochte das Haus König und den Leiter nicht, aber das bedeutete nicht, dass er ihm sexuellen Missbrauch Minderjähriger und Mord vorwerfen würde. Selbst wenn hier irgendetwas schiefging, hatte der König damit bestimmt nichts zu tun.

Kapitel 58
Elisa

Elisa starrte ihren Entführer an, als er aus dem Badezimmer zurückkam. Sie hatte in den letzten Stunden nachgedacht und war zu dem Schluss gekommen, dringend von hier verschwinden zu müssen. Sie konnte aus dem Kerl nicht herausbekommen, weswegen er sie gefangen hielt, hatte ihn mittlerweile unzählige Male danach gefragt und jedes Mal hatte er das gleiche wirre Zeug geredet, von wegen, er müsse sie beschützen. Er wurde immer ungeduldiger und sie wusste nicht, was passieren würde, wenn sein Geduldsfaden riss. Elisa konnte nicht mehr so tun, als würde sie die ganze Situation nicht um den Verstand bringen.

»Könntest du mich losbinden?« Sie hob ihre gefesselten Hände.

»Nein.«

»Und meine Füße? Nur meine Füße.«

Er musterte ihre Fußgelenke und schüttelte den Kopf.

»Ich würde mich gerne in den Schneidersitz setzen. Das ist bequemer. Wegen meinem Bauch.« Sie gab sich alle Mühe, ihn nicht anzuschreien, sondern ihre Stimme ruhig klingen zu lassen.

Zögernd trat er einen Schritt auf sie zu.

»Na gut.«

Er ging zur Küchenzeile, zog eine Schublade auf und nahm eine Schere. Dann ging er zu Elisa.

»Beweg dich nicht«, sagte er, bevor er sich zu ihr hinab-beugte, um mit der Schere ihre Fußfesseln zu lösen. Er arbeitete langsam und Elisa konnte ihre Ungeduld nur mit Mühe verbergen. Aber schließlich war sie frei und er zog das Seil von ihren Füßen. Sie bewegte ihre Beine. Seit Tagen lag sie nun gefesselt auf dem Bett und hatte nur aufstehen dürfen, um zur Toilette zu gehen – ebenfalls gefesselt.

Nun blieb ihr nicht viel Zeit. Noch hatte er die Schere in der Hand. Elisa würde diese Chance vielleicht nie wieder bekommen. Der Mann wollte sich gerade umdrehen, um zurück zur Küchenzeile zu gehen, als sie ihm mit dem Fuß gegen das Handgelenk trat. Er schrie auf, ließ die Schere fallen und Elisa sprang vom Bett, um auf die Schere zuzustürzen. Unerwartet schnell hatte sich ihr Entführer von seinem Schmerz erholt und schubste sie beiseite. Elisa fiel gegen das Bett, stieß sich den Kopf an und ihr wurde kurz schwarz vor Augen. Sofort blendete das Adrenalin den Schmerz aus. Nun hatte sie den ersten Schritt getan – sie konnte nicht wieder zurück. Er würde ihr die Gegenwehr nicht verzeihen. Sie musste entkommen. Jetzt.

Der Mann bückte sich nach der Schere. Elisa würde sie nicht rechtzeitig erreichen. Dann eben die Flucht. Sie hatte ihn eigentlich überwältigen und ihre Hände befreien wollen, doch diese Option hatte sie nun nicht mehr. Es war nicht genug Zeit.

Elisa sprang auf und rannte in Richtung Tür. Ihre Beine fühlten sich taub an. Sie strauchelte, fing sich aber wieder und streckte ihre Hände nach der Klinke aus. Ihre Finger berührte das kühle Metall und Elisa riss die Tür auf, als sich ihr Entführer von hinten auf sie warf.

Kapitel 59
Charlie

Ich blickte aus dem Fenster. Wenn ich ehrlich zu mir war, hatte ich genauso wenig Lust wie Maggie oder Marie, rauszugehen. Es war kalt und ungemütlich. Trotzdem zog ich mich an – so dick, dass ich mir zum Schluss wie ein Marshmallow vorkam. Ich erkannte mein Spiegelbild kaum wieder. Durch die Schwangerschaft waren meine Gesichtszüge ohnehin weicher und mein Körper runder geworden, außerdem hatte ich an Händen und Füßen Wassereinlagerungen.

Ich band meine Haare zu einem Zopf und bewegte meine Finger – die Haut spannte. Nachdem ich einmal tief durchgeatmet hatte, verließ ich mein Zimmer und lief die Treppe des Schlafhauses hinab.

Obwohl es noch eine ganze Weile hell bleiben würde, hatte die Sonne keine Chance, den Wald zu erhellen. Der Himmel war vollkommen wolkenverhangen. Schnellen Schrittes ging ich in die Richtung, in die Maggie, Marie und ich damals gegangen waren und versuchte, mich nicht vom Rascheln in den Büschen aus der Ruhe bringen zu lassen. So allein im Wald fühlte ich mich ausgeliefert. Schnell wischte ich den Gedanken beiseite.

Bald war die Anstalt hinter mir nicht mehr zu sehen und ich stand mitten im Wald. Ich wusste noch nicht, was ich tun sollte, wenn ich an dem Häuschen ankam. Sollte ich einfach klopfen und darum bitten, reingelassen zu werden? Oder sollte ich das Haus nur beobachten und, wenn ich etwas Verdächtiges sah, Hilfe rufen? Doch wen sollte ich da holen? Herr König würde mir wohl kaum helfen und Lena würde mir wieder nicht glauben. Außerdem würde es zu lange dauern, bis ich zur Anstalt zurückgelaufen war.

Ich verschob die Entscheidungsfindung auf später. Darum konnte ich mir immer noch Sorgen machen, wenn es so weit war – nun musste ich erst einmal das Haus finden.

Hier sah alles gleich aus. Ich wusste nicht mal mit Sicherheit, ob ich noch in die richtige Richtung lief. Aber nach einer Weile tauchte das kleine Haus doch noch zwischen den Bäumen auf. Ich wurde immer langsamer. Tat ich gerade das Richtige? *Ein bisschen spät, um es sich jetzt anders zu überlegen, Charlie ...* Während ich eben noch wild entschlossen gewesen war, krochen nun Zweifel und ein ungutes Gefühl in mir hoch. Wenn ich jetzt weiterginge, würde man mich aus einem der Fenster sehen können. Auch wenn in dem Haus kein Monster lebte, konnte der Mann, der dort hauste, nicht ganz normal sein. Kein halbwegs zurechnungsfähiger Mensch würde freiwillig in dieser Bruchbude wohnen.

Gebückt achtete ich darauf, auf keinen Ast zu treten, um mich so leise wie möglich zur rechten Hausseite schleichen zu können. Das Fenster, das ich ansteuerte, war so dreckig, dass ich erst etwas im Inneren erkennen würde, wenn ich direkt davorstand.

Ich duckte mich und presste mich an die Hauswand. Zu meinen Füßen wuchsen Disteln und ich war froh, festes Schuhwerk und eine lange Hose anzuhaben. Nun musste ich mich nur noch trauen, einen Blick durchs Fenster zu werfen. Was würde ich sehen? Würde vielleicht sogar ein Gesicht zurückstarren? Ich zählte bis drei und zwang mich dann zu einem kurzen Blick. Das Innere war sogar relativ wohnlich eingerichtet. Es gab eine Küche, einen Esstisch und direkt unter dem Fenster stand ein Bett.

Um mehr sehen zu können, bildete ich mit meinen Händen einen Trichter und legte ihn zwischen mein Gesicht und die Scheibe. Niemand da. Ich hielt nach einem zweiten Zimmer Ausschau. Vielleicht wurde das Yoga-Mädchen ja dort gefangen gehalten.

Mein Blick glitt zu der Haustür und mir blieb beinahe das Herz stehen.

Kapitel 60
Charlie

Auf dem Fußboden vor der Haustür war Blut – es war rotbraun und nicht flüssig wie Wasser, sondern bereits angetrocknet. Dort hatte irgendetwas geblutet und zwar so heftig, dass sogar noch etwas auf den hellgrauen Teppich in der Nähe der Haustür gespritzt war.

Ich presste meine Lippen aufeinander.

Ein Tier. Das gehört zu einem Tier. Hier lebt wohl ein Jäger, der seine Beute da drin ausnimmt. Obwohl ich in diesem Wald noch nie ein Reh oder ein Wildschwein gesehen hatte, mussten doch auch hier welche leben. Andererseits suchte ich nach einem vermissten Mädchen – es wäre naiv, zu denken, dass das Blut nicht von eben jenem Mädchen stammte.

Ich taumelte zurück. Wenn das Mädchen wirklich hier gewesen war, war es nun entweder sehr schwer verletzt oder tot.

Ich schüttelte immer wieder den Kopf. Obwohl ich diese Möglichkeit in Betracht gezogen hatte, war es nun ein Schock, dass tatsächlich immer mehr darauf hinwies.

Plötzlich hörte ich ein Geräusch hinter mir. Ich fuhr herum und presste mich gegen die Hauswand. Jemand ging mit schnellen Schritten durchs Unterholz und er kam näher.

Ich starrte in den Wald, der nach ein paar Metern so dicht war, dass ich nichts weiter erkennen konnte. Ein Heulen erklang, so qualvoll, als stammte es von einem Tier, das in eine Bärenfalle getappt war. Aber es war eindeutig ein Mann, der seinen Schmerz herausließ. Es musste derjenige sein, der hier wohnte. Derjenige, der das Mädchen so schwer verletzt hatte, dass es eine Menge Blut verloren hatte. Mein Puls beschleunigte und Adrenalin pulsierte durch meine Adern. *Scheiße, Scheiße, Scheiße!* Ich musste sofort hier weg.

Ich schlich um das Gebäude, um es zwischen mich und das Monster zu bringen. Dann flüchtete ich in den Wald – sah immer wieder hinter mich, um sicherzugehen, dass mich niemand verfolgte. Mein Atem ging keuchend, während ich mich durch den Wald schlug und obwohl ich mich unter Ästen hindurchduckte, peitschten mir immer wieder Zweige entgegen oder zerrten an meiner Kleidung. Ich war schnell außer Puste, wagte es aber nicht, langsamer zu werden – zu groß war die Angst vor dem, was sich hinter mir befand.

Kaum erblickte ich zwischen den Bäumen die erleuchteten Fenster der Anstalt, stieg Erleichterung in mir auf. Ich hielt an und stützte meine Hände auf die Oberschenkel, um zu Luft zu kommen. Das Ziehen im Unterleib und meine pochenden Füße ignorierte ich – hätte ich über die Beschwerden nachgedacht, wäre ihnen die Angst auf dem Fuß gefolgt. Es dauerte eine Weile, bis ich mich wieder aufrichtete. Meine Glieder schmerzten, ich war erschöpft und obwohl ich schwitzte, war mir kalt.

Ich ging zwischen den Bäumen hindurch und ließ mein Schlafhaus keine Sekunde aus den Augen. Bei genauerem Hinsehen störte mich etwas an dessen Anblick. Ich blieb stehen und stemmte meine Hände an die Hüften. Immer noch schwer atmend blickte ich hoch zu den Fenstern in meinem Stockwerk. Ich zog die Augenbrauen zusammen und schärfte meinen Blick.

Das kann doch gar nicht sein … Obwohl ich mir sicher war, ein dunkles Zimmer verlassen zu haben, war da jetzt ein helles Rechteck, nur unterbrochen von dem Foto, von mir und meinen Freundinnen, das ich am ersten Tag an die Scheibe geklebt hatte. Und nicht nur das: Vor dem Licht zeichnete sich eine am Fenster stehende Gestalt ab – zu groß, um eines der Mädchen sein zu können – und sah zu mir herab.

Kapitel 61
Frida

Obwohl sie geplant hatte, heute wieder zur Arbeit zu gehen, hatte sie sich im letzten Moment doch entschieden, weiter zu Hause zu bleiben. Sie konnte sich einfach nicht vorstellen, sich konzentrieren zu können. Nur noch heute, dann war ohnehin Wochenende. Frida hoffte, dass sie danach so viel über Vanessas Verbleib wissen würde, dass sie am Montag wieder einigermaßen beruhigt arbeiten konnte.

Bisher hatte der Polizist nicht angerufen, aber sie rechnete jede Sekunde damit, dass das Telefon klingeln und er ihr eine schlechte Nachricht überbringen würde. Schließlich hielt Frida es nicht mehr länger aus. Sie wählte die Nummer, die er ihr gegeben hatte und wartete. Nach einer halben Minute sprang der Anrufbeantworter an und Frida legte auf. Nun rief sie noch einmal bei Herrn König an – doch auch er nahm das Gespräch nicht entgegen. Frustriert warf sie das Telefon aufs Sofa.

Wenn Herr Huber sich heute nicht meldete, würde sie morgen noch einmal zum Polizeirevier fahren und so lange nach ihm verlangen, bis seine Kollegen sie zu ihm brachten, beschloss Frida. Mittlerweile war sie so verzweifelt, dass sie es auch immer wieder auf Vanessas Handy versuchte, dabei wusste sie, dass man auf dem Gelände keinen Empfang hatte. Es machte sie schier wahnsinnig, nichts tun zu können.

Kapitel 62
Marie

Marie saß mit Maggie in deren Zimmer auf dem Boden – sie spielten Mau-Mau. Maggie hatte das Deck aus dem Speisesaal mitgehen lassen, wo es eines der Mädchen vergessen hatte. Es stand bisher 2:0 für Marie und ihre Laune stieg mit jedem Spiel, wohingegen Maggies Laune sank. Jedes Mal, wenn sie schlechte Karten hatte und kurz davor war, zu verlieren, rückte sie sich das Kissen zwischen Rücken und Bett zurecht, was es Marie nur umso leichter machte.

Auf Maries Lippen breitete sich schon wieder ein Grinsen aus.

»Mau-Mau.« Sie legte ihre letzte Karte.

»Das kann doch nich sein!« Maggie warf ihre Karten hin. »So n Mist! Was is'n das für n beschissenes Spiel?!«

Maries Grinsen wurde nur noch breiter.

»Tut mir leid. Es ist einfach Glück, dass ich so gute Karten bekomme.«

»Blödsinn! Du schummelst doch. Na wart ab … dieses Mal misch ich.« Maggie griff nach den Karten. »Noch einm…«

In diesem Moment wurde die Zimmertür aufgerissen und Charlie stand schwer atmend im Türrahmen. Ihre Haare hatten sich aus dem Zopf gelöst, die Schuhe waren voller Dreck und auf ihrem Gesicht hatten sich rote Stressflecken ausgebreitet. Den beiden Mädchen war sofort klar: Charlie war bei dem Haus im Wald gewesen und musste dort irgendetwas Schreckliches gesehen haben.

»Scheiße, Charlie! Was hast du?« Maggie stand auf.

Marie war nicht so schnell. Sie stützte sich am Bett ab und verlor bei dem Versuch, auf die Beine zu kommen, beinahe das Gleichgewicht.

»Was ist passiert?«, fragte sie dann, war sich aber nicht sicher, ob sie es wirklich wissen wollte.

»War gerade jemand von euch in meinem Zimmer?«, keuchte Charlie.

Marie und Maggie schüttelten die Köpfe.

»Ich habe jemanden an meinem Fenster stehen gesehen!«

Marie kam zu ihr und legte eine Hand auf ihren Oberarm. »Hey ... beruhige dich erst mal.«

Doch Charlie schüttelte ihre Hand ab und sah sich in Maggies Zimmer um.

»Ich kann mich nicht beruhigen! Da war jemand in meinem Zimmer! Ich habe es genau gesehen, aber als ich es gerade betreten habe, war es leer!«

»Du warst allein dort?!«, fragte Marie bestürzt. »Bist du ...« *Wahnsinnig* hatte sie sagen wollen, aber das war nicht nötig – Marie kannte die Antwort bereits.

»Wurd dein Zimmer durchsucht? Fehlt was?«, fragte Maggie.

Charlie lief wieder in Richtung ihres Zimmers.

»Darauf habe ich gar nicht geachtet!«

Ihre Freundinnen folgten ihr, doch Charlies Zimmer sah aus wie immer. Die Schranktüren und Schubladen waren geschlossen, das Bett zwar ungemacht, aber so hatte es Charlie verlassen.

»Bist du sicher, dass du jemanden gesehen hast?«, fragte Marie, die sich wünschte, Charlie hätte sich geirrt. »Vielleicht hast du das Fenster auch mit einem anderen verwechselt.«

Charlie bückte sich, um unter ihr Bett zu sehen, dann riss sie ihre Nachttischschublade auf und sah hinein.

»Nein, ich bin mir hundertprozentig sicher, dass hier jemand war.«

»Und warum sollt wer in dein Zimmer gehen, ohne was mitgehen zu lassen?«, fragte Maggie. »Das ergibt doch null Sinn.«

Charlie drehte sich zu ihnen um.

»Ich weiß es nicht. Aber irgendetwas muss die Person hier doch gemacht haben.«

»Liegt hier vielleicht irgendetwas, das dir nicht gehört? Vielleicht hat die Person ja etwas dagelassen.«

Charlie ließ ihren Blick durchs Zimmer schweifen. Dann schüttelte sie den Kopf.

»Ich glaube nicht.«

»Na ja ... Also ... Wie wär es, wenn du jetzt erst einmal duschen gehst. Draußen war es bestimmt kalt. Und wenn du dich wieder beruhigt hast, können wir überlegen, was passiert sein könnte«, schlug Marie vor. So hatte sie Charlie noch nie gesehen. Zwar hatte die sich schon die ganze Zeit übertrieben für das Yoga-Mädchen verantwortlich gefühlt, aber nun war sie völlig neben der Spur.

Charlie drehte sich zu ihnen um und ließ die Schultern hängen. Ohne auf Maries Worte einzugehen, sagte sie: »Da war Blut vor dem Haus und an der Haustür.«

»Was?!«, fragte Maggie schockiert.

»Blut. Im Haus. Ich habe es gesehen. Aber da war niemand.«

Am liebsten hätte sich Marie die Ohren zugehalten und gesungen. Es durfte sich einfach nicht bewahrheiten, was sie die ganze Zeit befürchtet hatte.

Kapitel 63
Charlie

Ich lag in meinem Bett und versuchte nicht an das Fenster zu starren, vor dem wenige Stunden zuvor noch ein Mann gestanden hatte. Das Abendessen ließ ich ausfallen – mir war der Appetit gründlich vergangen. Was auch immer in dieser Anstalt los war, es war nichts Gutes.

Ich zog mir die Decke über den Kopf und presste die Lippen aufeinander. Selbst in meinem Zimmer fühlte ich mich jetzt nicht mehr sicher. Ich hatte es zwar nie als Zuhause betrachtet, aber zumindest als Rückzugsort – und den hatte mir der Mann am Fenster genommen. Ruckartig zog ich mir die Decke wieder vom Gesicht, denn mir war etwas eingefallen: Ich hatte einen Schlüssel von Herrn König bekommen. Damals hatte er mir zwar deutlich gemacht, dass man es nicht gerne sah, wenn die Zimmer abgeschlossen wurden, aber wozu hatte ich einen Schlüssel, wenn ich ihn nicht benutzen konnte?

Ich knipste die Nachttischlampe an, setzte ich mich auf und zog die Nachttischschublade auf.

Mein Handy rutschte über ein paar Flyer der Anstalt nach vorne, aber der Schlüssel war nicht da. Hatte ich ihn nicht dort hineingelegt? Ich tastete bis in die hinterste Ecke der Schublade, bekam aber nur Staubflusen zu fassen. Nachdenklich sah ich mich im Zimmer um und schloss die Schublade wieder. Ich stieg aus dem Bett und ging zum Kleiderschrank – vielleicht hatte ich eine Art Schwangerschaftsdemenz und ich hatte ihn woanders hingelegt. Ich durchsuchte alle Hosen- und Jackentaschen, den Schrank, sah unters Bett und suchte sogar *im* Bett. Ich stellte mein ganzes Zimmer auf den Kopf – vergeblich. Dann wurde mir klar, was der Fremde in meinem Zimmer gesucht hatte.

Kapitel 64
Frida

Während Frida beim Klingeln des Telefons zusammenfuhr, verdrehte Milan nur die Augen. Sie hatte ihm nicht gesagt, wie nervös sie war, weil Herr Huber sich immer noch nicht gemeldet hatte, aber er bemerkte es wohl auch so. Schnell stand sie auf, brach damit die Familienregel, dass während des Essens nicht telefoniert wurde und nahm das Gespräch entgegen.

»Fuchs?« Sie drehte ihrem Mann den Rücken zu.

»Guten Abend Frau Fuchs. Hier ist David Huber. Ich hoffe, ich störe nicht.«

»Nein, überhaupt nicht. Gibt es irgendetwas Neues? Ich warte schon den ganzen Tag auf Ihren Anruf.«

»Entschuldigen Sie, dass ich mich erst jetzt melde. Ich wollte nichts unversucht lassen, um mit Ihrer Tochter in Kontakt zu treten.«

Fridas Herz wurde augenblicklich schwer.

»Leider habe auch ich niemanden im Haus König erreichen können. Unter der Nummer, die Sie mir gegeben haben, geht niemand ran. Ich war auch dort, aber es gibt keine Klingel, mit der ich hätte auf mich aufmerksam machen können. Es tut mir leid, Ihnen nichts Positives sagen zu können, aber ich bleibe dran.«

Furcht machte sich in ihr breit. Wenn nicht einmal die Polizei etwas gegen das Haus König ausrichten konnte, was konnte sie als Privatperson dann tun?

»Trotzdem danke für Ihre Bemühungen«, sagte sie tonlos.

»Ich bin mir sicher, dass sich morgen jemanden bei mir melden wird. Auf der Homepage der Einrichtung gibt es eine E-Mail-Adresse, an die ich geschrieben habe. Vielleicht meldet sich Herr König oder ein anderer Angestellter, bevor ich ihn telefonisch erreichen kann.«

»Okay.«

»Frau Fuchs. Ich werde Herrn König erreichen. Wenn er erfährt, dass Sie die Polizei eingeschaltet haben, wird es ihm leidtun, dass er Sie nicht direkt zu Ihrer Tochter gelassen hat.«

»Ja, okay.« Seine Worte spendeten ihr keinen Trost. Es konnte ja auch sein, dass Herr König erst recht dicht machte, wenn er erfuhr, dass die Polizei im Spiel war. Wobei ja eigentlich kaum noch eine Steigerung möglich war.

»Also, ich melde mich dann morgen wieder bei Ihnen. Einen schönen Abend noch.«

»Ihnen auch, Herr Huber. Auf Wiederhören.« Sie legte auf, behielt den Hörer aber noch in der Hand. Was sollte sie tun, wenn die Polizei Vanessa zwar finden, sie aber nicht mehr leben würde? Wenn sie die Geburt nicht überstanden hatte? Wie sollte sie weitermachen, wenn sie an dem Tod ihrer Tochter schuld war?

Sie spürte Milans Nähe, noch bevor er seine Hand auf ihre Schulter legte.

»Was hat er gesagt?«

Sie drehte sich zu ihm um.

»Er konnte bisher niemanden erreichen und versucht es morgen noch einmal.«

Milan nickte nur.

»Das musst doch selbst du merken … Da stimmt irgendetwas nicht«, sagte Frida und sah zu ihrem Mann auf. »Vanessa geht es unmöglich gut.«

Er sah ihr ernst in die Augen.

»Ich fürchte mittlerweile, du hast recht.«

Kapitel 65
Charlie

Wenn in der normalen Welt etwas gestohlen wurde, rief man die Polizei. Doch hier war das anders. Ich hatte weder ein funktionierendes Telefon noch konnte ich einfach aus der Anstalt spazieren. Aber ich konnte Herrn König Bescheid geben. Also zog ich mir Schuhe an und verließ mein Zimmer. Auf den Gängen war es ruhiger geworden. Das Abendessen war vorbei, es fanden keine Kurse mehr statt und die meisten Mädchen würden bald ins Bett gehen. Doch bei mir war das genau anders herum: Ich wurde jetzt erst richtig aktiv. Dass mein Schlüssel verschwunden war, bewies ja wohl, dass jemand in meinem Zimmer gewesen war.

Draußen war es kalt und ich hatte vergessen, mir eine Jacke anzuziehen. Ich ging schnellen Schrittes und mit gesenktem Kopf zum Haupthaus. In dessen Treppenhaus hörte man den Wind von draußen heulen, als wäre es nicht nur stürmisch, sondern als wäre ein Tornado im Anmarsch. Ich ging unter der Treppe hindurch wieder nach draußen, vorbei an der Kapelle in den Wald. Es gab nur einen Trampelpfad, der zwischen den Bäumen hindurch zum Krankenhaus führte und ich orientierte mich an der schwachen Lampe über der Eingangstür zum Krankenhaus.

Endlich angekommen, sah ich mich zunächst kurz um. Hier war niemand auf dem Gang, aber ich hatte nichts anderes erwartet. Ich lief über das Linoleum bis zur Tür von Herrn Königs Büro und zögerte. Obwohl es naheliegend war, dass ich ihm wegen dem Schlüssel Bescheid gab, glaubte ich nicht, dass ich befriedigt aus dem Gespräch herausgehen würde. Trotzdem fasste ich mir ein Herz und klopfte.

»Ja?«

Ich öffnete die Bürotür und lugte durch den Spalt. Herr König stand in einem schwarzen Trenchcoat hinter dem Schreibtisch, in den Händen einen Stapel Papiere.

»Hallo Herr König.« Ich ging hinein.

Er warf mir einen Blick zu und sammelte dann weitere Blätter zusammen.

»Was gibt's, Charlotte? Vermisst du schon wieder ein Mädchen ohne Namen?«

»Nein.« Ich räusperte mich. »Mein Zimmerschlüssel wurde gestohlen.«

Herr König hielt in der Bewegung inne und starrte mich an. »Und?«

»Ich … ich wollte mein Zimmer abschließen und … der Schlüssel war nicht mehr da.«

»Wir mögen es hier ohnehin nicht, wenn ihr eure Zimmer abschließt.«

»Ich weiß.« Unsicher, was ich sagen sollte, senkte ich den Blick.

»Und was soll ich jetzt tun? Deinen Schlüssel herbeizaubern?«

»Nein.« Ich sah ihn wieder an. »Ich wollte nur melden, dass er mir geklaut wurde«, sagte ich gepresst. Seine herablassende Art machte mich wütend und ich ballte meine Hände zu Fäusten.

»Schön. Dann hast du das ja jetzt gemeldet. Sonst noch

etwas? Willst du vielleicht meinen Ersatzschlüssel haben?«

Ich zögerte. Das wäre wohl das Beste – dann könnte ich mich zumindest einschließen. Doch bevor ich antworten konnte, sagte er: »Du brauchst gar nicht zu überlegen, das war keine ernst gemeinte Frage. Ich gebe dir doch meinen Ersatzschlüssel nicht. Am Ende verlierst du den auch noch.«

»Ich habe ihn nicht verloren, er wurde mir gestohlen.«

»Klar«, sagte Herr König und winkte ab.

»Wenn er wieder auftaucht … na ja … vielleicht wird er ja gefunden … dann …«

»Wirst du die Erste sein, die es erfährt«, fiel er mir voller Sarkasmus in der Stimme ins Wort. »Sonst noch was? Ich wollte gerade Feierabend machen.«

»Nein, das war alles.«

Er nickte und sah mich abwartend an, also drehte ich mich um und verließ sein Büro. Er würde mir nicht helfen, den Schlüssel zurückzubekommen. Was jetzt? Ich war mir sicher, dass er mir gestohlen worden war – nur von wem, das wusste ich nicht. Und wie ich das herausfinden sollte, auch nicht. Aber noch eine Frage drängte sich mir auf: Warum hatte man mir den Schlüssel gestohlen?

Kapitel 66
Marie

Marie war gerade ins Bett gegangen und versuchte, eine angenehme Schlafposition zu finden, da klopfte es an der Tür. Sie zögerte, setzte sich auf und zog sich die Bettdecke bis unters Kinn. Wer konnte das so spät noch sein?

Zuerst überlegte sie, ob sie das Klopfen einfach ignorieren sollte. Es konnte durchaus sein, dass es ihr nur so vorkam, als klopfte jemand an ihre Tür und in Wahrheit wurde an eine andere geklopft. Aber beim nächsten Klopfen war Marie davon überzeugt, dass die Person auf dem Flur zu ihr wollte. Sie sah sich nach einem Gegenstand um, mit dem sie sich verteidigen könnte, falls das Monster vor ihrer Tür stand, fand aber nichts. Aber wäre es das Monster, würde es nicht klopfen, versuchte sie sich zu beruhigen.

Noch bevor Marie entscheiden konnte, was sie tun sollte, wurde die Tür aufgerissen und Charlie kam herein. Sie sah sich um und entdeckte Marie im Bett.

»Was ist los?«, fragte sie. »Warum hast du nicht auf mein Klopfen reagiert? Und warum liegst du im Bett?« Sie musterte Marie von oben bis unten.

»Es ist mitten in der Nacht …«, flüsterte Marie. Sie war froh, dass Charlie ihr nächtlicher Besucher war.

»Ja, aber wir wollen auf den Dachboden. Also komm.«

»Warum?«

»Na, wir sind noch lange nicht fertig mit der Durchsuchung.«

Marie zögerte. Sie hätte jetzt lieber geschlafen, statt alte

Unterlagen auf einem Dachboden zu durchsuchen. Außerdem wurde sie ihre Angst einfach nicht mehr los ... die Angst vor dem Mädchenfresser oder was auch immer da im Wald lebte.

Sie betrachtete Charlie. Das Mädchen mit dem kleinen Bauch und dem entschlossenen Gesichtsausdruck. Sie würde sich durch nichts und niemanden von ihrer Suche abhalten lassen. Einerseits bewunderte Marie ihre Freundin für ihre Zielstrebigkeit und ihren Mut. Charlie wollte das Yoga-Mädchen finden und enthüllen was mit den Bewohnerinnen des Hauses Königs geschah. Aber andererseits machte sich Marie Sorgen um Charlie. Ihre Freundin hätte eine Portion Angst gut gebrauchen können und wenn sie so weitermachte, würde sie dem Mädchenfresser garantiert früher oder später direkt in die Arme laufen. Nein, sie würde Maggie und Charlie nicht im Stich lassen – so groß ihre Angst auch war.

Marie stand auf und zog sich wieder an, während Charlie Maggie holte.

Zu dritt schlichen sie die laut knarzende Treppe nach unten. Schon nach wenigen Schritten fühlte sich Marie, als wäre ihr die Kälte in die Knochen gekrochen. Das Wetter wurde jeden Tag ungemütlicher und der Winter kam näher.

Marie war am langsamsten und bildete die Nachhut. Als sie unter der Dachluke ankam, schnappte sie nach Luft.

»Alles okay?«, fragte Maggie und musterte sie.

Charlie sah bereits zur Dachluke hoch und schien gar nicht zu bemerken, dass Marie kaum Luft bekam. Um Maggie nicht zu beunruhigen, nickte Marie und bald beruhigte sich ihr Herzschlag wieder und sie konnte wieder normal atmen.

Maggie wandte sich an Charlie.

»Na dann los«, sagte sie und hielt ihr die Hände zur Räuberleiter hin.

Charlie stützte sich auf Maggies Schulter und stieg in ihre Hände, um den Ring der Dachluke zu ergreifen. Heute waren sie darauf vorbereitet, dass die Leiter nach unten glitt und wichen ihr rechtzeitig aus. Nacheinander kletterten sie die Leiter zum Dachboden hoch, wo Charlie das Licht einschaltete. Dann steuerte sie die Kisten auf der rechten Seite an. Marie zögerte. Ihre Gelenke waren kalt und steif. Sie hatte wenig Lust, sich auf den Boden zu setzen, vor allem, weil sie nicht wusste, ob sie wieder hochkommen würde. Aber da sie nicht mitgekommen war, um tatenlos herumzustehen, gesellte sie sich zu Maggie und Charlie und durchsuchte die Kisten im Stehen – zumindest kurz. Bald konnte sie nicht länger stehen und setzte sich doch auf den Boden.

»Maggie, was willst du einmal werden? Hast du Träume?«, fragte Marie, um die Stille zu durchbrechen. Sie spürte die Anspannung, die zwischen ihnen in der Luft hing und konnte sie nicht länger ertragen.

Maggie schwieg. Als Marie nachhaken wollte, seufzte sie und sagte: »Ich schreib Gedichte.«

Marie und Charlie hielten inne.

»Oh, das wusste ich gar nicht«, sagte Marie. Sie wechselte einen Blick mit Charlie, die ebenso verblüfft schien.

»Tja. Kannst halt nich alles über mich wissen.«

»Sind sie gut?«, fragte Charlie und beugte sich wieder

über ihre Unterlagen.

»Sie sind scheiße.« Maggie schmunzelte.

»Du bist bestimmt zu streng zu dir«, sagte Marie.

»Euch würden sie jedenfalls nich gefallen. Sie handeln vom Tod.«

»Was für eine Überraschung …«, murmelte Charlie.

Maggie lachte heiser.

»Ja … Is halt so.«

»Ich würde gerne mal eines deiner Gedichte lesen«, sagte Marie.

»Ich auch«, sagte Charlie, während Maggie weiter schwieg.

»Wir sind so unterschiedlich«, murmelte Marie und öffnete den nächsten Karton. »Aber eines haben wir gemeinsam.«

»Wir haben uns von irgend nem Idioten schwängern lassen?«, fragte Maggie laut und Marie musste lachen.

»Nein! Wir sind alle Künstlerinnen. Charlie zeichnet, Maggie schreibt Gedichte und ich fotografiere.«

»Stimmt«, sagte Charlie, ohne den Blick von ihren Unterlagen zu heben.

»Schicksal …«, hauchte Maggie.

»Vielleicht.« Marie lächelte. »Wir sollten uns, nachdem wir hier raus sind, unbedingt öfter mal treffen.«

Maggie schnaubte.

»Pff, das funktioniert doch nie. Ich wollt auch mit meinem besten Freund aus der Grundschule befreundet bleiben. Hat gerade mal n halbes Jahr geklappt.«

»Aber bei uns wird das anders sein.« Marie legte ihre Unterlagen weg. »Uns verbindet eine einzigartige

Geschichte. Wir sollten …«

»Wir sollten hier erst einmal lebend rauskommen«, unterbrach Charlie sie.

Marie verstummte und biss sich auf die Unterlippe. Auch Charlie und Maggie schwiegen. Die beiden gingen nicht wirklich davon aus, dass das hier ein gutes Ende nehmen würde, wurde Marie klar. Sie widmete sich wieder dem offenen Karton vor ihr.

So suchten die drei eine Stunde, ohne etwas Interessantes zu finden. Irgendwann hatten sie sich zu dem Regal an der rechten Wand vorgearbeitet. Die darin stehenden Kartons waren schwer.

»Helft ihr mir mal?«, fragte Marie daher.

Sofort stand Charlie an ihrer Seite und gemeinsam hievten sie die Kartons auf den Boden.

»Was is das denn?!«, platzte es aus Maggie heraus, als der Blick auf die Wand hinter dem Regal frei wurde. »Seht ihr das?«

An diese Stelle des Dachbodens gelangte nicht mehr viel Licht, aber Marie erkannte trotzdem, was Maggies Aufmerksamkeit auf sich gezogen hatte.

»Da ist ja eine versteckte Tür«, sagte sie.

»Die müsste …« Charlie trat einen Schritt zurück und sah die Wand hoch. »Die müsste in die Bibliothek führen.«

Marie runzelte die Stirn. Sie war mit Maggie schon oft in der Bibliothek gewesen, hatte dort aber noch nie eine zweite Tür gesehen.

»Kommt, wir schieben das Regal beiseite«, sagte Charlie.

Zusammen mit Maggie zog sie das Regal nach vorn, bis die Tür frei war. Sie traten näher.

»Aber warum sollte vom Dachboden aus eine Tür zur Bibliothek führen?«, fragte Marie. Obwohl sie wenig Interesse an dem Ausflug auf den Dachboden gehabt hatte, war nun auch in ihr die Neugier erwacht. Sie griff nach der Klinke und drückte sie hinunter. »Nicht mal abgeschlossen …« Marie zog die Tür ein kleines Stück weit auf und sah in einen dunklen schmalen, durch die Dachschräge niedrigen Gang

»Was …«

»Schhh!«, unterbrach Charlie Maggie. »Hört ihr das?«, flüsterte sie.

Marie hielt den Atem an und lauschte angestrengt. Nicht weit von ihnen entfernt redete jemand. Automatisch setzte sie einen Fuß in den Gang. Er war so schmal, dass sie mit den Schultern links und rechts gegen die Wände stieß. Vom Dachboden drang kaum Licht herein, einzig der schwache Mondschein ließ Marie erkennen, wohin sie ging, als sie sich auf die Tür am Ende des Gangs zuschob. Die Stimmen kamen von dahinter und Marie öffnete die Tür. Sie spähte durch den Türspalt auf die andere Seite: Der Gang führte auf die Galerie der Bibliothek. Unten in der Bibliothek standen zwei Menschen. Da sie das Licht nicht eingeschaltet hatten, konnte Marie nur ihre groben Umrisse erkennen. Sie trat mit einem Fuß auf die Galerie und hielt sich mit einer Hand am Türrahmen fest, um sich so weit wie möglich vorbeugen zu können.

Als sie jemanden erkannte, drehte sie sich zu Maggie und Charlie am Ende des Gangs um und formte mit den Lippen: »Das ist Herr König«, unsicher, ob ihre Freundinnen sie verstanden. Wer die andere Person war, wusste sie nicht – Marie konnte anhand der Stimme nur fest-machen, dass es eine Frau war.

»Wir müssen … irgendetwas …« Die Frau zögerte. »Es kann nicht ewig so weitergehen!«

»Ich weiß«, flüsterte Herr König so laut, dass Marie es bis nach oben hörte. »Aber ich kann es nicht ändern.«

»Doch, das könntest du, wenn du nur wolltest!«

Um zu sehen, mit wem er da sprach, beugte sich Marie noch ein Stück weiter vor, aber sie hatte das Gewicht ihres Bauchs unterschätzt und verlor das Gleichgewicht. Wenn sie nicht stürzen wollte, blieb ihr nichts anderes übrig, als ihren zweiten Fuß nachzuziehen – sie setzte ihn mit einem lauten Knall auf der Galerie auf. Geschockt hielt sie den Atem an und sah zu Herrn König hinab. Sein Gesicht lag im Schatten, aber Marie konnte ihm direkt in seine funkelnden Augen sehen, denn die waren auf sie gerichtet.

Kapitel 67
Gilbert

Nicht zum ersten Mal fragte sich Gilbert, was er machen sollte, wenn er auf dem Waldweg zum König-Gelände liegen bliebe. Es gab kein Netz und zudem fuhr hier so selten jemand, dass er von Fremden keine Hilfe erwarten könnte. Gerade im Herbst und Winter, wenn es stürmischer wurde und oft regnete, musste man aufpassen, dass man nicht gegen einen auf dem Weg liegenden Ast oder in eine tiefe Pfütze fuhr, aus der man ohne fremde Hilfe nicht mehr herauskam. So kroch er den Waldweg entlang, wobei er ordentlich durchgeschüttelt wurde. Plötzlich sah Gilbert ein Auto, das nur wenige Meter vor ihm am Tor stand. Er hielt hinter dem Wagen, hievte sich aus seinem eigenen und ging langsam auf das Fahrzeug vor ihm zu. In diesem Moment wurde die Fahrertür geöffnet und ein Mann stieg aus. Er war jung, dunkelhäutig und kam mit strengem Gesichtsausdruck auf ihn zu.

»Kann ich Ihnen helfen?«, fragte Gilbert.

Der Mann vergrub seine Hände in den Jackentaschen.

»Huber, Kriminalpolizei Bonn. Sind Sie Herr König?«

Gilbert konnte sich ein Grinsen nicht verkneifen. Das wäre es ja noch. Er als Eigentümer dieses Grundstücks mit samt den Häusern.

»Nein. Ich bin Gilbert Lehmann. Ich arbeite für Herrn König.«

»Ah, sehr gut. Würden Sie mich bitte reinlassen?«

Gilbert runzelte die Stirn. Er wusste nicht, was der

Polizist vom König wollte. Offenbar waren sie aber nicht verabredet, sonst hätte der König ihn vom Tor abgeholt.

Gilbert musterte den Herrn vor sich. Er sah nicht freundlich aus, aber welcher Polizist tat das schon?

»Ich weiß nicht, ob ich das tun kann«, sagte er zögerlich. »Vielleicht sollte ich Herrn König vorher informieren.«

»Ich hätte ihn ja selbst informiert, aber es geht niemand ans Telefon und auf meine E-Mail hat auch keiner geantwortet.«

Das konnte sich Gilbert vorstellen. Er zuckte mit den Schultern und seufzte.

»Na schön. Ich bringe Sie zum Chef.« Er schlurfte zum Tor und schloss es auf. Nachdem er beide Torhälften geöffnet hatte, ging er zu seinem Wagen zurück. Der Polizist saß schon wieder hinterm Steuer und Gilbert fuhr an ihm vorbei durch das Tor. Huber folgte ihm und hielt dann hinter Gilbert, der ausstieg, um das Tor wieder abzuschließen. Dabei spürte er Hubers Blicke auf sich.

Kapitel 68
Frida

Zwischen Frida, Jan und Milan herrschte angespanntes Schweigen. Sie saßen zusammen um den runden Esstisch, jeder eine Tasse Tee vor sich und wussten nicht, worüber sie reden sollten. Jan rutschte auf seinem Stuhl hin und her und kratzte an seinen Pickeln. Frida hätte ihn am liebsten angefahren, dass er damit aufhören solle, verkniff es sich aber. Milan warf dem Jungen immer wieder böse Blicke zu, wodurch der nur noch nervöser wurde.

Als das Telefon klingelte, das zwischen ihnen auf dem Tisch lag, zuckten sie alle zusammen. Auf Milans Gesicht erschien ein verunsichertes Lächeln, als er seine Frau ansah. Frida räusperte sich und griff nach dem Telefon.

»Fuchs?«, meldete sie sich. Ihr Herz pochte heftig in ihrer Brust.

»Hallo Frau Fuchs. Huber hier. Ich wollte Sie auf den neusten Stand bringen.« Sie schwieg und er sprach weiter. »Ich war eben im Haus König und habe dort mit dem Leiter gesprochen.« Er räusperte sich. »Also, leider konnte auch ich nicht mit Ihrer Tochter sprechen. Herr König war da resolut und hat mich quasi rausgeworfen.«

»Was? Kann er das so einfach?«

Jan und Milan richteten sich auf und wenn sie gewusst hätten, wie ähnlich sie sich dabei sahen, hätten sie sich wohl geschämt. Ihre Blicke waren auf Frida gerichtet.

»Ja, das darf er leider. Es ist sein Anwesen und solange ich keinen Durchsuchungsbefehl habe, kann er mir den Zutritt verweigern.«

»Dann holen Sie sich einen Durchsuchungsbefehl!«

»Das werde ich. Allerdings kann das etwas dauern.«

»Was soll das heißen?! Wie lange?« Fridas Stimme schoss in die Höhe.

»Vielleicht zwei oder drei Tage. Aber ich werde ihn kriegen, Frau Fuchs.«

»Zwei oder drei Tage«, murmelte Frida und fragte sich, was in dieser Zeit alles mit ihrer Tochter passieren könnte. Zu viel. »Aber Vanessa schwebt möglicherweise in Lebensgefahr.«

»Ich kann mir vorstellen, dass Sie mit meinen Nachforschungen nicht zufrieden sind, Frau Fuchs. Aber Sie müssen mir vertrauen. Ich bleibe an der Sache dran. Ich kümmere mich für Sie darum.«

»Das reicht aber nicht«, sagte sie und drückte den Polizisten einfach weg. Verärgert legte sie das Telefon auf den Tisch.

»Was hat er gesagt?«, fragte Milan. Obwohl es gedauert hatte, sah er nun genauso besorgt aus wie Frida sich seit Tagen fühlte.

Kapitel 69
Charlie

»Wie konnte das denn passieren?«, fragte Marie und ging in meinem Zimmer auf und ab. »Ich bin erledigt.« Sie blieb stehen, hielt sich den unteren Rücken und sah zwischen Maggie und mir hin und her. Wir saßen nebeneinander auf meinem Bett und ich fühlte mich wie eine Schülerin, die vom Lehrer gleich eine Standpauke bekommen würde.

»Quatsch, du bist nicht erledigt«, sagte ich.

»Herr König hat mich gesehen, verdammt noch mal!« Sie feuerte die letzten Worte wie Kanonenschüsse ab und ich zuckte zusammen – ich hatte Marie noch nie fluchen gehört. »Was soll ich denn jetzt machen?! Er scheint mit dem Verschwinden der Mädchen etwas zu tun zu haben, sonst hätte er doch nicht so mit Lena gesprochen. Und jetzt weiß er, dass auch ich es weiß! Jetzt will er mich doch bestimmt beseitigen!«

»Wir wissen überhaupt nicht sicher, dass er was damit zu tun hat«, sagte Maggie vorsichtig. »Und Lena? Die hast du ja nich mal gesehen. Könnt auch jemand anderes gewesen sein.«

Erschöpft ließ sich Marie auf meinen Schreibtischstuhl sinken. Sie sah blass aus.

»Ich muss Maggie recht geben«, sagte ich leise. »Wir wissen nicht, ob Herr König etwas mit den Entführungen zu tun hat. Ich bin mir sicher, dass die Mädchen im Wald gefangen gehalten wurden.« Ich zögerte, bevor ich weitersprach. »Zumindest solange, bis sie getötet werden. Du hast doch diesen komischen Kerl gesehen, oder? Ist

225

es nicht viel wahrscheinlicher, dass er dafür verantwortlich ist und Herr König nur die Lage unter Kontrolle bekommen möchte?«

Marie schüttelte den Kopf.

»Das glaube ich nicht.«

»Und wie erklärst du dir dann das Blut vor dem Haus im Wald?«

»Nichts für ungut, Charlie, aber vielleicht war das gar kein Blut.«

Ich zog meine Augenbrauen zusammen.

»Das *war* Blut! Ich habe es doch gesehen.«

Marie sah mich entschuldigend an.

»Bist du dir ganz sicher?«

Ich hatte zwar mitbekommen, dass Marie und Maggie meinen Worten skeptisch gegenüberstanden, aber nun war ich doch enttäuscht. Ich hatte gehofft, sie würden mir zumindest so weit vertrauen.

»Marie, ich kann mir gut vorstellen, welche Sorgen du dir gerade wegen Herrn König machst, aber ich glaube, ihn müssen wir weniger fürchten«, versuchte ich es noch einmal.

Sie seufzte, sah auf ihren Bauch hinab und sagte kein Wort mehr. Ich räusperte mich.

»Okay. Jetzt versuchen wir mal einen klaren Kopf zu bewahren. Fakt ist, dass wir nicht wissen, ob Herr König oder der Fremde etwas damit zu tun haben. Bevor wir das nicht sicher wissen, sollten wir Ruhe bewahren und einfach weiterforschen. Was bleibt uns auch anderes übrig? Wir können ja sowieso nicht von hier abhauen.«

»Wow ... Gerade *du* redest davon, Ruhe zu bewahren?«,

fragte Maggie. »Du rennst hier doch selbst wie ne Irre rum, weil *angeblich* jemand in deinem Zimmer war.«

»Es *war* auch jemand in meinem Zimmer!«, verteidigte ich mich aufgebracht.

Marie hob ihre Hände.

»Hey ... das reicht. Wir sollten nicht aufeinander losgehen.«

Ich rieb mir die Augen. In der letzten Nacht hatte ich kaum schlafen können.

»Und was schlagt ihr jetzt vor? Sollen wir so tun, als würde nichts passieren, einfach unsere restliche Zeit hier absitzen und hoffen, dass wir das überleben?«

Marie schüttelte nur den Kopf und Maggie sagte: »Nein, wir sollten weitersuchen. Aber mit dem Dachboden sind wir jetzt ja wohl durch.«

»Ich weiß nicht, was der Artikel über die Schwangere, die sich umgebracht hat, bedeuten soll, aber es hat bestimmt etwas mit dem Ganzen hier zu tun. Das kann einfach kein Zufall sein.«

Maggie zuckte nur mit den Schultern.

»Ich würde sagen, als Nächstes ist das Krankenhaus dran«, fuhr ich fort. »In der Kapelle war ich schon einmal, aber die ist ja so klein – da kann niemand versteckt werden.«

»Bist du noch dabei?«, fragte ich an Marie gewandt.

Sie zögerte zwar, lächelte dann aber.

»Ach, was soll's – ich bin dabei. Aber heute Nacht bitte mal nicht, ja? Ich brauche dringend eine Pause.«

»Okay, einverstanden. Ich glaube, wir können alle drei eine ruhige Nacht gebrauchen.«

Kapitel 70
Marie

Marie nahm weder den Nieselregen noch die Kälte wahr. Um sie herum dämmerte es bereits, aber sie blieb auf der Bank vor der Kapelle sitzen und starrte auf den Waldboden vor sich.

Sie wollte nicht zurück ins Schlafhaus gehen. Lieber würde sie die nächsten Wochen auf dieser Bank verbringen ... oder in der Kapelle – ganz egal. Hauptsache nicht dort, wo diese schrecklichen Dinge geschahen. Sie schloss die Augen und eine Träne rann über ihre Wange. Sie hatte Herrn König noch nicht wiedergesehen und war froh darüber. Marie wusste nicht, wie sie sich ihm gegenüber verhalten sollte. Sie öffnete die Augen und sah zur Kapelle. Ob Gott wohl gerade zu ihr herabsah und ihr versprach, dass alles gut werden würde? Ob er ein Auge auf sie hatte? Würde er dafür sorgen, dass ihr nichts geschah?

So gern Marie das geglaubt hätte – sie konnte es nicht und spürte auch nicht Gottes Anwesenheit. Vielleicht war er ihr in diesem Moment ganz nah und das Gefühl wurde nur von ihrer Angst verdeckt? Sie hoffte es. Noch nie hatte Marie Angst um ihr Leben gehabt. Der Begriff Todesangst war für sie immer etwas Abstraktes gewesen – das war etwas, wovon nur andere Menschen betroffen waren. Aber nun empfand sie diese Angst selbst. Noch nie war ihr so bewusst gewesen, dass sie letztendlich gar nicht entscheiden konnte, ob ihr etwas geschah. Das hatten andere in der Hand.

Herr König, der Fremde aus dem Wald … oder eben Gott.

Marie schüttelte den Kopf und spürte, dass sich der Regen mittlerweile durch ihre Kleidung gesaugt hatte und ihre Haut benetzte. Sie fühlte sich elend und endlich konnte sie sich dazu durchringen, aufzustehen und sich in Bewegung zu setzen. Sie musste dringend duschen und trockene Kleidung anziehen. Nur wusste sie noch nicht, wie sie das schaffen sollte, wo sie doch nur mit Mühe die Kraft aufwenden konnte, um die Tür zum Schlafhaus aufzudrücken.

Kapitel 71
Gilbert

Gilbert, Paula und Schwester Margrit bekamen von dem Mädchen vor der Kapelle nichts mit. Sie saßen in der vordersten Bank und diskutierten mit gesenkten Stimmen.

»Heute Morgen war ein Polizist da«, sagte Gilbert. Obwohl er es fast raunte, hallten seine Worte in der Kapelle so laut von den Wänden wider, dass er sich instinktiv zu den anderen beiden beugte und noch leiser sprach. »Er wollte zum Chef.«

Diese Neuigkeit schien Paula nicht zu überraschen.

»Dann sind wohl endlich Eltern darauf gekommen, dass hier etwas nicht stimmt.«

»Weißt du, worüber sie gesprochen haben?«, fragte die Nonne und musterte Gilbert abschätzend. Sie war offensichtlich immer noch nicht bereit, ihm vorbehaltlos zu vertrauen.

»Nein, aber es war nur ein kurzes Gespräch. Nach etwa zehn Minuten habe ich gesehen, wie der Polizist weggefahren ist.«

»Vielleicht hat er ja schon irgendetwas in der Hand«, sagte Paula.

»Meinst du?« Gilbert sah sie nachdenklich an.

»Keine Ahnung. Aber er war bestimmt nicht zum Spaß hier.«

»Konntest du etwas über Herrn König herausfinden?«, fragte Schwester Margrit Paula.

»Ja, er lebt wohl in Bonn – allein. Er hat keine Kinder, war aber mal verheiratet. Außerdem sind seine Eltern vor ein paar Jahren gestorben, er hat noch einen Bruder und einen Cousin. Mit letzterem versteht er sich wohl ganz gut.«

»Er *war* verheiratet?« Margrit hob die Augenbrauen.

»Ja, seine Frau hat sich umgebracht.«

Gilbert sah überrascht auf.

»Warum?«

»In dem Artikel, den ich gefunden habe, stand, dass sie mit ihrer Schwangerschaft nicht zurechtkam.«

»Sie war auch noch schwanger?!«, brach es aus ihm hervor. Sein letztes Wort echote laut durch die Kapelle.

»Ja, das hat mich auch hellhörig gemacht.« Paula beugte sich vor und stützte ihre Ellbogen auf den stämmigen Oberschenkeln ab. »Ich habe mal von Pädophilen gehört, die sich auf ihr ungeborenes Kind freuen, weil sie sich später an ihm vergehen können.«

Schwester Margits Hand glitt an die Kreuzkette um ihren Hals. Sie schien die Geste nicht einmal zu bemerken. Fassungslos starrte sie Paula an.

»Könnte es sein, dass seine Frau so etwas von ihm mitbekommen hat und sich lieber umbrachte, als ihrem Kind einen pädophilen Vater zuzumuten?«

»Das habe ich mich auch gefragt. Würde doch zusammenpassen, oder?«

Gilbert dachte nach. Das wäre eine heftige Geschichte und würde zusätzlich bedeuten, dass Herr König pädophil wäre. Dass Menschen überhaupt dazu fähig waren, sich an Kindern zu vergehen, konnte er sich kaum vorstellen. Aber dass ausgerechnet Herr König so ein Mensch sein sollte, entzog sich vollkommen seiner Vorstellungskraft.

Aber falls es stimmte … dann war er nicht an den Mädchen hier, sondern an ihren Neugeborenen interessiert. Gilbert schauderte.

»Was hast du noch über ihn herausgefunden?«, fragte Margrit.

»Bevor er dieses Haus gekauft und umgebaut hat, war er als Kinderarzt tätig, hat aber seine Zulassung verloren.«

Gilberts Augen verengten sich.

»Warum?«

»Keine Ahnung – das konnte ich nicht rausfinden.«

»Woher genau hast du diese Informationen eigentlich?«, fragte die Nonne.

Paula lächelte sie an.

»Ach, weißt du … Ich habe da so meine Quellen.«

»Vielleicht habe ich mich doch in ihm geirrt …«, sagte Gilbert leise.

Kapitel 72
Charlie

Als ich den Schrei hörte, erschrak ich so heftig, dass ich mir den Ellbogen an der Wand neben mir stieß. Mit zugekniffenen Augen hielt ich den Ellbogen – einen Moment lang spürte ich nur den Schmerz.

In meinem Zimmer war es dunkel. Es musste noch mitten in der Nacht sein.

Ich setzte mich auf, lauschte in die Stille und vernahm einen weiteren Schrei. Dieses Mal war er länger. Ich sprang auf.

Ich kannte die Stimme: Es war Maries.

Kurz wurde mir schwarz vor Augen, weil ich zu schnell aufgestanden war – doch das hinderte mich nicht daran, zur Tür zu rennen. Ich hörte den grauenvollen Schrei noch immer in meinem Kopf nachhallen, obwohl er längst verklungen war. Ich riss hektisch an der Klinke.

Aber es tat sich rein gar nichts.

Panisch starrte ich gegen das Holz. Von Marie war nichts mehr zu hören. Hatte man sie weggebracht?

Ich hämmerte mit meinen Fäusten gegen die Tür.

»Hallo? Hört mich jemand? Machen Sie die Tür auf!«

Aber niemand reagierte. Ich trat gegen die Tür und warf mich mit der Schulter dagegen, aber sie gab nicht nach.

Marie braucht meine Hilfe und ich komm hier nicht raus, verdammt! Fluchend rüttelte ich noch einmal an der Tür, dann hielt ich inne. Ich trat einen Schritt zurück. Das brachte nichts. Jemand hatte meinen Schlüssel gestohlen. Ich hatte erst nicht begriffen, warum man das machen sollte, aber nun war es mir klar: Die Person wollte verhindern, dass ich nach draußen kam, um zu helfen. Grauen erfüllte mich. Marie konnte so viel zustoßen, während ich hier festsaß.

Ich lief zum Fenster und sah nach draußen. Wald und Hof lagen still und dunkel vor mir. Keine Bewegung auszumachen.

Ich rannte zurück zur Tür und hämmerte erneut dagegen. »Marie!«, rief ich. »Maggie!«

Meinen Schlüssel hatten sie mir vielleicht weggenommen, aber Maggie konnte Marie vielleicht noch helfen. Doch trotz meiner Versuche, Maggie auf mich aufmerksam zu machen, geschah nichts. Abgesehen von meinen Rufen und meinen Schlägen gegen die Tür blieb es still und irgendwann gab ich auf und trat zurück. Ich fuhr mir mit der Hand über die schweißnasse Stirn. Was sollte ich denn jetzt tun? Marie war entführt worden … aber wohin hatte man sie gebracht? Und konnte ich ihren Tod noch verhindern?

Ich tigerte in meinem Zimmer auf und ab, hielt inne, lauschte, lief weiter und lauschte wieder. Aus dem Fenster konnte ich nicht steigen, dafür lag es zu hoch und durch die Tür kam ich auch nicht. Ich war gefangen. Meine Freundin brauchte meine Hilfe und ich konnte nichts tun.

Gar nichts.

Kapitel 73
Frida

Frida saß im Bett und starrte auf die Bettdecke. Vor ein paar Wochen wäre sie an einem Sonntagmorgen niemals vor acht Uhr aufgestanden – doch nun ging gerade erst die Sonne auf und für sie war an Schlaf nicht mehr zu denken.

Milan drehte sich zu ihr um und öffnete die Augen. Als er sah, dass seine Frau wach war, seufzte er.

»Was denkst du, was Vanessa gerade macht?«, fragte sie leise und zog die Beine an.

Milan schloss die Augen.

»Ich weiß es nicht.«

»Meinst du, sie lebt noch?«

Er rieb sich mit zwei Fingern über die Augen und richtete sich dann ebenfalls auf. Die Falten des Kissens hatten einen Abdruck auf seiner linken Wange hinterlassen.

»Ja, ich glaube, dass sie lebt. Nicht *noch*. Sie lebt. Und das bleibt auch so.« Er sah Frida an und neigte den Kopf zur Seite. »Oder glaubst du das nicht?«

Sie hob die Schultern und gegen ihren Willen schossen ihr Tränen in die Augen.

»Ich weiß es nicht. Ich weiß nur, dass ich seit Monaten nichts von ihr gehört habe und der Mann, dem wir ihr Leben und das ihres Babys anvertraut haben, sie von uns abschirmt.«

Milan rutschte näher zu ihr und legte einen Arm um ihre Schultern.

»Hey … Nicht weinen, Schatz. Noch wissen wir nicht, was und ob überhaupt etwas passiert ist.«

Doch die Tränen rannen nun wie Sturzbäche über ihre Wangen. Frida hielt sie nicht mehr zurück.

»Ich brauche einfach Gewissheit. Ich stelle mir ständig vor, was ihr Schlimmes passiert sein könnte.« Sie lehnte den Kopf an die Schulter ihres Mannes. »Ich bekomme diese Gedanken einfach nicht aus meinem Kopf.«

Sanft strich er über ihren Oberarm.

»Wollen wir heute noch einmal bei Herrn König anrufen?«

Frida zog die Nase hoch. Sie spürte die tröstende Körperwärme ihres Mannes, das Gefühl von Geborgenheit, wenn er sie in den Arm nahm. Aber die Angst konnte er nicht vertreiben.

»Ja«, sagte sie und schloss die Augen. »Es wird zwar bestimmt nichts bringen, aber das ist mir lieber als gar nichts zu tun.«

Milan drückte sie an seine Brust.

»Ganz ehrlich? Ich mache mir mittlerweile auch große Sorgen. Und ich habe nur wenig Hoffnung, wenn er den Polizisten schon abgewiesen hat …«

»Und was machen wir dann?« Sie richtete sich auf und wischte sich die Tränen vom Gesicht. Es tat gut, die Entscheidungen, die getroffen werden mussten, in andere Hände zu legen. Sie nicht allein verantworten zu müssen.

Milan sah ihr in die Augen.

»Wenn sie uns nicht reinlassen, werden wir eben auf einem anderen Wege reinkommen.«

»Aber die Mauer ist viel zu hoch. Da kommen wir

niemals drüber.«

»Gibt es Kameras oder eine Alarmanlage?«

Sie schüttelte den Kopf.

»Ich habe zumindest keine gesehen.«

»Dann *werden* wir unbemerkt reinkommen«, sagte er mit so viel Zuversicht in der Stimme, dass Fridas Herz ein wenig leichter wurde.

Kapitel 74
Charlie

Ich kam auf dem Bett sitzend, mit dem Rücken gegen die Wand gelehnt zu mir, musste nachts vor Erschöpfung eingeschlafen sein. Als ich den Kopf hob, zuckte Schmerz durch meinen Nacken. Ich massierte ihn, da erreichte mich auch schon die Erinnerung an letzte Nacht und ich sprang auf, lief zur Tür und riss erneut an der Klinke – und die Tür sprang auf. Kurz hatte ich die Hoffnung, alles nur geträumt zu haben. Ich lief zu Maries Zimmertür und versuchte hereinzugehen, doch sie war abgeschlossen.

»Marie!«, rief ich und hämmerte gegen die Tür.

Auf dem Flur war noch nichts los. Es musste früh am Morgen sein.

»Marie!«, versuchte ich es erneut, aber hinter der Tür rührte sich nichts.

»Hast du sie noch alle?! Ruhe!«, zischte ein Mädchen hinter mir, doch als ich mich umdrehte, wurde die Zimmertür auch schon wieder geschlossen.

Ich rüttelte noch einmal an der Klinke, aber es war sinnlos. Verzweifelt lehnte ich mich gegen die Wand. Das Monster hatte Marie geholt. Neben mir wurde eine Tür geöffnet und Maggie steckte ihren Kopf auf den Gang heraus. Sie war angezogen und ihre Augen bereits schwarz umrandet.

»Charlie? Was machst du denn?! Schreist hier rum, wie ne Irre. Hast du mal auf die Uhr gesehen?«

»Marie …«, sagte ich. »Sie ist weg.«

»Was? Wie meinst du das?«

Maggie kam zu mir auf den Flur.

Ich drückte die Klinke zu Maries Zimmer herunter, um Maggie zu zeigen, dass abgeschlossen war.

»Ich habe sie gestern Nacht schreien gehört. Aber meine Zimmertür war abgeschlossen. Ich kam nicht raus … konnte ihr nicht helfen.«

Maggie zog ihre Augenbrauen zusammen.

»Komm mit in mein Zimmer«, sagte sie und ging, ohne auf mich zu warten wieder rein.

Ich folgte ihr und schloss die Tür hinter uns.

»Sie hat letzte Nacht geschrien?«, wollte Maggie wissen. Ihre Stimme war so leise, als führte sie ein Selbstgespräch.

»Ja. Ich bin davon aufgewacht. Ich bin mir sicher, dass sie es war – ich kenne ihre Stimme.«

»Verdammt, was stimmt nich mit mir?! Warum bin ich davon nich aufgewacht?!«

»Keine Ahnung, vielleicht hast du einen tieferen Schlaf als ich.«

»Scheiße. Scheiße, scheiße, scheiße …«, war alles, was Maggie dazu sagte.

»Lass uns zum Frühstück gehen. Vielleicht geht es Marie doch gut und wir finden sie dort.«

Aus Maggies Blick sprach derselbe Zweifel, den ich selbst empfand. Nach letzter Nacht war es wahrscheinlicher, dass sie im Kokosnuss-BH Hula tanzte, als dass sie seelenruhig beim Frühstück saß.

Nachdem ich mich umgezogen hatte, gingen wir zum Speisesaal. An den Tischen saßen bereits einige Mädchen, aber Marie war nicht unter ihnen. Jede von uns holte sich ein Müsli, ehe wir uns zusammen an einen Tisch setzten.

Ich ließ meinen Blick durch den Speisesaal schweifen. Die anderen Mädchen frühstückten gemütlich und unterhielten sich. Nach und nach füllte sich der Speisesaal … nur Marie kam nicht.

»Jetzt mal ernsthaft: Wie konnt ich das bitte verschlafen? Ich hätt ihr helfen müssen.« Maggie raufte sich die schwarzen Haare.

»Wer weiß. Vielleicht hatte jemand dein Zimmer auch abgeschlossen. Möglicherweise waren ja sogar alle Zimmer abgeschlossen worden.«

Maggie griff nach ihrem Löffel und rührte damit durch ihr Müsli.

»Ich glaub nich, dass das bei allen Mädchen nötig war. Fast alle hören diese Schreie doch und reagieren einfach nich.«

Ich fühlte mich ertappt – ich war bei den ersten beiden Malen selbst untätig in meinem Bett geblieben. Und wahrscheinlich hätte ich auch letzte Nacht nichts getan, wenn es nicht Maries Stimme gewesen wäre.

»Wir müssen jemandem davon erzählen«, sagte Maggie und legte ihren Löffel wieder beiseite.

»Und wem? Herrn König? Oder Lena? Hier gibt es doch niemandem, dem wir trauen können«, sagte ich.

»Ja, aber irgendwer muss es doch wissen.«

»Maggie … überleg doch mal: Marie wurde von Herrn König in der Bibliothek gesehen. Und in der Nacht darauf wird sie entführt? Selbst wenn das ein Zufall ist, wird *er* uns als Letzter helfen. Wenn er erfährt, dass wir auch Bescheid wissen, sind wir am Ende noch die Nächsten.«

»Hm, okay. Herr König also schon mal nich.«

Ich schüttelte den Kopf.

»Was können wir dann machen?«, fragte Maggie.

»Ich fürchte, uns bleibt nichts anderes übrig, als auf eigene Faust weiterzusuchen.«

Sie biss sich auf die Unterlippe.

»Na klasse … Und wo?«

»Im Krankenhaus. Das hatten wir letztes Mal zumindest abgemacht.«

»Hm, ja … okay.« Irgendetwas schien Maggie noch zu beschäftigen.

Ich beobachtete sie und wartete darauf, dass sie noch etwas sagte, aber sie blieb stumm.

»Was ist?«, hakte ich daher nach.

Sie knetete ihre Finger.

»Was is mit Lena? Wollen wir nich mit der reden?«

»Aber sie war es doch wahrscheinlich, mit der Herr König in der Bibliothek gesprochen hat.«

»Ja, vielleicht. Aber sie scheint echt in Ordnung zu sein …«

Maggie verbrachte mehr Zeit in der Bibliothek als ich. Sie kannte Lena, hatte mit ihr schon oft gequatscht, ihr von ihrem Baby, ihrem Exfreund und ihren Eltern erzählt. Lena hatte Maggie Bücher empfohlen und Maggie hatte ihr vielleicht ihre Gedichte gezeigt. Andererseits glaubte ich wirklich, dass Herr König in der Bibliothek mit Lena gesprochen hatte. Trotz dieser Möglichkeit vertraute Maggie Lena weiterhin … hätte ich es da nicht auch tun sollen?

»Na gut, wir können ohnehin erst heute Nacht ins Krankenhaus gehen. Dann gehen wir jetzt gleich nach dem Frühstück zu Lena.«

Maggie atmete auf und aß endlich ihr Müsli, während ich versuchte, das ungute Gefühl in meiner Magengegend zu ignorieren.

Kapitel 75
Gilbert

Das Gang lag still vor ihm, als sich Gilbert mit dem Reinigungswagen Herrn Königs Büro näherte.

Paula hatte ihn dazu überredet, den Raum unauffällig nach nützlichen Informationen zu durchsuchen, denn er wäre der Einzige, der eine gute Ausrede hätte, wenn er erwischt werden würde. Blieb nur noch zu hoffen, dass Herr König nicht in seinem Büro saß. Sonst müsste Gilbert das Zimmer wirklich saubermachen und darauf hatte er absolut keine Lust.

Er näherte sich der Tür und wurde mit jedem Schritt langsamer, bis er schließlich ganz stehen blieb. Als er hier vor einem halben Jahr seinen Arbeitsvertrag unterschrieben hatte, hatte er sich darüber gefreut – ein weiterer Job bedeutete mehr Geld. Dass sich dieser Job zu einem Detektivspiel entwickeln würde, hatte er damals allerdings nicht geahnt.

Er klopfte an und lauschte. Nichts. Sehr gut. Gilbert probierte erst ein paar Schlüssel an seinem Bund aus, bevor er den richtigen fand und die Tür aufschließen konnte.

Er schlüpfte in den Raum, zog seinen Putzwagen mit sich und schloss die Tür wieder. Den Wagen stellte er von innen davor, damit Herr König gegebenenfalls Schwierigkeiten haben würde, die Tür zu öffnen. So bliebe Gilbert Zeit, mit dem, was er gerade tat, aufzuhören.

Er atmete tief durch und sah sich in dem Raum um. Zwar war Herr König immer verkniffen und trug seine

Nase etwas zu weit oben, aber sein Büro war nicht viel größer als eine Abstellkammer und zu Zeiten der Lungenheilanstalt vielleicht sogar eine gewesen. In einem Regal standen Bücher, die Gilbert genauer in Augenschein nahm. Um schneller voranzukommen, fuhr er mit dem Zeigefinger über die Buchrücken. Er wusste, dass Herr König früher Kinderarzt gewesen war, die Auswahl der Bücher bereitete ihm trotzdem Unbehagen – sie handelten ausschließlich von der Anatomie des Menschen, von Gynäkologie und der Behandlung von Kindern. Herr König durfte doch nicht mehr praktizieren. Wozu brauchte er dann noch diese Bücher?

Hätte Gilbert mehr Zeit gehabt, hätte er jedes einzelne Buch herausgezogen und nachgesehen, ob sich irgendetwas zwischen den Seiten befand, aber da er damit rechnen musste, dass Herr König jeden Augenblick zurückkam, beschränkte er sich auf die Bücher, die auf Augenhöhe standen und so zerfleddert aussahen, als würden sie oft in die Hand genommen. Hastig blätterte er fünf der Bücher durch, aber abgesehen von einem Lesezeichen fand er nichts. Also wandte er sich ab, hin zum klobigen Schreibtisch und fragte sich, weswegen der König wohl nicht mehr als Kinderarzt praktizieren durfte. Was war geschehen? Hatte er sich Kindern auf unangemessene Art und Weise genähert? Hatten sich Eltern bei der Ärztekammer über ihn beschwert?

Gilbert ließ sich auf dem Bürostuhl nieder und zog wahllos eine Schublade auf. Sie war über und über mit Dokumenten, Mappen und Kladden gefüllt. Er holte die oberste Mappe heraus und schlug sie auf – es befanden sich Papiere darin. Zuoberst lag eine Liste mit Namen. Gilbert beugte sich gerade vor, um besser lesen zu können, da klimperte auf dem Gang ein Schlüsselbund. Sofort fror er in der Bewegung ein, lauschte. Dann schnappte er sich die Namensliste und stopfte sie gefaltet in seine hintere Hosentasche. Er legte die Mappe gerade zurück in die Schublade, als ein Schlüssel ins Schloss gesteckt wurde. Hastig schloss Gilbert die Schublade und hatte gerade noch genug Zeit, um aufzuspringen und einen Schritt auf seinen Wagen zuzugehen.

Kapitel 76
Gilbert

Wie geplant schlug die Tür beim Öffnen gegen Gilberts Putzwagen.

»Scheiße! Was ist das denn schon wieder für ein …«

»Herr König, ich bin's, Gilbert Lehmann!«, fiel ihm Gilbert ins Wort und zog den Wagen von der Tür weg. »Entschuldigen Sie. Ich wollte nur eben Ihren Müll mitnehmen.« Dann ging er zurück zum Schreibtisch, zog den Müllbeutel aus dem Eimer und band ihn zu, ehe er ihn auf seinen Wagen legte. Danach holte er einen neuen Müllbeutel und stülpte ihn in den Eimer. Während der ganzen Zeit spürte Gilbert den bohrenden Blick seines Chefs auf sich. Sein Herz überschlug sich beinahe vor Stress und als er das Büro verließ, musste er dem Drang widerstehen, wegzurennen.

»Schönen Tag noch, Herr König.«

Keine Antwort.

Betont langsam schob Gilbert seinen Wagen zum Ausgang. Dabei meinte er, der Zettel mit den Namen würde sich durch die Hosentasche in seine Haut brennen.

»Was haben diese Namen zu bedeuten?«, fragte Paula und blickte auf das Blatt, das Gilbert ihr hinhielt. Sie hatte ihre Mitarbeiter aus der Küche geschickt und stand nun mit Gilbert über einen kleinen Tisch gebeugt.

Er zuckte mit den Schultern. Zehn Namen standen auf dem Blatt, doch keiner davon sagte ihnen etwas.

»Stehen die in einer bestimmten Reihenfolge da?«, fragte Paula.

Wieder konnte Gilbert nur mit den Schultern zucken.

»Die letzten Namen lauten Nora Müller und Vanessa Fuchs. Sieht nicht so aus, als wäre das alphabetisch sortiert«, dachte Gilbert laut.

Paula nickte, ohne den Blick von der Liste zu nehmen. »Könnte es sein, dass das die Mädchen sind, die ihre Kinder bekommen haben und abgereist sind?«

Gilbert wendete das Blatt Papier, aber abgesehen von den Namen war es leer.

»Meinst du nicht, dann würde noch irgendetwas anderes draufstehen? Eine Überschrift, wie ›Abgereist‹ oder so etwas? Außerdem würde der König doch bestimmt das Datum dazuschreiben – ergibt ja sonst überhaupt keinen Sinn, eine Liste zu machen«, sagte Paula

Gilbert legte das Blatt wieder auf den Tisch.

»Eine Namensliste ohne weitere Angaben … Kommt mir eher so vor, als hätte er das absichtlich so schwammig gehalten – vielleicht als eine Art Gedächtnisstütze für sich.«

»Also sind das entweder die Mädchen, die er sich noch schnappen möchte, oder die, die er sich schon geschnappt hat?«

Gilbert nickte.

»Möglich. Mist … Ich hätte die ganze Mappe mitnehmen sollen. Vielleicht hätten uns die anderen Notizen mehr verraten. Aber ich hatte keine Zeit mehr.«

Paula verschränkte die Arme vor ihrem gewaltigen Busen.

»Was hältst du davon, heute noch mal hinzugehen, sobald der König Feierabend macht?«

Gilbert verzog das Gesicht. Er wollte die Arbeit nicht mit seiner Freizeit vermischen. Aber genau genommen gehörte es ja auch nicht zu seiner Arbeit, das Büro seines Chefs zu durchwühlen.

»Hm … na ja … okay«, sagte er zögerlich. »Ich werde mal sehen, ob sich noch was finden lässt.«

Sie klopfte zweimal mit der flachen Hand auf die Tischplatte.

»Sehr gut. Dann ist das also abgemacht.«

Sie ließ ihn stehen und trommelte ihre Küchenmannschaft wieder zusammen.

Während wieder Leben in die Küche kam, fuhr Gilbert mit seinen Fingern über den Rand des Papiers. Würde er damit zu weit gehen? Dass er nicht im Büro seines Chefs herumschnüffeln durfte, war ihm natürlich klar, aber heiligte nicht der Zweck hier die Mittel? Er fühlte sich trotzdem nicht gut – vor allem, weil er beim Durchwühlen keinerlei Skrupel empfunden hatte. Aber was würde passieren, wenn er sich aus dieser Sache heraushielt? Er wusste nicht mit Gewissheit, was die Namen bedeuteten. Dass der König die Namen der Mädchen, die er tötete, vergaß und sie deshalb notieren musste, konnte sich Gilbert nur schwer vorstellen. Er las die Liste noch einmal durch und stellte sich die Mädchen hinter den Namen vor. Mädchen, die nie wieder zu ihren Familien zurückkehren würden. Mädchen mit Freunden, mit Hobbys und Teeniesorgen. Es waren nicht nur Namen auf einem Blatt Papier. Das waren aufgelistete Menschen. Menschen, die

– da war sich Gilbert relativ sicher – getötet werden sollten oder vielleicht schon tot waren. Wie konnte er da nichts tun? Wie könnte er da ruhig zusehen und nichts unternehmen? Nein, das ging nicht.

Kapitel 77
Charlie

Es war nicht das Wetter, das mich frösteln ließ – es war die Angst um Marie. Ich wollte nicht glauben, dass sie tot sein könnte und hoffte inständig, dass es ihr und ihrem Baby gut ging. Vielleicht wurde sie nur festgehalten? Oder war sie wegen der Sache auf dem Dachboden auch einfach nur aus der Anstalt geflogen und nach Hause geschickt worden?

Ich wünschte es ihr. Ich wünschte es *mir*.

Ich verließ mein Zimmer und traf Maggie wie verabredet im Flur. Schweigend gingen wir die Treppen nach unten und aus dem Schlafhaus. Der Wind zerzauste mein Haar, ich verschränkte meine Arme vor der Brust und zog die Schultern hoch. Im Haupthaus war es auch nicht wärmer.

Maggie wirkte nervös. Ich hatte Marie sehr gern, aber wahrscheinlich war Maggies Sorge um sie noch größer, da sie sich der Jüngeren gegenüber immer wie eine große Schwester verhielt und sich verantwortlich für sie fühlte.

Wir betraten die volle Bibliothek. An jedem der Tische saßen Mädchen und auf der Galerie stand eine kleine Gruppe, die in Büchern stöberten.

Ich sah zu der Geheimtür hoch, die zum Dachboden führte. Von hier war sie nicht zu erkennen, so perfekt war sie mit der Wandverkleidung getarnt.

Wir fanden Lena hinter dem Tresen, wo sie gerade einem Mädchen ein Buch auslieh. Wir traten beiseite, um das Mädchen vorbeizulassen.

»Hallo ihr zwei«, sagte Lena lächelnd und griff nach

einem Buch, das auf dem Tresen lag. »Schau mal, Maggie. Ich habe den zweiten Teil der Chroniken-der-Unterwelt-Reihe gefunden. Möchtest du ihn mitnehmen?« Sie hielt Maggie das dicke Buch entgegen.

Aber die schüttelte den Kopf.

»Hab den ersten Teil noch nicht fertig«, sagte sie.

Lena legte das Buch auf den Stapel zurück. »Oh, okay. Na, dann vielleicht später.«

»Wir sind hier, weil wir unsere Freundin suchen«, sagte ich und trat einen Schritt vor. Obwohl die Bibliothek voll war, war es still und es musste nicht jede mitbekommen was los war.

»Marie«, fügte Maggie hinzu. »Wir vermissen sie seit letzter Nacht.«

Lena runzelte die Stirn.

»Oh, wirklich? Wart ihr in ihrem Zimmer? Vielleicht geht es ihr einfach nur nicht gut.«

Ich fragte mich, für wie blöd sie uns hielt, schluckte die Bemerkung, die mir auf der Zunge lag, aber runter.

»Ja, da haben wir schon nachgesehen. Das Zimmer ist abgeschlossen.«

»Hm … habt ihr mit Herrn König gesprochen? Vielleicht ist sie ja abgereist.«

Dieses Gespräch brachte uns nicht weiter und ich wäre am liebsten einfach weggegangen. Aber Maggie gab nicht so schnell auf. »Sie hat ihr Baby noch nicht bekommen. Und Charlie hat sie letzte Nacht schreien gehört.«

Ich hätte meiner Freundin gerne einen Klaps auf den Hinterkopf gegeben. Das sollte Lena doch gar nicht wissen.

Doch die schien das nicht zu beeindrucken.

»Ach so. Na, das klingt, als hätte sie letzte Nacht Wehen bekommen.«

Bevor Maggie auch noch ausplaudern konnte, dass mein Zimmer letzte Nacht abgeschlossen war, legte ich mit Nachdruck eine Hand auf ihren Unterarm.

»Das wird es wahrscheinlich gewesen sein.« Ich zwang mich zu einem Lächeln.

»Okay. Und falls ihr doch zweifelt, könnt ihr natürlich Herrn König fragen. Der wird euch sicher eher weiterhelfen können als ich.«

Ganz bestimmt … genau wie beim Yoga-Mädchen, dachte ich spöttisch, nickte aber und zog Maggie auf den Flur. Erst als sich die Tür hinter uns schloss, ließ ich ihren Arm wieder los.

»Hey! Warum hast du Lena von den Schreien erzählt?«

»Ganz einfach: Sie hat so getan, als wär nichts. Ich dacht, das würd ihr verdeutlichen, wie ernst die Sache is. Marie is verschwunden, Charlie und wir wissen nich wo sie is. Aber sie is bestimmt in Gefahr!« Rote Flecken breitete sich auf ihrem Gesicht aus. »Scheiße, wir müssen doch alles tun, um sie zu finden. Jede Möglichkeit durchgehen. Am liebsten würd ich durch diese verfluchte Anstalt brüllen, dass Marie verschwunden is und wer immer was darüber weiß, sofort sein blödes Maul aufmachen soll!«

Ich biss mir auf die Unterlippe.

»Ich *musste* Lena das erzählen«, sagte Maggie nun wieder ruhiger. »Weil ich nichts unversucht lassen kann.«

Ich seufzte.

»Ja. Nur blöd, dass sie da wahrscheinlich mit drinsteckt.

Schließlich hat Herr König mit *ihr* in der Bibliothek gesprochen.«

»Blödsinn! Das wissen wir doch gar nich. Wir haben nur gehört, dass er mit irgend ner Frau gesprochen hat. Und wir können Lena vertrauen. Ich kenn sie.«

Da war ich mir nicht so sicher, aber ich glaubte auch nicht, dass ich Maggie vom Gegenteil überzeugen können würde und so sagte ich nichts.

Kapitel 78
Frida

Frida stand im Schlafzimmer und suchte nach praktischer Kleidung. Da kam Milan mit dem Telefon in der Hand ins Schlafzimmer. Als er den Berg Kleidung auf dem Boden sah, hob er eine Augenbraue.

»Jan ist am Telefon.« Milan hielt ihr den Hörer hin. »Er will sicher wissen, wie es jetzt weitergeht.«

Frida zögerte. Eigentlich wollte sie den Freund ihrer Tochter nicht in ihren Plan einweihen – zum einen, weil ihr Vorhaben illegal war und zum anderen, weil sie fürchtete, er würde mitkommen wollen. Nun, wo Milan sie endlich unterstützte, brauchte sie den pubertären Jungen eigentlich gar nicht mehr. Sie nahm das Telefon entgegen.

»Ja?« Sie setzte sich auf die Bettkante.

»Hallo Frau Fuchs. Ähm … also … ich wollte nur wissen, ob es schon was Neues gibt. Hat der Polizist sich gemeldet?«

Frida warf ihrem Mann einen Blick zu, der im Türrahmen stand.

»Nein, aber wenn es etwas Neues gibt, erfährst du es sofort.«

»Kann ich denn irgendwas tun? Wir können doch nicht untätig rumsitzen.«

Frida strich ihren Morgenmantel glatt.

»Jan, es ist besser, du lässt das jetzt meine Sorge sein. Ich kümmere mich darum.«

»Aber ich will helfen!«

Frida seufzte und verdrehte die Augen.

»Ja, das weiß ich, aber das kannst du nicht.«

»Aha. Und was haben Sie jetzt vor?«

»Wie gesagt«, ihr Tonfall wurde nun zunehmend strenger, »lass das meine Sorge sein. Ich kann jetzt nicht mit dir darüber sprechen, aber sobald ich weiß, wie es Vanessa geht, melde ich mich bei dir.« Mit diesen Worten legte sie einfach auf und das Telefon neben sich aufs Bett.

Frida schlüpfte in dunkle Kleidung und folgte ihrem Mann in den Flur, wo ihr Blick an der Tapezierleiter hängenblieb. Daran hatte sie gar nicht gedacht. Auf einmal überkam sie unendliche Dankbarkeit. Ohne Milan wäre sie aufgeschmissen.

»Also … vielleicht solltest du Jan doch einweihen. Nur damit jemand weiß, wo wir sind.«

Fridas Augen wurden bei seinen Worten groß.

»Was soll das denn heißen?!«

»Na, sollte Vanessa irgendetwas passiert sein und Herr König versucht das zu vertuschen, dann wird er nicht erfreut sein, uns zu sehen. Es muss ja nicht Jan sein, aber irgendwer sollte schon davon wissen.«

Sie runzelte ihre Stirn. Da hatte er wohl recht.

»Okay«, sagte sie, unsicher, was sie nun tun sollte.

Doch Milan nahm ihr die Entscheidung ab, indem er nach seinem Handy griff und eine Nachricht tippte. Dann steckte er es zurück in seine Hosentasche.

»Ich habe eine E-Mail an Herrn Huber geschrieben. Sie wird in drei Stunden abgeschickt, falls ich sie nicht vorher lösche. Sollten wir in Schwierigkeiten geraten, weiß er Bescheid.«

Kapitel 79
Charlie

Nachdem wir zu dem Schluss gekommen waren, vor der Dämmerung ohnehin nichts unternehmen zu können, lenkte sich Maggie in ihrem Zimmer mit Lesen ab und ich setzte mich an den Schreibtisch, um die Baumwipfel vor meinem Fenster zu skizzieren. Meine Zimmertür ließ ich offen, falls Marie doch zurückkam. Das war absurd, aber die Hoffnung stirbt ja bekanntlich zuletzt. Ich kam nicht wirklich zum Zeichnen, musste mich immer wieder umdrehen und zur Tür sehen. Ich konnte mir bildhaft vorstellen, wie Marie dort stand, eine Hand an ihrem Bauch, über einer Schulter den Gurt ihrer Spiegel-reflexkamera. Ihre Haare zu zwei Zöpfen geflochten und ein Lächeln auf den Lippen.

Ich strich mir selbst über den Bauch. Ob mein Baby die Aufregung der letzten Tage vertrug? Es fiel mir schwer, mir ein Bild von dem Fötus in meinem Bauch auszumachen. Wenn ich es versuchte, sah ich immer ein fertig entwickeltes Baby oder eine Zellansammlung in Form eines Grapefruit-Wurm-Alien-Hybriden. Ob wohl sein Vater manchmal an uns dachte? Stellte er sich unser Baby auch als eine verwirrende Mischung aus einem Tier, einer Gestalt und einer Frucht vor? Wahrscheinlich nicht. Wahrscheinlich dachte er gar nicht an uns. Es traf mich mehr, dass er nicht an unser Baby dachte, als dass er nicht an mich dachte. Unser Baby hatte es doch verdient, dass man sich Gedanken um es machte. Während ich ein paar aufgestiegene Tränen wegblinzelte, hörte ich plötzlich

Schritte auf dem Flur. Ich drehte mich einmal mehr zur Tür um. Es waren schwere Schritte, außerdem hörte ich Männerstimmen. Ich stand auf und ging zur offenen Tür, um hinauszusehen. Zwei bullige Männer mit Glatzen und in dunkelblauen Overalls standen vor Maries Tür und hantierten am Schloss herum. Erst dachte ich, dass sie einbrechen wollten – aber gleich darauf, wurde mir klar, dass das Unsinn war. Hier brach niemand ein, schon gar nicht, wenn es hell war.

Der Größere von beiden schob die Tür schließlich auf und ging ins Zimmer. Der andere folgte ihm. Wenig später kamen sie mit Umzugskisten wieder heraus.

»Äh ... Hey!« Ich trat auf den Flur. »Was machen Sie da?!«

Sie blieben stehen und sahen auf mich herab. So groß und breit wie sie waren, hätten sie auch gut Türsteher sein können.

»Wonach siehts denn aus, Mädchen?! Wir räumen das Zimmer aus«, sagte der Größere.

»Das seh ich. Aber warum? Meine Freundin wohnt da.«
Er zuckte mit den Schultern.

»Keine Ahnung. Anweisung vom Chef.«

»Aber ... ihr könnt doch nicht einfach ihre Sachen mitnehmen. Die braucht sie doch noch.«
Der Kleine seufzte genervt.

»Sie scheint nicht mehr dort zu wohnen, sonst hätten wir den Auftrag wohl nicht bekommen.«
Ich sah zwischen den Männern hin und her.

»Ja, aber wo ist sie denn?«

»Woher sollen wir das wissen?!«, sagte der Größere und

wandte sich von mir ab.

»Wartet!« Ich lief ihnen nach, bis sie endlich stehen blieben und sich zu mir umdrehten. »Hat Herr König euch beauftragt? Hat er gesagt, dass das Mädchen nach Hause gefahren ist? Hat sie ihr Baby bekommen?«

»Der König hat zu uns gar nichts gesagt, er hat uns nur reingelassen und gesagt, wo wir hinmüssen. Wir gehören zu einem Räumungsunternehmen – jemand gibt den Auftrag an die Verwaltung und wir werden rausgeschickt«, erklärte der Kleinere nun etwas nachsichtiger.

Er drehte sich wieder um, aber ich trat den Männern in den Weg. Sie *mussten* doch irgendetwas wissen.

»Aber hat er denn gar nichts gesagt?«

»Am besten fragst du ihn das selbst«, sagte der Große nun genervt. »Wir machen nur unseren Job.«

Sie drängten sich an mir vorbei und verschwanden im Treppenhaus. Verzweiflung machte sich in mir breit. Das konnte doch alles nicht wirklich passieren. Nun ließ Herr König Maries Zeug verschwinden, als wäre sie nie hier gewesen?! Er *musste* etwas damit zu tun haben – sonst würde er sich doch sicher wundern, wohin Marie auf einmal verschwunden war.

Kapitel 80
Frida

Milan fuhr an der Einfahrt zum Waldweg vorbei, um etwas weiter weg am Waldrand zu parken.

»Meinst du nicht, wir sollten zum Tor vorfahren? Sonst müssen wir die Leiter so weit schleppen.«

Milan zog den Schlüssel aus dem Schloss.

»Das wird auch so gehen.« Er stieg aus.

Frida sah ihm nach und wäre am liebsten sitzengeblieben und hätte sie Rettungsaktion nicht selbst angestoßen, hätte sie das auch getan. Sie war natürlich froh, dass Milan ihr nun half, aber die Vorstellung, dass sie ihre Tochter nicht lebend finden könnten, machte ihr Angst.

Sie sammelte sich kurz und stieg aus. Milan zog gerade seinen Rucksack und die Leiter aus dem Auto. Den Rucksack auf dem Rücken, die Leiter unter dem Arm sagte er entschlossen: »Na dann mal los.«

Frida folgte ihm in den Wald, der sie schon bald von allen Seiten umschloss. Um nicht entdeckt zu werden, falls ein Auto zum König-Gelände fuhr, gingen sie einige Meter parallel zum Waldweg.

Frida war es nicht gewohnt, über Wurzeln steigen und Ästen ausweichen zu müssen. Sie fühlte sich plump und ungelenk und war schon nach wenigen Minuten völlig außer Puste. Sie musste sich anstrengen, um mit Milan Schritt halten zu können.

Kapitel 81
Charlie

Es war kein gutes Gefühl, noch einmal allein in die Bibliothek zu gehen – ich fühlte mich, als würde ich Maggie verraten. Abgesehen von Lena, die sich bereits ihre Tasche über die Schulter geschwungen hatte, um Feierabend zu machen, war der Raum nun leer.

Sie lächelte, als sie mich erblickte.

»Hallo. Ich wollte mich gerade auf den Weg nach Hause machen. Weißt du schon, welches Buch du ausleihen möchtest? Denn wenn nicht, würde ich dich bitten, morgen noch mal zu kommen.«

Ich strich mir nervös eine Haarsträhne hinters Ohr.

»Ich wollte eigentlich fragen, ob ich mal kurz das Telefon benutzen könnte.«

»Wen willst du denn anrufen?« Sie wirkte irritiert.

Da ich ihr ja schlecht sagen konnte, dass ich die Polizei rufen wolle, improvisierte ich.

»Meine Eltern. Ich habe sie so lange nicht mehr gesprochen.«

»Du vermisst sie?« Lena legte sich ihre Jacke über den Unterarm und kam hinter dem Tresen hervor.

»Ja.«

»Das tut mir leid. Vor allem, weil du ja noch eine Weile von ihnen getrennt sein wirst. Aber können wir das auf morgen verschieben? Herr König ist schon nach Hause gefahren und ich gehe ungern ohne Erlaubnis in sein Büro.«

»Es ist wirklich dringend.«

»Was ist los? Hast du vielleicht ein Problem, das du mit deinen Eltern besprechen möchtest? Sorgen? Ängste? Du kannst auch gern mit mir sprechen.«

»Nein, ich muss einfach nur die Stimme meiner Mutter hören.« Als mir auffiel, dass ich seit Tagen nicht mal an meine Eltern *gedacht* hatte, bekam ich ein schlechtes Gewissen. War es normal, dass ich meine Eltern nicht vermisste? Dass ich sie nicht anrief, obwohl ich Hilfe brauchte? Mir war bisher gar nicht in den Sinn gekommen, sie über das Anstalttelefon anzurufen und um Hilfe zu bitten. Na ja … wahrscheinlich hätte meine Mutter nur die Augen verdreht und gesagt, dass das eben die Abmachung war: Sie zwangen mich nicht zur Abtreibung, dafür musste ich meine Zeit in der Anstalt absitzen. Deshalb hatte ich diese Option gar nicht erst in Betracht gezogen.

»Dann wird das bis morgen warten müssen«, sagte Lena und machte ein paar Schritte an mir vorbei in Richtung Tür.

Ich drehte mich zu ihr um.

»Lena … bitte. Ich verrate es auch niemandem. Herr König wird davon nichts erfahren. Versprochen.«

Doch sie schüttelte den Kopf.

»Nein, das geht wirklich nicht.«

Dann hielt sie mir die Tür auf und mir blieb nichts anderes übrig, als die Bibliothek mit ihr zu verlassen. Aber zumindest fühlte ich mich nun in meiner Befürchtung, dass Lena nicht zu trauen war, bestätigt. Welcher normale Mensch schlug denn einem Mädchen ab, mit seinen Eltern zu telefonieren? Nur jemand, der nicht wollte, dass

Informationen nach außen gelangten.

Okay, von draußen konnte ich also keine Hilfe erwarten. Aber hier drin hatte ich auch nur Maggie und wir wussten beide nicht so recht, was wir tun sollten.

Ich ging vor Lena die Treppe hinunter und hörte ihre Schritte hinter mir. Meine Nackenhaare stellten sich auf, als würde hinter mir eine Bedrohung lauern.

Kapitel 82
Gilbert

Gilbert wurde ordentlich durchgeschüttelt, während er über den holprigen Waldweg zum König-Gelände fuhr. Die Dämmerung legte sich bereits über den Wald – auf der Landstraße hatte es trotz fehlender Beleuchtung noch deutlich heller gewirkt.

Dennoch weigerte sich Gilbert, die Scheinwerfer einzuschalten. Er kniff die Augen zusammen und fuhr aufmerksam den Weg entlang.

An der Mauer angekommen hievte er sich aus dem Wagen und schloss sich das Tor auf. Gilbert konnte nur hoffen, dass Herr König schon Feierabend gemacht hatte. Möglicherweise saß er gerade zu Hause und aß zu Abend. Nachdem er sein Auto durch das Tor gefahren hatte, stieg er wieder aus, um es zu schließen. Als er nun weiterfuhr, fühlte er sich besser. Er brach ja nirgendwo ein, versuchte er sich zu beruhigen. Das hier war sein Arbeitsplatz – er hatte einen Schlüssel und man kannte ihn. Er kam nur, um das Richtige zu tun.

Gilberts angespannten Schultern schmerzten und er war froh, als er den Gebäudekomplex endlich erreichte. Unheilvoll ragten die drei Häuser vor ihm auf. In den Fenstern brannten vereinzelt Lichter, aber die Illusion von Sicherheit kam nicht bei ihm an. Nicht mehr. Er parkte auf dem Hof und stieg aus. Doch bevor er die Autotür zuschlagen konnte, entdeckte er das andere Auto. Es stand neben dem rechten Schlafhaus und war im Schatten der Bäume kaum zu sehen. Gilbert runzelte die

Stirn. Es musste Lena gehören. Hatte sie nicht längst Feierabend? Aber im Prinzip war es ihm egal und so schlug er die Autotür zu und ging in Richtung Haupthaus. Hätte er genauer hingesehen, hätte er gemerkt, dass vor Lenas Auto noch ein zweiter Wagen parkte.

Kapitel 83
Frida

Fridas Herz schlug ihr noch immer bis zum Hals. Sie hätte sich nicht so erschreckt, wenn sie das Auto hätte kommen sehen – doch es war ohne Licht aufgetaucht. Glücklicherweise hatten sie die Leiter ein paar Meter vom Tor entfernt aufgestellt. Je leiser der Motor des Autos wurde, desto ruhiger wurde auch Frida. Sie atmete auf und sah zu Milan hoch, der bereits auf der Mauer saß und dem Wagen nachsah.

Als das Auto schließlich gar nicht mehr zu hören war, kletterte auch Frida auf die Mauer, Milan zog die Leiter auf die andere Seite und sie stiegen hinab. Dann klappte Milan die Leiter zusammen und versteckte sie unter Blättern auf dem Waldboden. Als er fertig war, richtete er sich auf und wischte sich die Hände an der Jeans ab.

»Alles okay?«, fragte er und musterte sie.

Frida nickte. »Ich habe mich nur erschreckt.«

»Nur ein Wahnsinniger fährt bei Dunkelheit ohne Scheinwerfer durch den Wald«, sagte er.

Sie nickte noch einmal. Ein Wahnsinniger. Ein Wahnsinniger, der etwas zu verbergen hatte.

»Komm. Wir gehen jetzt besser den Weg entlang. Ich fürchte, bei der Dunkelheit würden wir uns sonst verlaufen.«

Frida ging neben Milan her. Ihnen stand noch ein anstrengender Marsch bevor, aber ohne Leiter konnte Milan sie wenigstens stützen, wenn sie ausrutschte oder stolperte.

Kapitel 84
Charlie

Bildete ich es mir nur ein oder war mein Bauch tatsächlich gewachsen? Als ich den Reißverschluss meiner Jacke hochgezogen hatte, meinte ich, die Jacke würde irgendwie enger sitzen. Ein Lächeln stahl sich auf meine Lippen und Stolz erfüllte mich. Das war wirklich ein Baby, das da in mir wuchs. *Mein* Baby. Es klopfte an der Tür und ich hob den Blick.

»Ja?«

Maggie steckte ihren Kopf in mein Zimmer.

Ich winkte sie rein und drehte mich wieder zum Spiegel am Kleiderschrank. Unter der Regenjacke trug ich einen dicken Pullover, dazu Jeans und Sneaker.

»Können wir nich jetzt schon los?«, fragte Maggie. »Ich weiß, sonst warten wir immer bis spät in die Nacht, aber …« Sie seufzte. »Ich kann einfach nich mehr still sitzen. Es macht mich wahnsinnig, nich zu wissen, was mit Marie is.«

Ich drehte mich zu ihr um.

»Kann ich verstehen. Ich wollte dich das Gleiche fragen.«

Marie musste noch irgendwo auf dem Gelände der Anstalt sein. Das hatte ich irgendwie im Gefühl. Nur hoffte ich, dass sie sich in der näheren Umgebung befand, denn wenn wir den Wald absuchen mussten, würden wir Tage, wenn nicht sogar Wochen brauchen und bis dahin wäre es garantiert zu spät.

Ich schüttelte den Gedanken ab und sah zu Maggie. Sie

trug keine Jacke, hatte sich aber dafür in viele Lagen schwarzen Stoff gehüllt. Ihre Wangen waren gerötet.

»Wahrscheinlich ist jetzt eh keiner mehr auf den Gängen unterwegs. Und im Krankenhaus sowieso nicht«, sagte ich.

Wir verließen das Zimmer. Es war niemand zu sehen, nur das Weinen eines Mädchens durchbrach die Stille – doch das war hier vor allem bei Neuankömmlingen keine Seltenheit. Mit jeder Stufe, die wir die Treppe hinuntergingen, wurde das Wimmern leiser, bis es schließlich gar nicht mehr zu hören war.

Draußen blies uns ein kalter Wind entgegen. Wir schlichen über den Hof, an einem alten Auto vorbei, das ich bereits kannte. Ich hatte es schon oft hier gesehen, wusste aber nicht, wem es gehörte.

Nachdem wir das Haupthaus betreten hatten, blieb ich kurz stehen und lauschte. Doch nur der Wind war zu hören, er rüttelte an den Fensterläden.

»Hörst du was?«, fragte Maggie alarmiert. Sie deutete mein Innehalten falsch.

»Nein, aber irgendwo hier muss jemand sein – das Auto da draußen gehört jemandem vom Personal, aber ich weiß nicht, wem und auch nicht wo derjenige sein könnte.«

»Is erst mal egal. Lass uns weitergehen. Er oder sie wird uns im Krankenhaus bestimmt eh nich in die Quere kommen.«

Ich nickte, zögerte dann aber.

»Sollten wir hier alle drei heil rauskommen, verlieren wir uns nicht aus den Augen, ja?«

Maggie betrachtete mich und blieb still. Sie dachte wohl

wie ich an Maries Wunsch, nach dem Aufenthalt hier befreundet zu bleiben … und dann daran, dass wir dafür erst mal überleben mussten. Aber schließlich nickte sie und obwohl sie den Blick schnell abwandte, hatte ich das verräterische Tränenglitzern in ihren Augen erkannt.

Wir durchquerten den Eingangsbereich, um durch die Tür unter der Treppe wieder nach draußen zu gelangen. Vorsichtig sah ich mich um. Auch hier war die Luft rein. Vielleicht gehörte das Auto irgendeiner Krankenschwester – dass wir im Krankenhaus nicht ganz allein sein würden, war nicht zu vermeiden.

Als wir die Kapelle passierten, hielt mich Maggie plötzlich am Arm fest. Ich drehte mich zu ihr um.

»Was ist?«

»Ich muss dir noch was sagen.«

Ich hob meine Augenbrauen und hoffte, dass es schnell gehen würde. Hier unter freiem Himmel fühlte ich mich alles andere als wohl. In meinem Zimmer vor dem Spiegel war ich bereit gewesen für das, was da auch immer heute Nacht kommen mochte. Aber hier draußen fühlte ich mich schutzlos.

»Im Keller des Krankenhauses soll es eine Pathologie geben«, fuhr sie fort.

Ich runzelte die Stirn. Für ein Krankenhaus war das nichts Ungewöhnliches – doch in einem reinen Geburtskrankenhaus war sie dann doch fehl am Platz.

»Weißt du das sicher oder ist das wieder einer dieser Schauergeschichten?«, fragte ich leise.

»Ich hab sie nich selbst gesehen, aber ich glaub nich, dass das nur ne Geschichte is. Sie is im Gegensatz zu nem fötusfressenden Monster oder Aliens zu realistisch.«

Ich sah zum Krankenhaus, das zwischen den Bäumen bereits zu sehen war.

»Meinst du, wir sollten da zuerst nachsehen?«

Sie folgte meinem Blick.

»Also, wenn ich wen verstecken würd, wär das im Keller … wo die Pathologie is.«

»O Mann … warum müssen es immer die besonders unheimlichen Orte sein?!«

Kapitel 85
Gilbert

Gilbert war während seiner Arbeit regelmäßig auch im Krankenhaus unterwegs, aber nun, mitten in der Nacht, kamen ihm die Gänge fremd vor. Er zuckte bei jedem Geräusch zusammen und fragte sich schon zum dritten Mal, warum ausgerechnet er in Herrn Königs Büro einbrechen sollte. Warum taten das nicht Paula oder Schwester Margrit? Die hatten den Verdacht, dass Herr König etwas mit dem Verschwinden der Mädchen zu tun haben könnte, doch zuerst.

Er öffnete vorsichtig die Eingangstür und spähte durch den offenen Spalt. Es war ruhig und die Lichter brannten sowieso immer. Zumindest konnte er so etwas sehen. Er schloss die Tür sachte, damit sie nicht hinter ihm ins Schloss fallen konnte und schlich dann rechterhand den Gang entlang. Er konnte nur hoffen, dass die dienst-habenden Schwestern abgelenkt waren – die Chancen standen aber gut. Wahrscheinlich spielten sie Karten, sahen einen kitschigen Film oder quasselten über Gott und die Welt. Gilbert hätte einiges dafür gegeben, um ihnen sorglos Gesellschaft leisten zu können.

Endlich erreichte er die Bürotür. Mit einer Hand an der Klinke sah er sich noch einmal um – niemand zu sehen -, schloss möglichst leise auf und trat ein.

Es war dunkel und Gilbert machte erst einmal Licht. Das Zimmer hatte kein Fenster, daher würde es niemand bemerken. Dann hastete er zum Schreibtisch. Wo hatte er die Mappe am Nachmittag noch gleich gefunden? Gilbert setzte sich und zog die erste Schublade auf der rechten Seite auf. Jetzt, wo er im Zimmer war, ging er nicht mehr leise vor – er wollte es nur noch möglichst schnell hinter sich bringen. Hektisch kramte er sich durch die Papiere, fand die Mappe aber nicht. Er runzelte die Stirn; hätte er doch schwören können, es wäre diese Schublade gewesen. Ein Blick auf die Tischplatte zeigte, dass Herr König kein sonderlich ordentlicher Mensch war und dass die Mappe auch dort nicht war. Gilbert interessierte es wenig, was sonst noch in den Schubladen lag und wühlte sich durch die nächste. Erst wollte er einfach nur die Mappe finden und damit verschwinden, bis ihm ein Gedanke kam. Abrupt hielt er inne. Was war, wenn in den Schubladen auch einzelne interessante Dokumente lagen? Vielleicht hatte Herr König die Mappe geleert und den Inhalt lose in die Schubladen gelegt – dann würde Gilbert sie ganz umsonst suchen. Er schüttelte den Kopf. *Unsinn, warum sollte der König so was tun ...* Gilbert schob die zweite Schublade zu, da hörte er ein Schreien.

Kapitel 86
Charlie

Ich zuckte zusammen und Maggie versteifte sich, als urplötzlich Babygeschrei zu uns hallte. Obwohl es nicht in unmittelbarer Nähe zu sein schien, brach Panik aus.

»Scheiße! Wir müssen es beruhigen!«, zischte Maggie und ging sogleich in die Richtung, aus der das Schreien kam.

Ich lief hinter ihr links an der Rezeption entlang. Sicher würde jeden Augenblick eine Krankenschwester kommen, um nach dem Baby zu sehen. Maggie lief zielstrebig auf den Raum mit den zwanzig Betten zu.

Das schreiende Bündel lag in einem Bettchen in der Mitte des Raums – die anderen Betten waren leer. Zielstrebig steuerte Maggie darauf zu. Das Baby konnte erst ein paar Tage alt sein. Es trug einen winzigen grauen Strampler und hatte ein ganz verschrumpeltes, rot angelaufenes Gesicht. Ich sah mich nervös um. Wir mussten uns beeilen, aber Maggie stand genauso ratlos vor dem kleinen Bett wie ich.

»Wie geht das? Wie bringt man n Baby dazu, mit dem Weinen aufzuhören?«

»Ich weiß nicht.« Ich warf einen Blick zur Tür. Es war absurd … da standen zwei werdende Mütter vor einem schreienden Kind und waren völlig überfordert. Unter normalen Umständen hätten wir uns in ein paar Monaten selbst um unsere Babys kümmern müssen. »Nimm es einfach auf den Arm«, schlug ich vor.

Maggie beugte sich vor und hob das Kind aus dem Bett.

»Es is so leicht«, flüsterte sie und sah ehrfürchtig auf das Baby hinab. Dann drückte sie es an sich, streichelte seinen Rücken und wippte sanft auf und ab.

Ich sah erneut zur Tür. *Bitte, hör auf zu weinen*, dachte ich. *Hör auf zu weinen.* Und dann wurden die Schreie wirklich leiser und erstarben schließlich ganz.

»Hä ... was is das denn?! Es hat keine einzige Träne vergossen«, flüsterte Maggie irritiert. »Hat es uns nur verarscht, oder was?!«

»Scht!«, machte ich.

Jemand kam mit energischen Schritten näher. Ich traute mich nicht, Maggie aufzufordern, das Baby in sein Bettchen zurückzulegen, zu groß war die Angst, die nahende Person – wohl eine Krankenschwester – könnte mich hören. Und so blieben wir beide mit aufgerissenen Augen wie versteinert stehen und lauschten den lauter werdenden Schritten.

Kapitel 87
Frida

Endlich entdeckte Frida den Gebäudekomplex zwischen den Bäumen und stieß einen Seufzer aus. Milan und sie blieben im Schutz der Bäume stehen.

»Also, wo wollen wir zuerst nach ihr suchen?«, fragte er.

Frida runzelte die Stirn und betrachtete die Häuser. Als sie Vanessa hergefahren hatten, hatten sie nicht so trostlos gewirkt. Das Haus König hatte Frida an das Internat erinnert, indem sie als Jugendliche gewesen war und mit dem sie viele schöne Erinnerungen verband.

»In ihrem Zimmer«, entschied sie. Frida hatte es sich angesehen, während Herr König Milan durch die Häuser geführt hatte. Sie und ihr Mann hatten darauf bestanden, zu sehen, wie Vanessa in den nächsten Monaten leben würde.

»Okay. Dann los.«

Unter ihren Schuhen knirschte der Kies, als sie über den Hof auf das rechte Schlafhaus zugingen. Herr König hatte damals mit unverhohlenem Stolz in der Stimme verkündet, dass hier auch nachts alle Türen offen blieben, als hätte er dafür einen Orden verdient. Milan hatte sich auf der Heimfahrt darüber lustig gemacht. Nun war ihnen nicht mehr zum Lachen zu Mute.

Als sie das Schlafhaus erreichten, öffnete Milan die Tür. Sie knarrte und Frida biss sich auf die Unterlippe. Hoffentlich bemerkte keines der Mädchen sie. Vanessas Zimmer lag im ersten Stock. Damals waren sie mit dem Aufzug nach oben gefahren, nun benutzten sie die

Treppe. Warum war ihr damals nicht aufgefallen, dass sich überall die Farbe von den Wänden löste? Dass die Türen und Treppen so laut knarrten und ächzten, als würden sie klagen?

Oben angekommen sah Frida sich um. Es war dunkel und sie hatte nicht vor, Licht zu machen.

»Wo lang?«, fragte Milan in die Stille hinein.

Frida deutete mit dem Kinn auf den rechten Gang und ging dann voran. Welches Zimmer gehörte noch gleich ihrer Tochter? Es hatte auf der rechten Seite des Ganges gelegen. Aber war es die erste oder die zweite Tür? Unschlüssig blieb sie stehen. Wenn sie die falsche Tür öffneten, würden sie zu einem Mädchen ins Zimmer gehen, das sie nicht kennen und im schlimmsten Fall losschreien würde. Frida entschied sich für die zweite Tür. Sie drückte die Klinke herunter und öffnete die Tür zum Zimmer ihrer Tochter.

Kapitel 88
Gilbert

Nachdem sich das Baby beruhigt hatte, entspannte sich Gilbert wieder ein wenig und öffnete die letzte Schublade. Darin lag zwar eine Mappe, aber nicht die, die er suchte. Er nahm sie dennoch heraus und sah hinein. Einige Farbfotos und Schwarz-Weiß-Aufnahmen – eindeutig Familienfotos.

Er war überrascht. Das musste Herrn Königs Familie sein. Gilbert hatte ihn nicht für einen Menschen gehalten, der sich sentimental Fotos ansah, schon gar nicht auf der Arbeit. Das erste Bild zeigte drei Jungen, alle um die fünf Jahre alt. Sie trugen kurze Hosen, weiße Kniestrümpfe, kurzärmlige Hemden und hatten akkurat geschnittene Frisuren.

Falls der König unter ihnen war, konnte Gilbert ihn nicht erkennen. Wenn er an seinen Chef dachte, kamen ihm als erstes dessen Falten und das kantige Gesicht in den Sinn. Die Jungen aber sahen jung, wohlgenährt und glücklich aus.

Gilbert rieb sich das Kinn. Bedeuteten diese Fotos irgendetwas Bestimmtes? Er wusste, dass Herr König einen Cousin und einen Bruder hatte. Das konnten sie durchaus sein. Gilbert sah sich auch die restlichen Bilder an. Sie wurden immer neuer und die Personen darauf immer älter. Plötzlich hielt Gilbert inne. Auf einem der Bilder befand sich eine Frau. Sie war hübsch, viel schöner, als er sich Herrn Königs Frau vorgestellt hatte. Sie lächelte in die Kamera, während Herr König glücklich auf sie hinabblickte. Gilbert hatte ihn fast nicht erkannt, so befreit und freundlich wirkte sein Chef. Auf dem nächsten Bild war die Frau wieder zu sehen, aber diesmal mit einem anderen Mann. Vielleicht Herrn Königs Cousin? Es war kein ungewöhnliches Foto, bis auf die Tatsache, dass der Kerl die Frau genauso verliebt ansah wie Herr König sie auf dem Bild davor angesehen hatte.

Kapitel 89
Charlie

Die Schritte wurden erst langsamer, stockten dann und waren dann gar nicht mehr zu hören. Ich hielt die Luft an und sah wie gebannt auf die Tür. Die Person war stehen geblieben, bewegte sich nicht - ihr Schatten fiel auf den Boden vor der Tür zum Säuglingszimmer. Wir rührten uns nicht.

Dann setzte sich der Schatten wieder in Bewegung und die Schritte entfernten sich. Erneut legte sich Stille über das Krankenhaus.

»Mein Gott … da haben wir aber noch einmal Glück gehabt«, flüsterte ich und fuhr mir mit den Händen über das Gesicht. Mir war fast das Herz stehengeblieben.

Maggie legte das Baby vorsichtig zurück ins Bett.

»Wir müssen verdammt gut aufpassen. Das Schwestern-zimmer is in der Nähe – sonst hätten die es gar nicht schreien gehört.«

»Ja. Also komm, lass uns in den Keller gehen, bevor es wieder aufwacht.«

Wir verließen das Zimmer und gingen über den Gang zurück ins Foyer. Ich spähte zur Rezeption, aber dort war niemand. Schnell huschten wir durch die Glastür ins Treppenhaus und gingen nach unten. Auch im Unter-geschoss brannte Licht, aber der Gang unterschied sich deutlich von den anderen im Krankenhaus. Statt Tapete befanden sich weiße Kacheln an den Wänden. Der Flur wirkte so steril wie bedrohlich.

»Unheimlich, ne?« Maggie warf mir einen Blick zu.

Ich nickte. Die Stille kam mir hier unten nahezu unerträglich vor und ich wünschte mir schon fast, dass uns jemand begegnen würde. Maggie trat an die erste Tür zu unserer Rechten und warf mir einen fragenden Blick zu. Ich nickte und öffnete die Tür. Eigentlich hatte ich damit gerechnet, dass abgeschlossen sein würde, doch sie ließ sich öffnen.

Im Raum dahinter war es dunkel. Maggie drückte den Lichtschalter, als wir reingingen und die Neonlampen gingen flackernd an. Hier gab es tatsächlich eine Pathologie. Aber keine uralte, die vor Jahrzehnten zuletzt genutzt worden war. Sie war *in diesem Moment* in Gebrauch.

Kapitel 90
Frida

Das Zimmer – Vanessas Zimmer – war leer. Nun ja, nicht ganz. Es standen Möbel darin, aber das war auch schon alles. Weder Kleidung noch Bücher und Zeitschriften noch irgendetwas anderes, das Vanessa gehörte. Und, was am schlimmsten war: Vanessa selbst war auch nicht hier.

Milan schob Frida in den Raum und schloss hinter sich die Tür. Sie knipste die Nachttischlampe an, ging zum Kleiderschrank und öffnete ihn. Leer. Das Bett war gemacht und Frida beugte sich zum Kopfkissen, um am Stoff zu riechen. Es hing kein Geruch darin, als wäre er frisch gewaschen und gestärkt. Sie öffnete die Nacht-tischschublade. Auch leer. Fassungslos drehte sie sich und lies den Blick durch das Zimmer schweifen. Es sah aus, als wäre Vanessa nie hier gewesen.

»Bist du sicher, dass das hier Vanessas Zimmer ist?«, fragte Milan.

Frida drehte sich zu ihm.

»Ja, bin ich«, zischte sie und ließ unerwähnt, dass sie eben noch unsicher gewesen war. Sie ging auf die Knie, um unter das Bett zu sehen. Aber egal, was sie dort erwartet hatte - nichts.

»Vanessa versteckt sich wohl kaum unter dem Bett …«

»Das weiß ich selbst!« Frida kam wieder auf die Füße. »Ich suche auch nicht nach Vanessa, sondern nach ihren Sachen.«

»Frida, was interessieren mich ihre Sachen?! Ich will jetzt wissen, wo unsere Tochter ist!«

Obwohl Frida nicht gewusst hatte, was sie vorfinden würden, hatte sie doch mit *irgendetwas* gerechnet.

»Als wäre sie nie hier gewesen …«, flüsterte sie.

»Wir suchen jetzt diesen Einrichtungsleiter.« Milan ballte die Hände zu Fäusten. »Und dann will ich wissen, wo Vanessa ist.«

Frida sah aus dem Fenster in den endlos erscheinenden Wald. Ob Vanessa wohl gerade da draußen war? Lebte sie noch?

Frida wurde schlecht. Sie zog ihr Handy aus der Jackentasche – vielleicht würde Herr Huber sie ja jetzt ernst genug nehmen, um *sofort* einen Durchsuchungsbefehl beschaffen zu können. Frida würde nun nicht mehr ruhen, bis ihre Tochter gefunden werden würde. Das Symbol auf dem Handydisplay zeigte: kein Netz.

Kapitel 91
Charlie

»Heilige Scheiße, das gibt's doch nich!«, flüsterte Maggie.

In der Mitte des gefliesten Raums standen fünf Metalltische und auf jedem lag etwas unter einem grünen Tuch. Sowohl der Geruch als auch die Umrisse unter den Tüchern verrieten, was sich auf den Bahren befand: tote Menschen. Leichen von Mädchen, die im Haus König untergebracht gewesen waren. Unter einigen der Laken wölbte sich der Bauch mehr als unter anderen, aber sie alle waren sichtbar schwanger.

Maggie ging zu einem der Tische und starrte auf den bedeckten Körper vor sich. Ich stellte mich neben sie, sah sie von der Seite an. Ich wollte nicht unter das Laken sehen, aber ich musste. Ich brauchte die Gewissheit, ob Marie hier lag.

Ob sie bereits tot war.

Vorsichtig hob ich das Laken und sah mir das Gesicht darunter an. Es war wirklich ein Mädchen, seine Augen waren geschlossen. Doch es war nicht Marie. War es das Yoga-Mädchen? Ich konnte es nicht sagen. Ihr Gesicht war mir nicht mehr präsent. In den letzten Tagen war zu viel passiert. So viel, dass es auch Wochen hätten sein können.

Ich zog das Laken wieder über das fremde Gesicht und ging zum nächsten Tisch. Maggie folgte mir lautlos und ich hob das nächste Laken an. Maggie schnappte nach Luft, taumelte zurück, stieß gegen einen Tisch und rannte nach draußen. Ihre Schritte hallten von den Fliesen im

Flur wider. Ich konnte meinen Blick nicht von Marie abwenden. Sie sah gar nicht mehr wirklich aus wie sie selbst. Ihr fröhlicher Gesichtsausdruck und das ansteckende Lächeln fehlten. Ihre Augen waren geschlossen.

Ich biss mir auf die Unterlippe und versuchte die Tränen zu unterdrücken, bis mir auffiel, dass meine Wangen bereits nass waren. Ich zog die Nase hoch und wischte mir mit dem Handrücken die Tränen weg.

»O Marie ...«, flüsterte ich und schüttelte den Kopf. *Meine liebe kleine Marie ... Ich hätte ihre Angst ernster nehmen sollen. Ich hätte mich um sie kümmern und sie beschützen müssen.* Nun lag sie hier mit ihrem Baby auf einem eiskalten Tisch in der Dunkelheit, die sie so sehr gefürchtet hatte.

Hinter mir kam Maggie wieder in den Raum.

»Sie ist tot«, sagte sie tonlos.

Ich legte das Laken wieder über Maries Gesicht und riss mich vom Anblick ihrer leblosen Gestalt los. Maggie war noch blasser als sonst und sah erschöpft aus. Sie wischte sich mit dem Handrücken über den Mund und ich ahnte, was sie da draußen getan hatte.

»Ja«, sagte ich nur. Was hätte ich auch sonst sagen sollen – Marie war tot.

»Wer hat ihnen das angetan ...«, flüsterte Maggie und sah von einem Tisch zum anderen.

Ich war mir sicher, dass wir unter den anderen Laken auch das Yoga-Mädchen finden würden, aber nach Maries Anblick hatte ich keine Lust, weitere Laken zu lüften und vielleicht bekannte Gesichter zu erkennen.

»Herr König, der Kerl aus dem Haus im Wald ... ich

weiß es nicht.« Meine Stimme klang, als käme sie aus der Ferne.

»Ich werd jetzt ins Büro von Herrn König gehen. Da is doch n Telefon«, sagte Maggie. Es hörte sich an, als wäre ich unter Wasser und sie würde vom Ufer aus zu mir sprechen. »Charlie?« Sie beugte sich zu mir vor, sah dabei aber Kilometer weit entfernt aus. »Kommst du mit?«

Ich konnte nicht antworten. Viel zu groß war meine Furcht vor den nächsten Minuten und Stunden. Die Polizei rufen? Hilfe? Die hatten wir doch in den letzten Wochen auch nicht bekommen. Von niemandem. Weder vom Personal noch von den anderen Mädchen in dieser Anstalt. Ich ließ mich auf den kalten Fliesenboden sinken, schlang meine Arme um die Beine und schloss die Augen. Ich zog mich in mich selbst zurück und bekam kaum noch mit, dass Maggie ihre zitternde Hand auf meine Schulter legte.

»Okay. Bin gleich wieder da. Bleib hier.«

Apathisch wiegte ich mich vor und zurück. Ich wollte nicht, dass das hier gerade passierte. Ich wollte nicht in dieser Lage und in solch einer Gefahr sein. Ich flüchtete mich in eine Welt, in der es nur noch meinen Herzschlag und mein Baby gab.

Kapitel 92
Gilbert

Gilbert war sich nun sicher, dass die Schwangerschaft und der Suizid von Frau König etwas mit dem Verschwinden der Mädchen zu tun hatte. Vielleicht hatte sie wirklich festgestellt, dass ihr Mann auf kleine Kinder stand und sich deshalb umgebracht. Gilbert wollte und konnte nicht selbst entscheiden, welche Informationen sonst noch wichtig waren, deshalb wollte er sich mit Paula und Schwester Margrit besprechen. Doch hierfür brauchte er Kopien von den Bildern und der Kopierer stand im Schwesternzimmer.

Gilbert öffnete die Bürotür und sah auf den Flur. Obwohl alles ruhig war, fühlte er sich beklommen, als er das Büro mit der Mappe unter dem Arm verließ.

Er eilte auf das Schwesternzimmer zu, wurde dann aber langsamer. Stimmen drangen auf den Gang. Angestrengt lauschend schob sich Gilbert Schritt für Schritt vor und lugte an der offenen Tür ins Zimmer. Zwei Krankenschwestern in hellblauer Arbeitskleidung kamen direkt auf ihn zu. Gilbert wich zurück, spürte, wie ihm Herrn Königs Mappe entglitt und konnte sie im letzten Moment auffangen, bevor sich ihr Inhalt auf dem Flur verteilen konnte. Er presste sich mit dem Rücken an die Wand und hielt die Luft an.

»Seit mein Mann auf der Couch schläft, kriege ich kein Auge mehr zu«, sagte eine der Krankenschwestern, als sie aus dem Zimmer trat. »Er soll endlich seinen verfluchten Kram zusammenpacken und verschwinden. Im Ernst:

Das wird heute Abend mein dritter Kaffee.«

Das war's, jetzt werden sie mich sehen, dachte Gilbert, aber die Frauen bogen nach links ab und sahen nicht einmal in seine Richtung. Fassungslos über sein Glück sah er ihnen hinterher, bis sie um die Ecke bogen und Richtung Kaffeeautomat verschwanden. Dann ging er hastig zum Kopierer und legte die ersten Fotos auf die Glasscheibe. Er hatte nicht viel Zeit. Die Krankenschwestern würden nicht lange brauchen. Kurz hielt er inne. Der Kopierer war recht laut. Gilbert warf einen Blick zur Tür und schloss sie, ehe er den Kopierprozess startete.

Kapitel 93
Charlie

Um mich herum herrschten Dunkelheit und Stille. Früher hatte ich mich in mir selbst fremd gefühlt, aber mittlerweile glaubte ich, nur noch in mir selbst sicher zu sein. Die Außenwelt war schrecklich. Sie war gefährlich und wollte mich mit ihren Klauen greifen und zerfetzen. Hier in mir drin war es besser. Hier ging es mir gut und mir konnte nichts geschehen.

Doch die Klauen zogen an mir. Es wurde zunehmend schwieriger, die Außenwelt zu ignorieren und schließlich wurde ich mit solcher Heftigkeit in die Realität zurückgezogen, dass ich nach Luft schnappen musste.

Herr König stand über mich gebeugt und starrte mich an. Seine hohe Stirn warf einen Schatten auf seine Nase, seine Mundwinkel zeigten nach unten.

»Ich … ich …«, stotterte ich, brachte aber nicht mehr zustande. Wie lange stand Herr König schon bei mir in der Pathologie?

Unvermittelt schnellte seine Hand vor und umklammerte meinen Oberarm. Er zog mich auf die Beine. Um den Schmerzensschrei zu unterdrücken, biss ich die Zähne aufeinander.

»Marie … sie … wir müssen die Polizei rufen.« Es war ein lächerlicher Versuch, ihm die Chance zu geben, das Richtige zu tun. Aber er schien angesichts des Leichenfunds weder schockiert noch überrascht zu sein und mir wurde bewusst, dass mich genau die falsche Person hier unten gefunden hatte.

Kapitel 94
Gilbert

Gilbert klemmte sich die Kopien und die Mappe gerade unter den Arm, um das Schwesternzimmer wieder zu verlassen, da fiel sein Blick auf die Gestalt, die im Türrahmen stand. Er fuhr zusammen.

Da stand ein schwarzhaariges Mädchen in schwarzen Kleidern und starrte ihn an. Ihre Haut war blass und am Kinn konnte er Pickel erkennen. Unter ihren Kleidern wölbte sich der Bauch. Sie hatte eine gewisse Ähnlichkeit mit einem Geist. Er hatte sie noch nie gesehen, aber das hatte nicht viel zu bedeuten. Jedenfalls wusste er nicht, was er sagen oder tun sollte. Wusste sie, dass er hier nicht sein sollte? Oder dachte sie, dass er hier nur seine Arbeit verrichtete? Es war ihr nicht anzusehen. Vielleicht starrte sie ihn auch nur an, weil er so hässlich war? Gilbert fühlte sich einmal mehr nicht wohl in seiner Haut. Am liebsten hätte er sich klein gemacht oder, noch besser, sich in Luft aufgelöst. Aber stattdessen ging er auf die Tür zu, ohne das Mädchen aus den Augen zu lassen. Er räusperte sich und blieb neben ihr stehen. Sie hatte sich immer noch nicht bewegt, verfolgte ihn nur mit Blicken.

Er könnte sich an ihr vorbeizwängen und verschwinden. Es wurde höchste Zeit, dass er nach Hause kam. Gilbert war müde und er brauchte eine heiße Dusche. Aber irgendetwas an ihrem Anblick ließ ihn nicht gehen. Irgendetwas sagte ihm, dass er hierbleiben und mit ihr reden sollte.

»Ist alles okay?«, fragte er.

Er beugte sich vor, aber sie reagierte nicht. Sie wirkte trotz des runden Bauchs klein und zerbrechlich.

»Hey … Kannst du mich verstehen?«

Langsam kehrte Leben in ihre Augen zurück. »Pathologie«, hauchte sie.

Gilbert runzelte die Stirn. Hatte sie Pathologie gesagt?

»Was ist mit der Pathologie?« Er musste sich verhört haben. Das Krankenhaus hatte zwar wie jedes andere auch eine Pathologie, aber sie war nicht in Benutzung. Außerdem gehörte die Pathologie zu den Kellerräumen, die abgeschlossen waren.

»Marie ist tot«, flüsterte sie. Sie schien sich langsam wieder zu sammeln und Gilbert kam zu dem Schluss, dass sein Anblick sie wohl erschreckt hatte.

»Wer ist Marie?«, fragte er und hoffte inständig, dass es sich um einen Vogel oder ein Kaninchen handelte. Er wollte nicht, dass Marie irgendetwas mit dem zu tun hatte, weswegen er hier recherchierte.

»Meine Freundin«, sagte das Mädchen nun lauter.

»Wie ist dein Name?«, versuchte Gilbert auf anderem Wege an genauere Informationen zu kommen.

»Maggie.«

»Maggie. Okay.« Er nickte. »Ich bin Gilbert. Und du sagst, dass deine Freundin Marie tot ist? Wo ist sie?«

»In der Pathologie.«

Ihm lief ein Schauer über den Rücken.

»Okay. Zeig sie mir.«

Er war nicht scharf darauf, eine Leiche zu sehen, aber er musste sich vergewissern, dass Maggie nicht verrückt war.

Ohne ein Wort zu sagen drehte sie sich um und ging

voraus. Gilbert folgte ihr in Richtung Treppenhaus, als hinter der Glastür ein Schatten erschien. Gilbert reagierte instinktiv. Er packte Maggie am Arm und zog sie zwei Schritte zurück in einen offenstehenden Raum hinein. Die Tür zum Treppenhaus fiel krachend ins Schloss, dann hörten sie Schritte von mehr als nur einer Person. Es mussten zwei oder drei sein. Gilbert konnte im Moment niemandem vertrauen, der so spät abends noch im Keller unterwegs war. Schon gar nicht, wenn da unten wirklich eine Leiche lag.

Eine weitere Tür ging auf und die Schritte entfernten sich. Da bemerkte er, dass ihn Maggie mit schreck-geweiteten Augen ansah.

»Das war Charlie«, flüsterte sie.

Gilbert war verwirrt. Ein Kerl? Hier gab es zwar eine Menge Mädchen, aber Jungen hatte er hier noch nie gesehen.

»Dein Freund?«, fragte er aufs Geratewohl, aber Maggie schüttelte den Kopf.

»Meine Freundin.« Sie riss sich los und lief Charlie hinterher.

Kapitel 95
Charlie

Herr König ging mit großen Schritten auf den dunklen Wald zu. Links und rechts raschelte es im Gebüsch. Er hielt meinen Arm fest umklammert und ließ mir keine andere Möglichkeit, als ihm zu folgen.

»Wo wollen Sie mit mir hin?«, fragte ich, obwohl ich die Antwort kannte. »Lassen Sie mich los!« Ich versuchte seine Finger von meinem Arm zu lösen, doch sein Griff war unerbittlich.

Ich sah über meine Schulter zurück. Im Krankenhaus brannten Lichter, dahinter lagen die Schlafhäuser. Ich glaubte nicht, dass mich jemand hören würde, wenn ich jetzt schrie – und wenn doch, würde sich diese Person garantiert umdrehen und weiterschlafen. Wie sonst auch. Trotzdem nahm ich meine ganze Kraft zusammen und schrie verzweifelt um Hilfe.

Kapitel 95
Gilbert

»Er bringt Charlie zum Haus im Wald«, flüsterte Maggie. Gilbert sah auf sie hinab. Sie schien sich im Wald der Anstalt besser auszukennen als er, denn Gilbert hatte keine Ahnung, wovon sie sprach. Sie waren erst wenige Schritte auf den Waldrand zugegangen, als ein Schrei die Stille zerriss. Gilbert zuckte zusammen und blieb stehen. Der König und das Mädchen waren zwar schon so weit von ihnen entfernt, dass sie in der Dunkelheit nicht mehr auszumachen waren, aber hören konnte er sie.

»Schnell, wir müssen zu ihnen, bevor Charlie auch in der Pathologie endet!« Maggie wollte schon losrennen, da hielt Gilbert sie zurück, indem er ihr eine Hand auf die Schulter legte.

»Warte mal. Von welchem Haus sprichst du eigentlich?«

»Das im Wald, in dem dieser Penner wohnt.«

Am liebsten hätte er sie geschüttelt, damit sie endlich Klartext sprach. Er hatte nicht mal gewusst, dass es auf dem Grundstück überhaupt ein weiteres Haus gab.

Neben ihnen knackte ein Ast. Sie wirbelten herum – eine Gestalt bewegte sich zwischen den Ästen auf sie zu, ehe eine hagere Person mit langen grauen Haaren und starrem Gesichtsausdruck auf sie zukam.

»Lena, Gott sei Dank!«

Hätte Gilbert Maggie nicht noch immer an der Schulter festgehalten, wäre sie der Bibliothekarin vor Erleichterung wohl um den Hals gefallen. Er hingegen konnte das nicht nachempfinden.

»Was machst du um diese Uhrzeit noch hier?«, fragte Gilbert misstrauisch.

»Dasselbe könnte ich dich fragen.« Sie reckte ihr Kinn vor.

Maggie sah von Lena zu Gilbert und wieder zurück. Vielleicht begriff sie nun, dass der Bibliothekarin nicht zu trauen war.

»Wir haben gerade beobachtet, wie Herr König mit einem Mädchen in den Wald gegangen ist.« Die Selbstsicherheit in seiner Stimme war gespielt.

Von Lena ging etwas Unheilvolles aus. Sie hatte eine Hand hinter dem Rücken versteckt und ihre offen zur Schau gestellte Ruhe gefiel Gilbert ganz und gar nicht. Sie schien die Situation zu gut unter Kontrolle zu haben.

Kapitel 97
Frida

Frida wusste nicht weiter. Es sah so aus, als wäre Vanessa nie da gewesen. Aber wenn sie nicht hier in dieser Anstalt, war, wo war sie dann? Frida war froh, dass Milan mitgekommen war. Er ballte seine Hände zu Fäusten und schimpfte leise vor sich hin, während sie die Treppen hinuntergingen.

So verließen die beiden das Schlafhaus wieder. Draußen ließ ein Windhauch Frida frösteln. Mit einer ungeduldigen Handbewegung strich sie sich das Haar aus dem Gesicht.

»Und was sollen wir jetzt machen?«, flüsterte sie und blickte hoch zu Milan.

Er sah mit zusammengezogenen Augenbrauen in den Wald.

»Ich stelle Herrn König jetzt zur Rede. Es kann doch nicht sein, dass Vanessa wie vom Erdboden verschluckt ist und er gar nichts dazu zu sagen hat.«

Frida trat einen Schritt auf ihn zu und legte eine Hand auf seinen Oberarm.

»Aber er ist doch jetzt gar nicht hier«, sagte sie und fühlte sich dabei, als würde sie mit einem Kind sprechen. »Er hat doch längst Feierabend.« Und leiser fügte sie hinzu: »Und Morgen wird er uns wieder nicht reinlassen.«

»Dann warten wir eben auf ihn.«

»Hier? Bis morgen früh?«, fragte Frida bestürzt.

Es war ihr schon jetzt zu kalt und sie hatten keinen Platz, an dem sie sich hätten aufwärmen können. In Vanessas verlassenem Zimmer würde sie nicht mal eine Stunde aushalten. Sie würde sich die schlimmsten Dinge ausmalen, die dort passiert sein konnten. Milan antwortete ihr nicht. Stattdessen drehte er sich einfach um und marschierte am Schlafhaus entlang in Richtung Wald. Frida ahnte, wohin sein Weg ihn führen sollte: Er wollte rüber zum Krankenhaus, in dem das Büro des Leiters lag. Die Wut trieb Milan an. Er hatte seine Hände zu Fäusten geballt und Kies knirschte unter seinen Füßen. Gefolgt von Frida ging er vom Hof in den Wald. Frida sah auf ihre Füße, um nicht zu stolpern – sie verfluchte das Waldgrundstück.

Fast wäre sie gegen Milan gelaufen, als er plötzlich stehen blieb. Frida konnte das Krankenhaus bereits sehen, aber ihre Aufmerksamkeit wurde von etwas anderem gefesselt.

»Wer ist das?«, fragte Milan leise und nahm ihr damit die Worte aus dem Mund.

Kapitel 98
Charlie

Nach einer Weile gab ich es auf. Wozu schreien und mich wehren, wenn mir ja doch niemand zu Hilfe kommen würde. Ich wusste nicht, ob Maggie schon die Polizei gerufen hatte, oder immer noch durchs Krankenhaus irrte, um zum Telefon zu gelangen. Aber sie würde mir nicht helfen können. Ich war auf mich allein gestellt.

Lange Zeit hatte ich keine Chance, mich zu orientieren. Es sah überall gleich aus: Dunkelheit, Bäume, Äste, Sträucher.

Bis ich zwischen den Bäumen schließlich ein schwaches Licht erkannte. Ich blinzelte, kniff die Augen zusammen – und dann konnte ich das Licht einordnen. Es kam aus einem Fenster und wir liefen direkt darauf zu. Das Waldhaus. Panik breitete sich in mir aus.

Drohte mir nun das gleiche Schicksal wie dem Yoga-Mädchen und Marie? Auch sie waren hier gewesen, dessen war ich mir nun so sicher wie nie zuvor. Sie waren hier gewesen und hier gestorben. Und nun brachte Herr König mich her. Mich und mein Baby. Nein, das konnte ich nicht zulassen. Ich bäumte mich auf, sträubte mich wie eine Katze und kratzte über seine Hand. Ich spürte, dass sich Haut unter meinen Fingernägeln sammelte und sein Griff lockerte sich leicht. Er fluchte und zog mich mit der anderen Hand mit einem Ruck zu sich.

»Lassen Sie mich los! Ich will da nicht rein!« Meine Stimme überschlug sich vor Panik. »Bitte, lassen Sie mich gehen. Ich sage niemandem etwas von der Pathologie!

Bitte!«, versuchte ich es nun flehend. Mein Mut und mein vorlautes Mundwerk waren verschwunden. Alles was ich wollte, war heil aus dieser Situation herauszukommen, um mein Kind zu retten.

Doch Herr König achtete gar nicht auf mich, sondern zerrte mich unbeirrt hinter sich her auf das Haus zu. Ich stemmte meine Füße in den Boden, doch obwohl er so dünn und alt wirkte, war er überraschend stark.

»Nein! Nicht!«

Kaum hatte ich die Worte ausgesprochen, wurde die Tür des Waldhauses aufgerissen und die Silhouette eines Manns zeichnete sich vor dem herausfallenden Licht ab. Ein einziger großer Schatten mit wilder Mähne.

Kapitel 99
Gilbert

»Was ist hier los, Lena? Weißt du etwas? Weißt du, wo die verschwundenen Mädchen sind?«

Sie warf einen kurzen Blick über ihre Schulter, als hätte sie etwas gehört, dann sah sie wieder zu Maggie und Gilbert, sagte aber nichts.

»Was geht hier vor?«, versuchte er es noch einmal.

Maggie trat einen Schritt zurück. Die Bewegung war so flüchtig, dass Lena sie vielleicht gar nicht gesehen hätte, hätte das Laub unter Maggies Fuß nicht geraschelt. In einer ruckartigen Bewegung schoss Lenas Hand hinter ihrem Rücken hervor und zielte mit einer Schusswaffe auf Maggie, die sich sofort beschützend die Arme über den Bauch legte. Beschwichtigend hob Gilbert die Hände

»Hey, warte doch mal. Bleib ruhig. Du möchtest doch kein Kind umbringen.«

»Was wisst ihr?«, fragte Lena schneidend.

»Nichts!«, antwortete Gilbert und im Prinzip stimmte das auch. Er hatte keine Ahnung, was hier vor sich ging. Doch Maggie schien beim Anblick der Waffe ihre Karten auf den Tisch legen zu wollen.

»Ich weiß, dass du mit Herrn König Marie umgebracht hast, Miststück! Und die ganzen anderen Mädchen, die in der Pathologie liegen, auch! Verdammt, ich hab dir vertraut!«

Gilbert hätte Maggie am liebsten den Mund zugehalten.

»In der Pathologie?!«, sagte Lena ungläubig, als müsste sie diese Information erst verarbeiten.

»Du weißt davon nichts?«, riet Gilbert ins Blaue. »Du weißt nicht, was Herr König mit den Mädchen gemacht hat?«

Da ertönten aus Richtung der Schlafhäuser Stimmen. Gilbert spähte in die Dunkelheit. Waren es Mädchen, die einen Spaziergang machten? Um diese Uhrzeit? Unwahrscheinlich.

Lena nutzte die Ablenkung, machte ein paar Schritte auf sie zu und drückte Maggie die Pistole an den Bauch, bevor Gilbert überhaupt reagieren konnte.

»Ihr bleibt schön leise!«, zischte sie und zog Maggie mit sich, tiefer in den Wald hinein und weg von den Stimmen.

Kapitel 100
Charlie

Das kleine Haus sah im Inneren noch schäbiger aus als ich es durch das Fenster hatte erkennen können. Und auch der Bewohner sah nicht besser aus. Er fuhr sich mit der Hand durch die verfilzten Haare und ging im Raum auf und ab.

Ich stand neben Herrn König und sah ihm dabei zu. Das musste der Mann sein, den Marie gesehen hatte. Aber was tat der hier? Warum lebte er im Wald des Anstaltgeländes? Hatte er die ganzen Mädchen umgebracht? War er das Monster?

»Hör auf, so hin- und herzutigern, Casper. Das macht mich ganz wahnsinnig.«

Der Mann blieb stehen und sah Herrn König an. Sein Blick hatte etwas Gehetztes.

»Ich dachte, du freust dich, wenn ich dir jemanden bringe.«

»Warum machst du das?«, fragte Casper. Er ballte seine Hände zu Fäusten und ließ wieder locker – immer wieder, als könnte er seinen Bewegungsdrang damit bändigen.

»Ich wollte mich mit ihr für unseren Streit entschuldigen.«

Casper hielt mitten in der Bewegung inne. »Entschuldigen? Du entschuldigst dich nie.«

Herr König hob die Schultern.

»Irgendwann ist immer das erste Mal. Also, willst du sie jetzt oder nicht?« Er schob mich am Arm in Caspers Richtung, doch ich wich sofort wieder zurück.

Herr König war schon angsteinflößend, aber dieser Casper war viel schlimmer. Er wirkte grob und unberechenbar. Außerdem war er vielleicht ein Kannibale – ein Monster, das die Mädchen ihrer Babys wegen entführte. Ich legte mir eine Hand auf den Bauch. Mein Baby würde dieser Kerl nicht bekommen.

»Lassen Sie mich nicht bei ihm ...«, flüsterte ich.

»Ich passe auf dich auf«, sagte Casper sanft.

Ich kniff meine Augen zusammen.

»Wer bist du?«

Herr König lachte auf.

»Ach, ich habe ganz vergessen, euch einander vorzustellen. Das ist mein Bruder Casper. Casper, das ist Laura.«

Kapitel 101
Charlie

»Nein, ich bin nicht Laura! Das ist eine Verwechslung. Ich heiße Charlie. Sie wissen schon … Charlotte.«

Herr König seufzte.

»Das weiß ich selbst. Aber mein Bruder hält jedes Mädchen, das in meiner Einrichtung lebt, für meine verstorbene Frau.«

Ich sah Herrn König verständnislos an, brauchte ihn aber nicht zu fragen was das sollte, denn er fuhr bereitwillig fort.

»Ich hatte eine Frau – Casper war in sie verliebt, seit ich die beiden einander vorgestellt hatte.« Er warf seinem Bruder einen Blick zu. »Das ist mir natürlich nicht entgangen, auch wenn er versucht hat, es zu verheimlichen. Tja und irgendwann ist sie schwanger geworden. Wir hatten gar nicht mehr damit gerechnet, waren beide schon Mitte vierzig, aber ich habe mich gefreut. Laura hingegen war unglücklich.« Kurz flackerte Trauer in seinen Augen auf, dann war sein Ausdruck so starr wie zuvor. »Sehr unglücklich sogar … Aber ich habe es nicht gemerkt, bis sie sich das Leben nahm. Sie hatte schon als Jugendliche mit Depressionen zu kämpfen gehabt. Das warf mich völlig aus der Bahn, schließlich hatte ich nicht nur meine Frau, sondern auch mein ungeborenes Kind verloren. Doch meine Trauer war nichts im Vergleich zu Caspers. Er … überlebte das Ganze nicht.« Abfällig betrachtete er seinen Bruder, der verloren mitten im Raum stand und Herrn König zuhörte, als kenne er die

Geschichte nicht. Ich bezweifelte, dass er verstand, worum es überhaupt ging.

»Ich habe lange mit mir gehadert, bevor ich dieses Haus gekauft habe, um die Einrichtung zu gründen, aber mein Umfeld ermutigte mich, meinte, ich würde damit leichter über die Tragödie hinwegkommen. Aber ich erzähle dir mal ein Geheimnis, Charlotte: Meine Idee hinter dieser Einrichtung war ganz anderer Natur. Wissenschaftlicher Natur, um genau zu sein.«

Mir lief ein Schauer über den Rücken.

»Laura hat mir gesagt, dass sie mich liebt«, sagte Casper plötzlich.

Herr König seufzte.

»Ja, ich weiß. Das war auf unserer Hochzeit. Casper hatte eine Rede gehalten, sie ging zu ihm, umarmte ihn zum Dank und sagte, dass sie ihn liebe.« Er wandte sich an Casper. »Aber natürlich nur wie einen Bruder, verdammt!«

Der schüttelte den Kopf.

»Nein!«

»Doch!«, fuhr Herr König ihn an. »Du weißt genau, wie sie war. Sie war für alles dankbar. Wenn ich ihr Schokolade mitgebracht habe, ist sie mir um den Hals gefallen. Wenn ich anderen erzählt habe, wie glücklich sie mich machte, war sie den Tränen nahe. Und deine Rede hat ihr gefallen. Nicht mehr und nicht weniger!« Er verdrehte die Augen und schüttelte den Kopf.

»Das klingt nach einer echt lieben Frau …«, murmelte ich. Dabei versuchte ich mir Laura zusammen mit Herrn König vorzustellen, der so kalt wirkte – es gelang mir nicht.

303

»Pff, das war sie nicht immer. Sie hatte auch schwierige Seiten an sich. Phasenweise brauchte nur irgendetwas schiefgehen und sie verkroch sich daraufhin tagelang im Bett.«

»Sie war oft traurig«, sagte Casper mit gesenktem Blick. »Ganz oft.«

»Am Anfang der Schwangerschaft hatte sie einmal Blutungen. Aber obwohl ihr die Frauenärztin versicherte, alles sei in Ordnung, hörte sie auf zu essen, duschte nicht mehr und lag nur noch im Bett. Sie war wie in einer Schockstarre.« Herr König seufzte. »Nun ja und als die Geburt immer näher rückte, wurde es schlimmer.«

»Bis sie sich umgebracht hat ...«, sagte ich. Ich empfand Mitleid für diese Frau, die sich nicht anders hatte helfen können.

»Ja. Bis sie sich umbrachte. Casper war früher einigermaßen normal. Ein bisschen unsicher vielleicht und sehr sensibel. Aber seit ihrem Tod ... Du siehst es ja selbst. Ich hätte ihn auf keinen Fall alleinlassen können. Also habe ich ihn in diesem Haus im Wald einquartiert. Tagsüber hatte ich ihn gut im Blick ... hätte ich gewusst, was er nachts tun würde ...« Er sprach nicht weiter.

»Er war es. Er hat die Mädchen umgebracht«, stieß ich hervor. Endlich rückten alle Puzzleteile an ihren Platz.

»Versehentlich. Er hält jedes Mädchen mit Babybauch für Laura und versucht, sie vor sich selbst zu schützen. Dabei ist er etwas ... unbeholfen. Grob. Wenn sie sich wehren ... nun es waren immer Unfälle.«

»Aber das macht es doch nicht besser! Marie ...«

»Ach ja, Marie ... Unsere liebe Marie geht nicht auf sein

Konto«, unterbrach er mich. »Sie war einfach zur falschen Zeit am falschen Ort. Ich wusste nicht, wie viel sie gehört hatte und so musste ich sie ... beseitigen. Wobei mir klar wird, dass sie wohl eine Komplizin hatte.« Er musterte mich von oben herab.

Ich schluckte.

Kapitel 102
Frida

Frida stand an der Tür des Krankenhauses und blickte in Richtung der Schlafhäuser. Sie hatte versprochen, auf Milan zu warten, der sehen wollte, ob Herr König nicht doch in seinem Büro war. Er meinte, anderenfalls könne er auch eine Krankenschwester überreden, Herrn König herzubitten.

Frida hatte nicht mit hineingehen wollen, hielt das für Zeitverschwendung. Herr König war um diese Uhrzeit sicher nicht mehr in seinem Büro und würde ebenso sicher nicht noch einmal herkommen, wenn er schon zu Hause war. Eher würde er die Polizei rufen und sie wegen Hausfriedensbruchs anzeigen.

Ungeduldig trat Frida von einem Fuß auf den anderen. Wo blieb Milan denn? Sie drehte sich, sah die Fassade hoch und seufzte.

»Komm schon ...« Es war kalt. Da vermochte ihre Jacke nicht viel auszurichten. Außerdem hätte sie gerne etwas getrunken – die Flasche war jedoch in Milans Rucksack.

Es war still und Frida sah in Richtung Wald. Er verlor sich in undurchdringlicher Dunkelheit. Wer da wohl eben gewesen war ... so spät am Abend?

Da hörte Frida Motorengeräusche. Sie ging ein paar Schritte in Richtung der Schlafhäuser, von wo sie kamen. Der Kies im Hof knirschte und nachdem die Motorengeräusche verstummt waren, schlugen mehrere Autotüren zu.

Frida überlegte nur kurz, auf Milan zu warten. Sie wusste

nicht, wie lange er noch brauchen würde und wollte *sofort* wissen, wer da war. Sie ging zwischen den Bäumen entlang, in Richtung der drei Häuser. Vielleicht hatten diese Menschen etwas mit Vanessas Verschwinden zu tun. Aber zu groß war ihre Hoffnung, dass die Menschen, die auf den Hof gefahren waren, ihnen helfen würden.

Sie lief über den Trampelpfad, der das Krankenhaus und die drei Häuser verband und schlug sich dann durch den Wald, um die Schlafhäuser zu umrunden. Ihre Schritte wurden immer schneller, bis sie endlich die vier im Hof geparkten Autos entdeckte.

Kapitel 103
Gilbert

Gilbert hätte am liebsten geschrien. Selbst wenn er den Mut zur Flucht hätte aufbringen können, hätte ihm sein verkrüppelter Körper da einen Strich durch die Rechnung gemacht. Er fühlte sich so nutzlos. Lena drückte den Lauf der Waffe noch immer gegen Maggies Bauch.

»Mitkommen!«, zischte sie und führte Maggie tiefer in den Wald.

Gilbert blieb nichts anderes übrig, als ihnen zu folgen.

Die Stimmen wurden lauter und in der Dunkelheit glaubte Gilbert mindestens zehn Personen auszumachen, aber die Sträucher, die zwischen ihnen lagen, erschwerten ihm die Sicht. Verzweifelt sah Gilbert in ihre Richtung. Wenn es doch nur heller wäre. Dann hätten diese Leute sie sehen und helfen können.

Lena ging vorsichtig rückwärts, einen Schritt nach dem anderen, ohne die Personengruppe aus dem Blick zu lassen. Gilbert folgte Maggie und Lena mit einem mulmigen Gefühl. Der Wald war riesig. Wenn sie außer Hörweite gerieten, würde sie niemand mehr retten können. Keiner würde wissen, wo sie waren. Dabei waren vielleicht gerade die Menschen, die nur zweihundert oder dreihundert Meter von ihnen entfernt waren, ihre Rettung.

Schließlich hatte Maggie genug und sträubte sich gegen Lenas Griff.

»Wenn du uns umbringen willst, dann mach's doch!«, sagte sie. Verzweiflung sprach aus ihren Worten. »Aber du traust dich eh nich.«

Gilbert hob beschwichtigend die Hände. Wenn Maggie sterben wollte, machte sie ihre Sache echt gut. Falls nicht, sollte sie sofort den Mund halten. Doch sie versuchte weiter, sich aus Lenas Griff zu winden. Gilbert näherte sich den beiden, sie waren stehen geblieben. Vielleicht hatte Maggie ja einen Plan? Sie hatte sicher auch gemerkt, dass sie nur noch wenig Zeit hatten, um auf sich aufmerksam zu machen. Aber wie sah ihr Plan aus? Er konnte ihr nur helfen, wenn er wusste, was sie vorhatte. Leise ging Gilbert weiter auf die beiden zu und zögerte, er wollte bereit sein, falls Maggie ihn brauchte. Urplötzlich hielt sie inne. Die Zeit schien stillzustehen. Dann drückte sie ihren Rücken durch und im nächsten Moment erklang ein durchdringender Hilfeschrei.

Gilbert nutze das Überraschungsmoment und schlug Lena mit der Faust ins Gesicht. Sie schrie auf. Ein Schuss löste sich und während er zu Boden stürzte, dachte Gilbert: *Zumindest werden sie uns jetzt mit Sicherheit finden.*

Kapitel 104
Charlie

Von irgendwoher war leise ein Knall zu hören. Wäre es nicht gerade so still im Haus gewesen, hätte ich es nicht mal gehört. Dennoch war es ein Geräusch, das mich beunruhigte. Maggie war da draußen. Doch wer sollte den Schuss abgefeuert haben? Oder war es gar kein Schuss gewesen? Die Bösen waren schließlich hier bei mir.

Für eine Sekunde huschte der Ausdruck von Besorgnis über Herrn Königs Gesicht.

»Willst du sie jetzt haben, Casper?« Er deutete mit einer Handbewegung auf mich.

Casper musterte mich.

»Ich weiß nicht …«

»Wenn nicht, dann bringe ich sie jetzt weg. Aber du musst dich entscheiden.«

Ich trat von einem Fuß auf den anderen. So oder so stand mir der Tod bevor. Ich musste irgendetwas unternehmen. Casper stand noch immer unschlüssig vor uns und musterte mich wie ein Stück Fleisch. Gerade kam mir in den Sinn, dass ich Casper wohl eher entkommen könnte, als Herrn König, da schüttelte er den Kopf.

»Was? Du willst sie nicht?«

Casper schüttelte wieder den Kopf.

»Aber ihr wird doch nichts geschehen, oder?«, fragte er.

Doch.

»Nein. Ich bringe sie zurück in ihr Schlafhaus.«

Casper atmete auf.

»Casper!«, zischte ich.

»Dein Bruder lügt! Er will mich umbringen!«

»Blödsinn … Er wird dich nicht umbringen.« Er warf Herrn König einen Blick zu. »Stimmt's?«

»Doch! Er wird mich und mein Baby umbringen!« Ich legte eine Hand auf meinen Bauch. Da war nicht mehr als eine leichte Wölbung, Casper konnte sie nicht erkennen. Aber er wusste, dass ich schwanger war, denn das war jedes Mädchen in der Einrichtung seines Bruders.

»Du wirst dem Mädchen doch nichts tun, oder?«, versicherte Casper sich noch einmal.

Herr König lächelte.

»Nein. Du kannst mir glauben. Du vertraust mir doch, oder?«

Casper zögerte und Herr König seufzte.

»Wer hat sich denn bisher um deine Missgeschicke gekümmert?«

»Du.«

»Na also. Es waren so viele, dass ich den Überblick verloren habe, aber habe ich dich jemals angeschrien? Habe ich dir gesagt, du musst ausziehen?«

»Einmal hast du mich angeschrien.«

»Ach, das war kein richtiges Anschreien. Ich bin ja nicht mal laut geworden.«

Casper sah das offensichtlich anders, aber bevor er etwas sagen konnte, nutzte ich meine letzte Chance zur Flucht.

Zur Tür waren es höchstens fünf große Schritte. Ich hatte keine Zeit, länger darüber nachzudenken, wirbelte herum und rannte los.

Kapitel 105
Frida

Frida sah den Männern nach, die mit gezückten Waffen und Taschenlampen im Wald verschwanden. Sie hatte den Schuss als so laut empfunden, dass sie sich umgesehen hatte und dachte, er wäre hier bei ihnen gefallen. Doch die Männer waren in den Wald gestürmt.

Sie verschränkte die Arme vor der Brust. Milan war mittlerweile zurück. Er legte einen Arm um ihre Schultern und drückte sie an sich.

»Sie werden Vanessa finden«, sagte er.

Wenn sie auf dem Weg in den Wald waren, um jemanden mit einer Schusswaffe zu ergreifen, wollte Frida nicht, dass sie Vanessa bei ihm fanden. Doch mittlerweile hatte sie die Hoffnung, dass Vanessa gesund in einem Krankenhausbett oder bei einem anderen Mädchen im Zimmer schlief, fast schon aufgegeben.

Als sie die Polizisten gesehen hatte, war sie erleichtert gewesen. David Huber war aus einem der Wagen gestiegen und auf Frida zugegangen. Er hatte ihr erzählt, dass jemand den Notruf gewählt und von einem toten Mädchen gesprochen hatte. Er wusste bisher nur, dass die Leiche im Krankenhaus lag und Marie hieß – mehr hatten sie aus dem traumatisierten Mädchen nicht herausbekommen.

Vanessa, hatte Frida gedacht. *Vanessa hat Hilfe gerufen.*

Aber dann war der Schuss gefallen und ihre Hoffnung verpufft. Frida und Milan blieb nichts anderes übrig, als hier bei den beiden gebliebenen Polizisten zu warten. Sie

hatten Verstärkung und einen Krankenwagen ange-
fordert. Milan strich ihr mit der Hand über den Oberarm,
wahrscheinlich ohne es zu merken. Einer der Polizisten
kam mit einer so ersten Miene zu ihnen, dass sich in Frida
alles zusammenzog.

»Würden Sie bitte mit mir kommen?«

Frida sah in die Dunkelheit des Waldes. Ab und zu
waren ein paar hüpfende Lichtkegel zu sehen.

»Sollten wir nicht abwarten, was im Wald passiert?«,
fragte Frida.

»Ja, vielleicht ist unsere Tochter da draußen«, fügte Milan
hinzu.

»Wir wurden wegen einer Leiche gerufen – da unten liegt
aber nicht nur die eine, von der die Anruferin gesprochen
hat.«

Frida erstarrte.

»Was?«, hauchte Milan.

»Würden Sie sich die Mädchen bitte ansehen? Womöglich ist Ihre Tochter dabei.«

Kapitel 106
Charlie

Es war einfach zu dunkel. Ich konnte Äste und Sträucher erst wahrnehmen, wenn sie mir ins Gesicht schlugen und rannte wie blind durch den Wald. Ich hatte nicht gewusst, wie dunkel es sein konnte, wenn keine Straßenlaternen brannten. In der Stadt gab es immer irgendetwas, das Licht spendete, doch hier herrschte absolute Dunkelheit.

Als ich aus dem Haus gestürmt war, hatte ich nicht darauf geachtet, wo ich langlief - Hauptsache weg von diesen beiden Irren.

Ich wusste nicht, ob Casper mir helfen würde und seinen Bruder gerade aufhielt. Ich hoffte es. Doch ebenso gut konnte er nun auch nach mir suchen. Schließlich hatte *er* die ganzen Mädchen aus ihren Zimmern entführt und getötet. Ungefährlich war er also nicht. Und Herr König wirkte zwar alt, aber sein fester Griff hatte mir bewiesen, dass ich ihn nicht unterschätzen durfte. Er konnte gerade direkt hinter mir sein oder mit etwas Abstand neben mir herlaufen. Ich war so laut, dass ich ihn nicht hören würde. Ich wagte einen Blick über meine Schulter. Hinter mir wie vor mir nur Dunkelheit. Zweige peitschten mir weiterhin regelmäßig ins Gesicht und hinterließen sicher rote Striemen. Aber um die konnte ich mich später kümmern … wenn ich dann noch lebte.

Ein Ast tauchte vor meinem Gesicht auf und ich bückte mich in letzter Sekunde darunter hinweg. Dann bekam ich Seitenstechen. Zuerst ignorierte ich es und lief weiter, obwohl ich nicht wusste, ob ich mich überhaupt in die richtige Richtung bewegte. Ich hoffte einfach, dass ich irgendwann bei der Anstalt ankommen würde. Dort würde ich, wenn es sein musste, an jedes Schlafzimmer klopfen, bis mir die Mädchen helfen würden. Gegen uns zusammen würde Herr König nichts ausrichten können.

Doch schließlich konnte ich das Seitenstechen nicht mehr ignorieren. Ich wurde langsamer und bemühte mich, regelmäßiger zu atmen. Mit einer Hand in der Seite lauschte ich. Mein Atem ging so keuchend, dass ich mir auf die Unterlippe biss und ihn kurz anhielt. Doch abgesehen von meinem rasenden Herzschlag hörte ich nichts. Ich holte wieder Luft. Okay, zumindest etwas. Herr König war nicht unmittelbar hinter mir, zumal er ebenso wenig sehen würde wie ich.

Ich setzte mich wieder in Bewegung, ohne zu wissen, wohin mich mein Weg führen würde. *Einfach weitergehen, nicht stehen bleiben. Und am allerwichtigsten: nicht in Panik geraten.* Ich durfte auf keinen Fall den Kopf verlieren. Gerade jetzt brauchte ich allen Mut und alle Hoffnung, die ich zusammenkratzen konnte. Irgendwann würde ich ankommen und in Sicherheit sein. Wo auch immer das sein würde.

Ich hatte mich schon länger nicht mehr unter einem Ast ducken müssen. Vorsichtig ging ich weiter, die Augen weit aufgerissen, und wartete darauf, dass ich auf irgendetwas stieß, das mir meinen ungefähren Standort verriet.

Hatten in der Anstalt und auf dem Hof Lichter gebrannt, als ich von dort weggegangen war? Oder hatten die Gebäude so dunkel dagelegen, dass ich sie auch dann nicht sehen würde, wenn ich nur noch hundert Meter von ihnen entfernt war? Voller Hoffnung sagte ich mir, dass ich gleich auf die Häuser stoßen würde.

Doch es war kein Haus, gegen das ich daraufhin fast lief. Es war die Mauer, die unerbittlich vor mir aufragte und mich zu verhöhnen schien, weil ich in die falsche Richtung gelaufen war.

Kapitel 107
Gilbert

Gilbert blinzelte. Licht. War das das Licht, auf das er zu gehen musste, um in den Himmel zu kommen? Er bezweifelte es, denn in seinem Bein schrie der Schmerz und so etwas würde er sicher nicht empfinden, wenn er in den Himmel käme.

Nachdem er wieder scharf sehen konnte, kam auch sein Gehör wieder. Laute Stimmen um ihn herum. Männerstimmen. Und eine Frauenstimme. Befehle. Wütendes Kreischen, dann aufgebrachte Schreie. Er wälzte sich von den Lichtern weg, sie blendeten. Der Schmerz zuckte noch heftiger durch sein Bein und von dort aus durch den ganzen Körper. Gilbert stöhnte. Kurz wurde ihm noch einmal schwarz vor Augen, als Nächstes sah er Lena, die noch immer dieses Mädchen festhielt. Mit wutverzerrter Fratze starrte Lena ins Licht, während Maggie die Augen geschlossen hatte und am ganzen Körper zitterte.

Gilbert wollte Maggie etwas zurufen. Irgendetwas, um ihr Mut zu machen – aber er hatte keine Worte, die ihr hätten helfen können und zweifelte daran, dass beim Versuch auch nur ein Wort über seine Lippen käme.

Noch einmal verlor er das Bewusstsein. Als er wieder zu sich kam, hatte sich die Situation minimal verändert.

Lena hielt die Waffe nun auf Höhe von Maggies Kopf. Der Lauf war nach oben gerichtet und sie starrte nach wie vor wütend, beinahe trotzig ins Licht. Gilbert schloss die Augen – er konnte nicht die Kraft aufbringen, sie wieder zu öffnen und driftete weg.

Kapitel 108
Charlie

Ich betastete die Mauer als würde ich meinen Augen nicht trauen. Dabei wusste ich genau, was da vor mir lag. Ich *wusste,* dass der kalte Stein nicht zum Gebäudekomplex gehörte, sondern zu der Mauer, die weit davon entfernt war.

Ich würde mindestens eine halbe Stunde brauchen, bis ich dort war, wo ich ursprünglich hinwollte – die Schmerzen zwangen mich zur Langsamkeit. Mittlerweile hatte sich das Seitenstechen in die Mitte meines Unterleibs verschoben. Vorsichtig berührte ich meinen Bauch, sah hinunter und fragte mich, was das zu bedeuten hatte. Ging es meinem Baby nicht gut?

»Scheiße«, zischte ich. Ich kämpfte gegen die aufsteigenden Tränen und lehnte mich gegen die Mauer. Kälte drang durch meine Kleidung, aber das war mir egal. Ich wusste nicht, wohin ich jetzt laufen sollte. Würde ich den Weg querfeldein nehmen, den ich gekommen war, würde ich ziemlich wahrscheinlich Herrn König in die Arme laufen. Oder Casper. Und wenn ich die Straße suchte …? Doch die musste ich erst mal finden. Egal welchen Weg ich gehen würde, ich hatte keine Garantie, dass ich wirklich zurück zu den Häusern fand. Hoffnungslosigkeit überkam mich. Wie gern hätte ich jetzt Maggie oder Marie an meiner Seite gehabt, um mit ihnen zusammen durch diesen Albtraum zu gehen. Es schmerzte, an die beiden zu denken.

Ich atmete tief ein.

Viel Zeit blieb mir nicht – ich musste mich schnell entscheiden. Wenn Herr König hinter mir hergelaufen war, würde er bald bei mir ankommen.

Ich stieß mich von der Mauer ab und ging zurück in den Wald, die Augen weit aufgerissen. Ich musste zumindest *versuchen,* die Anstalt zu finden. Das Seitenstechen wurde schwächer und ich beschleunigte meine Schritte. Immer wieder hielt ich inne und lauschte auf Geräusche, die mir verrieten, wo mein Gegner war. Doch es war nichts zu hören. War er gar nicht hinter mir her? Weil er wusste, dass ich sowieso nicht entkommen konnte?

Ich machte einen Bogen um den Weg, den ich gekommen war – zumindest hoffte ich das, denn ich konnte nur grob schätzen, aus welcher Richtung ich gekommen war.

Schon nach kurzer Zeit fing ich wieder an zu keuchen und verfluchte mich dafür. *Wenn ich doch nur etwas mehr Ausdauer hätte.* Ich blieb stehen und rang nach Luft, lauschte in die Stille. Als ich den nächsten Schritt machte, hörte ich hinter mir ein Geräusch. Es war ein Rascheln, gefolgt von einem Knacken. Nur kurz, dann war es auch schon wieder verstummt. Aber ich hatte keinen Zweifel, dass da jemand in der Dunkelheit war, ganz nah. Unvermittelt sprintete ich los.

Kapitel 109
Frida

Sie gingen dem Polizisten hinterher in den Keller. Frida fühlte sich neben Milan sehr klein, er ging steif neben ihr her. Sein Gesicht war ihr vertraut. Jede Falte, jedes Muttermal, der Schwung seiner Nase genauso wie die Farbe seiner Augen. Aber nun kam er ihr fremd vor. Die Situation legte Schatten auf seine Gesichtszüge. Unten angekommen, hielt ihnen der Polizist die Glastür zum Flur auf. Sowohl Wände als auch Boden im Gang waren weiß gekachelt – die Fugen ganz schwarz, ob vor Schimmel oder Dreck, konnte Frida nicht sagen. Hier unten war es noch kälter als draußen.

Während die drei an den Türen vorbeigingen, wäre Frida am liebsten umgekehrt und hätte sich vor dem versteckt, was im Keller dieses Krankenhauses auf sie wartete. Aber das konnte sie nicht. Sie *musste* sich die Mädchen ansehen, musste wissen, ob Vanessa unter ihnen war.

In der Pathologie war es noch kälter. Frida bekam eine Gänsehaut und ein unangenehmer Geruch stieg ihr in die Nase.

Dann sah sie die Bahren mit den unter Laken versteckten Körpern. Frida musste schlucken. Dort lagen die Töchter von Müttern wie sie eine war.

Der Polizist ging zu einem der Tische und wartete, bis sich das Ehepaar zu ihm gestellt hatte. Frida klammerte sich an Milans Arm. Sie würden nun viele Leichen sehen, aber Vanessa musste nicht zwangsläufig unter ihnen sein. Dann ging alles sehr schnell: Der Polizist zog das Laken bis zum Schlüsselbein der ersten Leiche und Frida blickte in das wächsern wirkende Gesicht ihrer Tochter.

Kapitel 110
Charlie

Ich hörte nun nicht mehr nur meinen eigenen heftigen Atem, sondern auch seinen. Den Atem meines Verfolgers. Obwohl ich so schnell rannte wie ich konnte, wurde der Abstand einfach nicht größer. Ich zwang meine Beine, alles zu geben und ignorierte das Brennen in meinen Muskeln. Nicht nur einmal schlug mir ein Ast mit voller Wucht ins Gesicht. Zweige zerrten an meiner Kleidung. Ich stolperte über Steine und Wurzeln. Aber ich gab nicht auf. Ich rannte. Wohin, das wusste ich nicht – ich hatte keine Ahnung, ob ich eine Chance hatte, selbst, wenn ich an den Häusern ankommen würde. Aber es war noch so weit und ich würde dieses Tempo niemals durchhalten. So ausweglos meine Situation auch erschien, aber ich konnte doch nicht einfach aufgeben. Nicht mit diesem kleinen, wehrlosen Wesen in meinem Bauch.

Hinter mir keuchte und stöhnte mein Verfolger. Er klang so nah, dass ich glaubte, seinen Atem in meinem Nacken spüren zu können. Zwar *wollte* ich schneller laufen, noch größere Schritte machen, legte aber kaum an Geschwindigkeit zu. Ich konnte einfach nicht mehr. Ich war erledigt. Und so kam er näher, war vermutlich nur noch Zentimeter von mir entfernt. Ich glaubte, seine Hand an meinem Arm zu spüren, sprang zur Seite, um dem unsichtbaren Griff auszuweichen. Dabei trat ich dort, wo weicher Waldboden hätte sein sollen, auf einen Stein und stürzte. Noch bevor ich aufkam, drehte ich mich zur Seite, um meinen Bauch zu schützen und presste die Lippen zusammen, um einen Schrei zu unterdrücken. Nach dem Aufprall wagte ich es nicht, mich zu bewegen. Ich lag auf der Seite und hielt den Atem an. Ganz in meiner Nähe hörte ich das Laub rascheln. Schritte. Aber ich konnte nur Schatten erkennen, die genauso gut von Büschen oder Bäumen stammen konnten. Ich versuchte leise auf die Beine zu kommen, da zuckte Schmerz durch mein Fußgelenk und ich stöhnte leise auf. *Verdammt, ich musste mir den Knöchel gebrochen haben ... oder zumindest verstaucht.*

In diesem Moment rannte eine Gestalt an mir vorbei. Aber noch bevor die Hoffnung, dass er meinen Sturz nicht bemerkt hatte, aufkeimen konnte, kam er zurück. Nun langsamer. Ich hörte seinen Atem, spürte ihn sogar auf meiner Haut, als sich Herr König zu mir herabbeugte. Sein Atem roch faulig, irgendwie nach überreifem Käse.

»Nur ein paar Monate später und ich hätte dich nicht so jagen müssen«, sagte er. »Dann wärst du kaum noch schneller als ein lahmer Esel gewesen.«

»Tja, Pech für dich!«, brachte ich zwischen zusammengebissenen Zähnen hervor. Zu flüchten war nun undenkbar – ich konnte nicht mal ohne Hilfe aufstehen.

»Nun ja. Ich habe dich ja trotzdem gekriegt.« Er zog mich am Arm auf die Beine.

Vor Schmerz schrie ich auf, da ich mein rechtes Bein belastet hatte, um nicht wieder hinzufallen.

»Fick dich!«

Als Antwort grinste er mich nur grimmig an. Der Griff um meinen Oberarm wurde noch fester, während er mit seiner freien Hand meine Kehle umschloss. Ich bekam keine Luft mehr. Luft, die ich wegen der Atemlosigkeit so dringend gebraucht hätte.

»Es reicht!«, zischte er. »Du hast mir schon genug Ärger gemacht! Jetzt ist Schluss!« Seine Finger umschlossen meine Kehle noch fester. Ich reckte meinen Kopf hoch, aber sein Griff war eisern. Ein bösartiges Lächeln lag auf seinen Lippen.

All meine Schlagfertigkeit, mein Mut und meine Hartnäckigkeit halfen mir nun nicht weiter. Ich würde sterben. Und mit mir mein ungeborenes Baby. Es würde sterben, noch bevor ich es in meinen Armen halten könnte. Bevor ich die Chance hatte, ihm Leben zu schenken. Meine wichtigste Aufgabe ... und ich hatte versagt.

Er drückte nun so fest zu, dass ich gar keinen Sauerstoff mehr aufnehmen konnte. Panisch schnappte ich nach Luft - vergeblich. Ich entfernte mich von meiner Körperwahrnehmung, spürte weder den schmerzenden Knöchel noch sein Handgelenk, an das ich mich klammerte. Ich glaubte schon, mich nun von dieser Welt zu verabschieden, als ich urplötzlich wieder Luft in meine Lungen saugen konnte. Er hatte mich losgelassen. Gierig schnappte ich nach Luft, kam langsam wieder in mir an. Lichter tanzten vor meinen Augen. Waren das Taschenlampen? Ich krächzte, versuchte, um Hilfe zu rufen, aber die Personen waren zu weit weg, um meine jämmerlichen Rufe – nicht mehr als ein heiseres Flüstern – zu hören. Im nächsten Moment war ich auch dazu nicht mehr in der Lage. Offensichtlich zog Herr König nun die schnellere Methode vor, denn er zog ein Messer aus seinem Hosenbund und stach zu. Ich schnappte nach Luft und fasste an meinen Bauch: ein langer Schnitt.

»Nein …«, brachte ich gequält heraus. Die Vorstellung, dass er sein Messer in mein grapefruitgroßes Baby gestoßen hatte, ließ mich allen körperlichen Schmerz vergessen. »Nicht mein Baby!«, krächzte ich.

Herr König holte noch einmal aus, stockte dann aber. Die Stimmen um uns schienen jetzt von überall zu kommen. Als wären da hundert Menschen. Sie riefen uns etwas zu und Herr König ließ sowohl das Messer als auch mich los. Ich hatte nicht genug Kraft, mich allein auf den Beinen zu halten und fiel nach vorn. Im nächsten Moment lag ich auf dem feuchten Waldboden. Das letzte Fünkchen Kraft wich aus meinem Körper und meine Lider wurden schwer.

»Charlie? Ein Krankenwagen ist unterwegs. Bleib wach!«

Ich blinzelte, sah zu dem Mann hoch, dessen Gesicht mit der Schwärze des Waldes zu verschmelzen schien.

»Deine Freundin Maggie hat uns gesagt, dass du hier im Wald bist. Ihr geht es gut und dir wird es auch bald wieder gutgehen, hörst du?«

Jemand drehte mich vorsichtig auf den Rücken und berührte meinen Bauch. Ich öffnete den Mund, wollte der Gestalt sagen, sie solle mein Baby retten, schloss dann aber die Augen und verlor das Bewusstsein.

Kapitel 111
Charlie

Huber und ein Kollege standen an meinem Krankenhausbett und sahen ernst zu mir herab.

»Wann werden Sie entlassen?«, fragte Huber nach einem Moment des Schweigens.

»In einer Woche.«

Er öffnete den Mund, um etwas zu sagen, schloss ihn aber wieder und richtete den Blick zu Boden. Er wollte sicher wissen, wie es meinem Baby ging. Aber ganz ehrlich – welcher Fötus überlebt schon die schwere Bauchverletzung seiner Mutter? Meiner jedenfalls nicht. Aber ich brachte die Worte nicht über meine Lippen. Es war das Erste gewesen, wonach ich gefragt hatte, als ich zu mir gekommen war. Und die Antwort war das Einzige, an das ich seitdem ununterbrochen dachte: Mein Baby war tot und ich war schuld daran. Tränen stiegen mir in die Augen. Ich sah aus dem Fenster, damit die Polizisten sie nicht sahen. Sie hätten den Schmerz ohnehin nicht verstehen können. Mir war nicht nur mein Kind entrissen worden – es fühlte sich an, als wäre ein Stück meines Herzens mitentfernt worden. Als klaffte in meiner Brust ein Loch, von dem aus mein ganzer Körper mit Trauer und Verzweiflung geflutet würde.

»Wie ist es gelaufen? Wie konnten all die Morde geschehen, ohne, dass die Brüder aufgehalten wurden?«, fragte ich.

Huber sah wieder auf.

»Wir sind noch dabei, die Puzzleteile zusammenzufügen.

Aber fest steht, dass Casper König mindestens zehn Mädchen getötet hat. Einige hat er im Wald vergraben, andere hat sein Bruder in die Pathologie gebracht. Der hat auch den Tod Ihrer Freundin Marie zu verantworten.«

»Und Lena?«

»Lena war eine Freundin der toten Frau König. Sie unterstützte Herrn König in dem Wunsch, eine Einrichtung für Mädchen, die mit der Schwangerschaft überfordert sind, zu gründen.«

Ich unterdrückte ein Schnauben und Huber fuhr fort: »Sie fühlte sich wohl auch für Casper König verantwortlich. Aber sie hat keinen Mord begangen.«

»Aber sie hat es versucht«, fügte Hubers Kollege hinzu.

»Ja, an der Reinigungskraft …« Ich hatte gehört, was mit Maggie und diesem Gilbert passiert war.

Die Polizisten nickten.

»Warum ist das nie jemandem aufgefallen? Da werden Mädchen ermordet, kommen nicht nach Hause zurück und es passiert … nichts. Haben die Eltern das denn nicht der Polizei gemeldet?«

»Die meisten Eltern haben ihre Kinder nicht vermisst, weil der Entbindungstermin noch aussteht. Eines der ersten Mädchen, das getötet wurde, ist eine gewisse Vanessa Fuchs. Ihre Eltern haben sich an mich gewandt. Ich konnte … ich habe zu wenig unternommen. Und ein anderes Mädchen wurde vermisst gemeldet, aber da Herr König angegeben hatte, sie sei entlassen worden, ging man davon aus, dass sie abgehauen sei. Das hatte sie wohl schon vor der Schwangerschaft ein paarmal gemacht.« Nach einer kurzen Stille fügte Huber hinzu: »Zwei der

Mädchen hätten bereits vor einem Vierteljahr entbunden … Aber die Eltern haben nichts unternommen, als sie nichts von ihren Töchtern hörten.«

Ich senkte den Blick. So viele Mädchen und nur eines wurde genug vermisst, dass man es suchte. Nur ein einziges.

Hätten meine Eltern nach mir gesucht? Hätten sie alles dafür getan, dass ich wiederauftauchte?

Kapitel 112
Charlie

Ich strich mit den Fingerspitzen über das einzige Foto, das ich jemals von meinem Kind haben würde. Es war das Ultraschallbild aus der 10. Schwangerschaftswoche. Mein Baby hatte bereits den groben Umriss eines kleinen Menschen – mit einem großen Kopf und kleinem Körper. Es war von Kopf bis Po nur etwa zweieinhalb Zentimeter groß. Ich schloss die Augen. Damals hätte ich das Foto beinahe weggeworfen, obwohl es mich schon irgendwie beeindruckt hatte. Es hatte die Probleme, die mit dem kleinen Menschen einhergingen, realer gemacht. Nun wünschte ich, ich hätte mehrere solcher Aufnahmen. Ich wünschte, ich hätte ein Foto von dem Moment direkt nach der Geburt. Ein fertiger Mensch. Und eines, wenn es das erste Mal lächelte. Eines, wenn es krabbelte. Eines, wenn es die ersten Schritte machte. Eines, wenn es zur Schule ging und eines, wenn es zum ersten Mal auf einem Pferd saß oder Fußballspielen für sich entdeckte.

Wie hatte ich mein Kind nur jemals als ein Problem betrachten können? Wie hatte es *irgendjemand* als Problem betrachten können? Es war alles, was ich nun wollte.

Ich holte tief Luft und öffnete meine Augen. Mein Zimmer sah genauso aus wie ich es vor Wochen verlassen hatte und doch wirkte es anders. Die Plüschkissen waren zu weiß, die Lichterketten machten zu gemütliches Licht, die Pinnwand mit Fotos war zu voll. Ich dachte an mein Zimmer im Haus König: ein Schreibtisch, ein Stuhl, ein Bett, ein Nachttisch und ein Schrank. Mehr war nicht da gewesen – schon gar keine Dekoration. An meinem ersten Tag hatte ich mein Zimmer vermisst. Nun kam es mir fremd vor.

Ich nahm die Kissen vom Bett und warf sie in die Mitte des Zimmers, bis nur noch eines übrig blieb. Dann hängte ich die Lichterketten ab und zum Schluss die Bilder von der Korkwand. Ich warf mein altes Leben zu einem Haufen auf dem Boden. Gerade wollte ich meinen Kleiderschrank öffnen, als die Zimmertür aufschwang. Meine Mutter stand im Türrahmen und sah mich ernst an.

»Was machst du da?«, fragte sie.

»Ich miste aus.«

Sie schwieg einen Moment. Ich hatte sie noch nie so ruhig, so geerdet gesehen. Normalerweise war sie laut, streng und hatte keine Zeit – schon gar nicht für ein Gespräch über Gefühle. Doch nun ging sie auf mich zu. Wollte sie mich umarmen?

Doch sie öffnete den Schrank und betrachtete die auf Bügeln hängende Kleidung.

»Es wird nichts weggeschmissen. Die Kleidung ist wie neu. Wir verkaufen alles.«

Ich sah sie an. Meine Mutter. Die Frau, die mich in diese Einrichtung gesteckt hatte. Mein Vater hatte sich mal wieder in seiner Kanzlei verschanzt und schien heute gar nicht heimzukommen. Obwohl er es gewusst hatte, hatte er nicht zu mir gehalten, nachdem sein Geschäftspartner mich geschwängert und unsere Affäre daraufhin beendet hatte. Da würde er mir jetzt auch nicht beistehen. Also hatte ich nur meine Mutter und ihre Hilfe beim Ausmisten war alles, was ich von ihr erwarten konnte.

Kapitel 113
Charlie

Maggie wirkte in einer anderen Umgebung als der Anstalt fremd auf mich. Als ich sie mit ihrem jetzt großen Bauch das erste Mal wiedergesehen hatte, hatten sich Schmerz und Neid in mir ausgebreitet, weil sie immer noch ein Kind erwartete und ich meines verloren hatte ... Nein, ich hatte es nicht bloß verloren. Es war ermordet worden.

Sie hielt meine Hand umklammert und wir gingen auf den in die Erde gelassenen Sarg zu. Widerwillen regte sich in mir.

Ich wollte nicht nähertreten. Ich wollte weg. *Aber das da unten ist Marie* ... So absurd mir die Vorstellung, das fröhliche Mädchen mit dem gewaltigen Bauch würde da unten liegen, auch erschien – sie war es. Und ich musste ihr die letzte Ehre erweisen. Maggie drückte meine Hand. Nur sanft, aber ich erwiderte den Druck.

Ich hatte den ganzen Tag geweint, aber jetzt waren meine Augen trocken. Ich spürte nur Kälte – auf meiner Haut und in meinem Herzen. Ich dachte daran, wie zärtlich Marie von ihrem Baby gesprochen, wie gern sie fotografiert hatte. Dass sie für uns da war und uns unterstützte, obwohl sie Maggie und mich kaum kannte. Und obwohl sie Angst hatte. Sie war ein guter Mensch gewesen. Einer von den Menschen, die man gern in seinem Leben hatte.

Maggie schniefte. Ich warf ihr einen Blick zu. Sie weinte.

Vor dem Grab angekommen, warf jede von uns eine Rose hinein und verabschiedete sich still von Marie.

Meine Augen brannten. Ich wünschte mir erlösende Tränen, doch sie waren versiegt.

Danach suchte Maggie die Toilette auf und ich blieb allein zwischen den Gräbern zurück ... und bei all den Menschen, die so viel mehr Zeit mit Marie verbracht hatten. Ich hatte schon in der Kapelle ihre Eltern ausmachen können. Eine kleine runde Frau und ein ebenso kleiner Mann mit Halbglatze. Sie hatten nett ausgesehen, passten zu Marie.

»Charlie?«

Ich drehte mich um und blickte in die braunen Augen eines Jungen, vielleicht etwas jünger als ich. Er trug einen schwarzen Anzug, der ihm zu klein war. Vielleicht sein Konfirmationsanzug.

»Ja?«

»Ich bin Lucas. Maries Freund.«

»Oh. Hallo ... Ich ... « Ich biss mir auf die Unterlippe. »Es tut mir schrecklich leid.« Wie schon beim Anblick ihrer Eltern, stiegen auch ihm gegenüber Schuldgefühle in mir auf. Ich hätte Marie beschützen müssen. Ich hätte allein Nachforschungen betreiben sollen. Ich hätte sie nicht mit auf den Dachboden nehmen dürfen, wo Herr König sie letztendlich gesehen hatte.

»Danke. Man hat mir gesagt, dass du im Haus König ihre Freundin warst.«

Ich nickte.

»Ja ... Wenn auch nicht lange. Aber in der Zeit war sie mir eine gute Freundin.«

»Wie ging es ihr? ... Also ... in den Wochen, bevor sie ...« Er brach ab.

Bei genauerem Betrachten wirkte Lucas sogar noch jünger als Marie. Wie ein Kind. Aber waren wir das nicht alle irgendwie?

»Ihr ging es gut. Sie hat an einem Fotografiekurs und am Religionsunterricht teilgenommen. Irgendwie hat sie das Beste aus der Situation gemacht.«

Lucas nickte.

»Das passt zu ihr.«

»Sie hat auch von dir gesprochen.«

Er hob seine Augenbrauen und sah mich erwartungsvoll an.

»Sie hat dich wirklich geliebt, Lucas. Das Baby und du … ihr seid ihre Familie gewesen. Sie wollte es behalten und mit dir zusammen großziehen.«

Obwohl Tränen in seinen Augen schwammen, lächelte er.

»Ja. Das war unser Traum.«

»Und an dem hat sie auch in der Anstalt festgehalten. Ich glaube, er hat ihr Hoffnung gegeben.«

Er wischte eine Träne weg, die über seine Wange lief.

»Weißt du, ich habe immer an sie gedacht. Jeden Tag. Ich hatte Angst, dass sie es sich anders überlegen und nicht zu mir zurückkommen könnte. Ich wusste ja nicht, was sie dort erlebte.« Er schniefte. »Ich hätte doch etwas merken sollen. Ich meine … sie war tot und … ich habe es nicht bemerkt. Hätte ich das nicht spüren sollen? Wenn schon nicht bei Marie, dann doch zumindest bei unserem Baby!«

»Ich glaube nicht, dass so etwas möglich ist«, sagte ich. »Das gibt es wohl nur in Filmen.«

»Aber … ich habe doch auch eine Verbindung zwischen ihr und mir gespürt. Ich habe sogar eine zum Baby gespürt.«

»Das war keine Verbindung, sondern Liebe, Lucas. Und diese Liebe endet nicht mit dem Tod.«

»Nein … sieht ganz danach aus«, sagte er und schluchzte. Seine Schultern zuckten.

Ich hätte ihn gerne getröstet, aber nun kamen mir ebenfalls Tränen. Ich wischte mir unauffällig über die Wange.

»Vergiss sie nicht, ja?« Er sah zu mir auf. »Bitte. Sie darf nicht in Vergessenheit geraten.«

»Das wird sie nicht. Ich werde immer an sie denken. Das verspreche ich dir. Mein ganzes Leben lang.«

Er nickte.

»Das ist gut. Sie hatte so viel mehr verdient, aber das ist gut.«

Epilog

Casper war nicht zu sehen und trotzdem glaubte König, seinen Bruder schreien zu hören. Nach ihm. Nach Laura. Um Hilfe. Er versuchte die Schreie aus seinem Kopf zu verdrängen, wollte nicht an den Menschen denken, wegen dem er hier war. Im Gefängnis. U-Haft.

Er saß auf seiner Pritsche. Als er aufgenommen worden war, hatte er sich vor fremden Männern ausziehen und sich untersuchen lassen müssen. Er hatte vor ihnen duschen müssen, seine Kleidung behalten, aber Wertsachen abgeben müssen.

»Deine Sachen bekommst du wieder, wenn du gehen kannst ... *falls* du gehen kannst«, hatten sie gesagt. Aber sie würden ihn schuldig sprechen, es gab unwiderlegbare Beweise und genug Zeugen, dazu noch Polizisten, die gesehen hatten, wie er versucht hatte, Charlotte umzubringen. Und Casper.

Die Zelle hatte dreifach vergitterte Fenster. Das Mobiliar bestand aus einer schmalen Pritsche, einem Schrank, einer Toilette und einem Waschbecken. Die Tür hatte von innen keine Klinke.

Er wusste nicht, wann er das nächste Mal herausgelassen werden würde. Zum Frühstück? Oder mitten in der Nacht bei einer unangekündigten Durchsuchung seiner Zelle?

Er stand auf und trat an das Fenster, das in den Innenhof zeigte. Eine kleine Grünfläche war zu sehen. Kleiner als der Speisesaal in seiner Einrichtung. Seiner ehemaligen Einrichtung.

König holte ein Foto aus seiner Hosentasche. Es war in

der Mitte gefaltet. Er klappte es auf und sah auf Lauras Gesicht. Das Foto war an ihrem dreißigsten Geburtstag entstanden. Damals war zwar auch nicht alles in Ordnung gewesen, aber rückblickend war das ihre beste Zeit gewesen – kurz nach ihrer Hochzeit. Er hatte gar nicht fassen können, was er da für eine großartige Frau geheiratet hatte. Dass sie für immer an seiner Seite sein würde. Für immer hatte sich letztendlich als lausige vierzehn Jahre entpuppt, aber das wusste er damals noch nicht. Jeden Tag dankte er Gott dafür, dass sie in seinem Leben war. Dass er in ihrem Leben sein durfte. Er war froh, die Person zu sein, der sie von ihrem Tag erzählte. Er war froh, dass er jede Nacht neben ihr einschlafen durfte.

Wie hatte er Caspers Liebe für seine Frau falsch eingeschätzt … Sein Bruder, der immer in seinem Schatten stand. König hatte schon in der Schule die besseren Noten geschrieben, hatte später eine tolle Frau geheiratet und war ein großartiger Arzt gewesen. Casper hingegen hatte sich mit allem schwergetan und seinen Bruder stets bewundert.

König dachte damals, dass Casper ihn auch wegen Laura bewunderte – dabei gingen seine Gefühle für Laura weit über Bewunderung hinaus. Doch König hatte ihn nie als Bedrohung gesehen und das hatte Casper sicher gewusst.

König strich mit dem Daumen über die Wange seiner Frau. Als sie gestorben war, hatte König seinen Job als Kinderarzt nicht mehr nachgehen können. Die Arbeit brachte ihn völlig durcheinander. Er war den Kindern gegenüber unfreundlich und grob gewesen, ohne es zu merken.

Wenn Laura wüsste, was in den letzten Monaten passiert war, was würde sie über ihn denken? Wäre sie sauer, weil er es nicht verhindert hatte? Oder eher geschmeichelt, weil ihr Tod Casper so sehr aus dem Gleichgewicht brachte?

Er wünschte, er wäre bei ihr. Er wünschte, er könnte seinen Kopf auf ihrem Schoß betten und sich von ihr streicheln lassen, wie sie es früher getan hatte. Er wünschte, er könnte ihre Wärme und Geborgenheit spüren.

König faltete das Foto und ließ es in seiner Hosentasche verschwinden. Dann zog er den Gürtel aus seiner Jeans, schlang ihn zu einer Schlaufe und stellte sich auf die Pritsche.

Meine geliebte Laura, dachte er, als er den Gürtel an einem Rohr unter der Decke befestigte. *Bald bin ich wieder bei dir.* Er musste sich auf Zehenspitzen stellen, um seinen Kopf in durch die Schlaufe legen zu können. Tief atmete er ein, schloss seine Augen und sprang von der Pritsche. Sein Körper zuckte wie bei einem wilden Tanz, die Beine schlugen gegen das Bett und er riss panisch die Hände hoch, um sich im letzten Moment zu befreien.

Es dauerte lange, bis Königs Körper den Kampf aufgab und nur noch als leere Hülle vom Rohr baumelte.

Nachwort

Sollte Ihnen *Die Anstalt der verlorenen Mädchen* gefallen haben, würde ich mich sehr über eine Bewertung auf der Produktseite meines Buches bei Amazon freuen. Es hilft nicht nur mir, sondern auch anderen Interessierten das Buch einzuschätzen und erleichtert die Kaufentscheidung.

Gerne können Sie mir auch auf Facebook oder Instagram schreiben oder mir eine E-Mail (ahannahagen@web.de) schicken.

Danksagung

Die Rohfassung dieses Thrillers schrieb ich schon im März 2017. Seitdem habe ich es viele Male überarbeitet, um das Beste daraus zu machen. Dabei waren mir als erstes meine Testleserinnen Karin Russ, Emma F. und Mia Lada-Klein eine große Hilfe. Ich hatte wirklich Angst vor eurer Meinung zu dem Manuskript, das ich schon zwei Jahre in meiner Schublade liegen hatte und danke euch daher für eure lieben Worte und euer hilfreiches Feedback.

Ein ganz großes Dankeschön geht auch an meine Lektorin Tanja Balg. Während der Zusammenarbeit mit dir habe ich nicht nur unwahrscheinlich viel gelernt, sondern hatte auch eine Menge Spaß. Ich danke dir von Herzen für deine Unterstützung und entschuldige mich für unliebsame Recherchen!

Außerdem danke ich Bärbel Müller und Liane Müller, die mal wieder wunderbar Korrektur gelesen haben.

Ich danke Wolfang Staisch von der ZERO Werbeagentur für dieses großartige Cover.

Und ich danke meinem Partner Sebastian Hunder, der jeden Tag, zwischen all den dunklen Dingen, mit denen ich mich als Thrillerautorin beschäftige, Licht in meinen Alltag bringt.

Impressum

© Hanna Hagen, 2019

Hanna Hagen
Siebengebirgsstr. 53
53229 Bonn

Lektorat: Tanja Balg

Umschlaggestaltung: ZERO Werbeagentur, München

Herstellung und Verlag: BOD – Books on Demand,
Norderstedt

ISBN 9783749479375